———————— 阅读之前 没有真相

午夜文库

虫神山事件

时晨 著

NEWSTAR PRESS
新 星 出 版 社

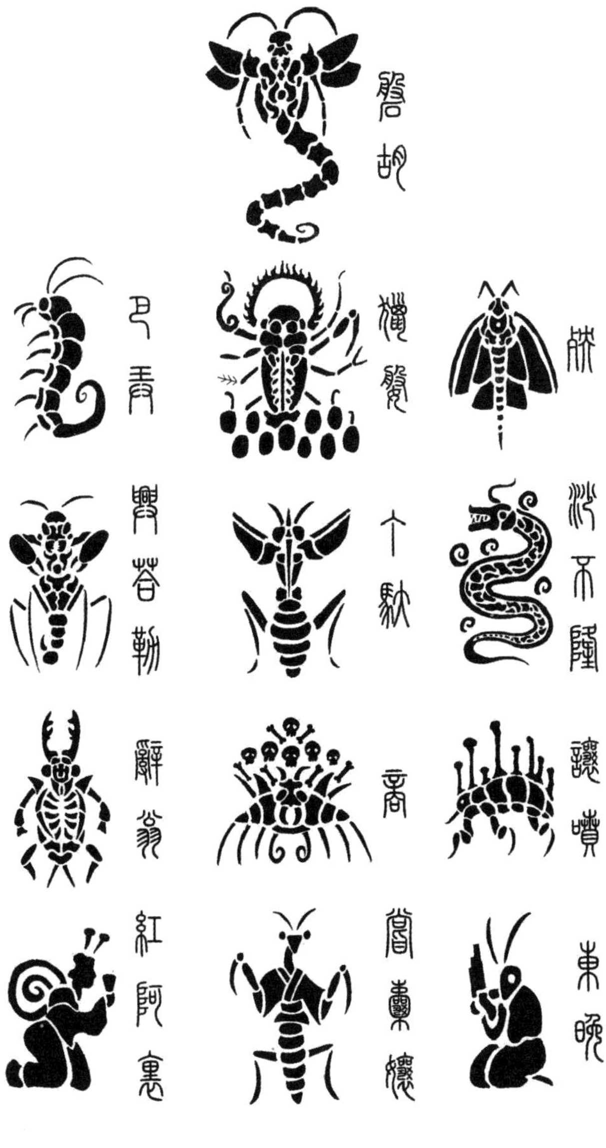

滇南虫国神话关系图

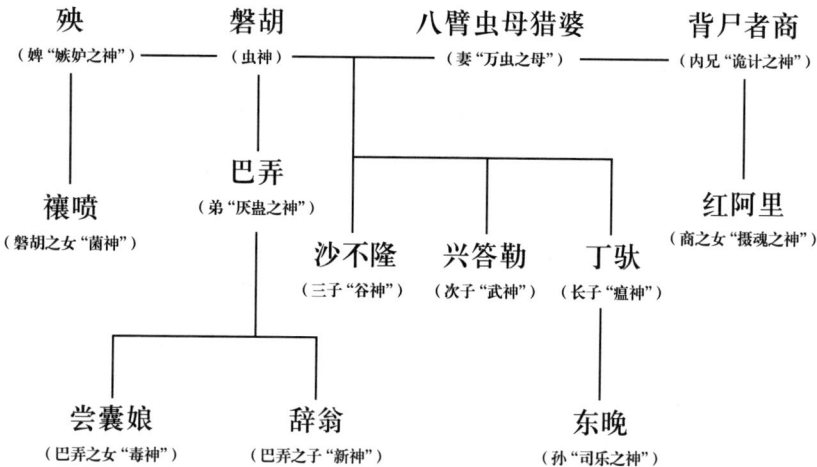

目录

1	序　章
17	第一章　缘起
45	第二章　昆虫崇拜
74	第三章　刀岗村
101	第四章　神木庙
130	第五章　蛊药婆之谶
157	第六章　洞穴奇案
222	第七章　后裔
252	第八章　消失
274	第九章　神的秘密
297	第十章　冥行擿埴
320	终　章

主要登场人物

高谦平　　沪东大学考古学教授，已故
耿道成　　川东大学历史学者，已故
耿书明　　律师，耿道成之侄
汪敬贤　　渝南大学考古学教授，博士生导师
曹仲健　　渝南大学考古学副教授
曲欣妍　　渝南大学考古研究院博士生
席　静　　业余探险家，攀岩运动员
波金栗　　苗族人，当地向导
田育民　　刀岗村村主任
田骏豪　　田育民之子
欧秀金　　蝴蝶庄老板娘
蛊药婆　　原名尼久莫，欧秀金之母
丁　瑶　　昆虫学家，欧秀金之女
希　希　　刀岗村村民
盛岳峰　　刑事侦查大队大队长

陈　燩　　数学家
韩　晋　　小说家

序　章

余闻西南有古国淫祀虫豸，贻笑于天下矣。

——清　费谌《江斋嘉话》

韩晋吾兄：

自上次南京之行后，我们已经有十年没见了。

还记得我们当年在学校羽毛球队的时候一起搭档双打吗？真是一段美好的回忆啊！你知道吗，我的右手因一场车祸受了很严重的伤，所以连这点业余爱好都失去了。虽然不能再和你一起打羽毛球，但我一直拜读你写的推理小说，每每读完，内心都很是钦佩，也只有像你这样才思敏捷的人，才能创作出如此精彩绝伦的谋杀故事。如果非要说有什么缺点的话，就是那位侦探角色不怎么讨喜，韩兄可以考虑重新开个系列，塑造一个新的主角。不过这都是我个人的一些愚见，有冒犯之处请兄见谅。

我鼓起勇气，冒着或许会被视为唐突的风险，给你写下这封信，心中着实充满了歉意与不安。然而，在反复思量之后，我发现自己已陷入无处求援的境地。我想，像你这样聪明的人，一定能帮我解决眼前的麻烦。我之所以斗胆向你求助，是因为在我心中，你不仅是一位聪明人，更是一位乐于助人的朋友。当然，我深知自己的请求或许会给你带来不便，甚至可能让你卷入一些不必要的麻烦之中。因此，我并未期望你能够立刻答应我的请求，而是希望你能在耐心阅读完我所陈述的详细情况后，再根据自己的判断与考量，决定是否愿意伸出援手。如果你在了解了一切之后，觉得此事风险过大，或是超出了你愿意承担的范围，那么我将完全理解并尊重你的决定。毕竟，每个人都有自己的考量与底线，我绝不敢强求。只愿你能知道，无论结果如何，我对你的敬意与感激之情，都永远不会改变。

但我还是要多说一句，这次的事件，是一个绝好的悬疑惊悚小说题材，说不定可以给你的创作带来一些灵感。你可能觉得我在危言耸听，别急，等看完我所写的事情再下定论不迟。

不知道你是否有印象，我的大伯耿道成是川东大学考古研究院的教授，从事古代滇黔文化的研究，也是这个领域的专家，其中尤以对"罗氏鬼国"的研究在学界最为著名。五年前，大伯被诊断出患有严重的双相情感障碍，时而狂躁，时而抑郁。他公开宣称自己发现了一个曾存在于滇南地区、迥异于中原地区文明的上古文明，并从历朝历代文献中找到了相关的记载。但由于那些文献材料过于零碎且不成系统，并未在学界引起波澜，甚至有不少学者认为这是大伯精心策划的一场学术骗局。毕竟这种事在人类历史上屡见不鲜。

比如，日本东北旧石器文化研究所前副理事长藤村新一，发现了东北宫城县筑馆町的上高森遗址，那里出土的七十万年前的旧石器，轰动了国际考古学界。之后，《每日新闻》的记者曝光了藤村的造假行为——那些"旧石器"是他自己埋进土里的。除此之外，像古阿兹特克人的水晶头骨、死海卷轴、皮尔丹人头骨、斐济美人鱼等，也都是人为炮制的骗局。

几年前，在杭州召开的"中华文明起源与早期发展学术研讨会"上，大伯第一次提出了他的发现。此次会议是全国考古工作会学术活动之一，加上大伯，一共有四十五位考古专家、学者和考古项目负责人参加会议，共话中华文明历史。大伯在会上做了一场报告，首次公开提及了未被人发现的"滇南虫国"。

报告一出，就遭到了众多质疑，究其原因，是由于耿道成提出的假说，并没有决定性的物证，仅引用了一些古籍，而且这些古籍也并非信史，均是《仙事述闻》《幽怪录》和《菴舍琐语》这类志怪笔记。甚至在场的一位教授指出大伯引用的典籍中有一部是托古伪作。在排山倒海的反对声中，大伯并没有屈服，而是向与会者表示自己一定会找到"滇南虫国"的遗迹，来证明历史上确确实实存在过这样一个古老的国度。

有趣的是，大伯这次的会议报告，虽然没有在国内考古学界引起足够的重视，却在大洋彼岸的美国，被哥伦比亚大学的考古学家詹姆斯·约翰斯顿（James Johnston）所认可。

约翰斯顿是哥伦比亚大学考古中心的学者，主要研究方向是东亚地区的上古史。他仔细阅读了大伯所列的典籍，发现这些史料尽管有许多被称之为野史和伪经，但所记载的内容，却非常一致。要知道，这些记载"滇南虫国"的典籍，成书年代最早的可追溯至西汉经学家娄甄的《南异录》，最晚成书的是光绪年间的学者时阿培所著的《具区述闻》，中间横跨了近两千年。约翰斯顿教授表示，很难想象这些史料仅是古代文人的"接龙"创作。多部古籍都提到了一本尚未被发现，又或许已经佚失的经典——《虫经》。这些笔记小说摘录其文字的内容相似度高达百分之九十以上,所以基本可以认定这部《虫经》曾经存在于世。

根据这些典籍的记载,约翰斯顿教授推测,古代云南地区曾经存在过一个名为"虫落氏"的鲜为人知的部落,他们在这里秘密地繁衍生息,到了汉代被西南地区一个叫姑缯的部落消灭了。在清末学者时阿培的《具区述闻》中有这样一段记载:

> 古有滇南虫国,其俗檄鬼,多依山岩为丛祠。姑缯灭之,遂绝妖邪之怪。

可见,至少对于"姑缯"部落来说,滇南虫国的神话与宗教崇拜是"檄鬼",令他们感觉"妖邪"。相传,滇南虫国起源于百越赤鬼国。当时鸿庞氏王朝中有位叫"炗[①]"的巫师冥感虫神,写下《虫经》万言,并在国内散布神谕,甚至为其塑像。顾名思义,虫神的形象是以自然界中的昆虫为原型,形象骇人,不似正神,这引起了不少人的反感。这种传播异教的行为也触怒了当时的赤鬼国王,于是便将其族人及其追随者驱逐出赤鬼国。无奈之下,巫师只得带着信众北上迁徙至滇南地区,将部落藏于群山之中,对外则自称虫落氏。这部分内容,在汉代学者娄甄的《南异录》中有这样一段记载:

> 句町以南,诸山之间有虫民之国,其民食黍,穴居也。民能使唤蝇蝶,教弄虫蚁。山中有神,蜂首虺尾,名曰磐胡。其祠之:用一雄鸡,禳而杀之。

---

① 古同"光"。

这段内容，详细描写了虫落氏当时的生活状态。

滇南虫国被姑缯起兵消灭之后，关于虫落氏的大量神话和传说流入中原，于是被当时的文人当成稗官野史记录下来。

约翰斯顿教授的声援并未在国内激起丝毫波澜。他们依然将大伯口中那神秘莫测的"滇南虫国"视为茶余饭后的笑料，而大伯本人，这位倾注心血于探索未知古文明的学者，竟被无端地贴上了"学术骗子"的标签，仿佛他所做的一切努力，都是为了编织一个根本不存在的幻想世界。面对这样的不公与误解，我的内心充满了难以言喻的愤怒。然而，理智告诉我，仅凭一腔热血并不能改变什么。一方面，我对大伯的研究领域确实知之甚少，无法提供有力的支持；另一方面，与网络上的喷子进行无休止的争论，无异于对牛弹琴，既浪费时间，又毫无意义。因此，我强忍住内心的怒火，从未在网络的喧嚣中发表过任何反对的声音，选择了沉默，但这并不意味着我认同那些无理的指责。

但凡有幸深入了解大伯的人，都会毫不犹豫地为他的人格担保。他是一个极为严谨、诚实的人，尤其是在学术这片被他视为生命的圣地上，更是容不得半点虚假。在那段时期，负面评论如潮水般涌来，几乎淹没了所有理性的声音。舆论的力量是可怕的，一旦形成风向，便会有无数网友盲目跟风，用恶毒的言语进行攻击。而那些自媒体，为了博取眼球和流量，更是肆无忌惮地将大伯公布的宝贵研究材料断章取义，制作成一个个荒诞不经的短视频，以此来羞辱和贬低他。

这样的行为，不仅是对大伯个人极大的不尊重，更是对学术探索精神的亵渎。

数月之前，大伯为了证明自己，特意安排了一次私人考察，试图找到一些切实的证据来佐证自己的观点。不过这是一次非官方的考察行为，仅他个人只身前往，所以事先没有太过张扬。根据他的推断，滇南虫国的遗址应该位于云南省文山州广南县以西刀岗村附近的群山之中。谁知就在大伯抵达刀岗村一个多月后，噩耗传来——大伯被人枪杀了。当地警方调查发现，大伯在考察刀岗村神木庙时，被歹徒用私制的土枪从背后射击，子弹穿过颈动脉，大伯当场毙命。大伯没有子嗣，我父亲走得也早，可以说我是他在这个世界上唯一的亲人。小时候大伯常常带我去游乐园玩耍，还会带我去书店，给我买许多连环画。所以，当我听到这个消息后，从前和大伯的回忆一幕幕在我脑海中闪现，令我感到十分悲伤。

　　后来，我向公司请假，专程跑了一趟广南县公安局，在那边见了大伯最后一面。尸体已经高度腐烂，看不清面目，据说是死亡一个月之后才被发现的。关于那个持枪歹徒，广南县警方向我保证一定尽全力将其捉拿归案。但刀岗村实在太偏僻了，加之村里人口又少，根本没有人目击到案发的全部经过。刑警和我讲，这类作案随机性强的案件，侦查难度极高。尽管内心很希望将害死大伯的凶手绳之以法，可我确实也没抱太大的希望。

　　回到家后，川东大学考古研究院给我发来了吊唁，不过因为这次考察是大伯的私人行为，并不算"工伤"，研究院只是出于人道主义精神发了点"赔偿金"。随着大伯的去世，网上对"耿道成虚构历史"的声讨也逐渐消停，社交媒体上话题的热度一落千丈。不知为何，人们对已经死去的人都表现得极为宽容大度，却都喜欢鞭挞身边活着的人。大加鞭挞之时，任何小事都显得罪大恶极，恨不得他立刻死去，但真当他死了，大家又会做出惋惜状，嗟叹这人其实还是不错的，尚有可取之处。这到底是善还是伪善呢？我不得而知。

对了，忘记向你介绍一下我的近况。

法学院毕业之后，我通过了国家统一法律职业资格考试，成为一名律师。从初出茅庐的新人到执业律师，这个过程充满了挑战和磨砺，但也让我收获了宝贵的人生经验，使我变得更成熟了。我主要负责民事诉讼，平日里工作也很繁忙，所以渐渐地把大伯的身后事搁置起来。五年时间，转瞬即逝。

然而，就在一个月前，我接到了一通电话。电话是大伯生前的房东打来的。她在电话里向我表达了歉意，以及对大伯的怀念。这里要说明一下，大伯去世之后，我就去了他租赁的公寓，将他的东西打包带走了。房东也立刻将房子转手租给了别人。那位新租客租了五年后，因工作原因离开了这座城市，房东在整理房间时，发现有个陈旧的纸箱遗留在壁橱里。起初她以为是上一位房客遗落的，结果那位房客却说在他搬入公寓时，纸箱就在那儿了。房东仔细辨认，终于在纸箱底部发现了"耿道成"的名字，这才特意打电话给我，让我抽空去取。

我为我的粗心向房东道了歉，并表示第二天就可以去那边拿纸箱。翌日中午，我取回了那只沉重的纸箱，但并没有立刻打开，而是驱车赶往律所，开始一天忙碌的工作。记得那天处理的是一起财产纠纷案，老母亲死之后，兄弟两人各执一词，都表示母亲将房产留给了自己，于是闹到对簿公堂。在巨大的利益面前，亲情也显得无关紧要了。像这种纠纷案在经济发达地区非常常见，原因就是房子太值钱了。晚上九点，处理完一堆烦心事后，我回到家洗了一个热水澡，随后将自己塞进沙发，边喝啤酒边看英超。球赛中场休息时，我才想起车子的后备厢里还躺着大伯遗留下来的纸箱。

大伯刚去世那会儿，我带回的遗物大多是些旧书和笔记。几百册旧书我大都以非常低廉的价格卖给了楼下的旧书店。几本厚厚的学术笔记我匆匆翻阅了一遍，没有任何关于"滇南虫国"的记录。我想，这些笔记应该是他早年留下的。于是我想到了一种可能性——那个遗留在壁橱里的纸箱，很可能是大伯关于"滇南虫国"的研究资料。在好奇心的驱使下，我披上外套来到停车场，将纸箱搬回家中，放在了客厅的桌上。

纸箱用好几层封箱带裹住，撕开这些透明的胶带，着实花费了我不少力气。打开纸箱，我发现放置在书纸堆上的，竟然是一尊高约二十厘米的石像。这尊石像模样十分古怪，完全不似任何常见的神像，反而像一个怪物。石像头部有两根长长的触角，脸像是黄蜂，口器部位的一对大颚上隐约能看见锯齿。它的身体像蝉的腹部，上面有许多附肢步足，背后是一对宽阔的膜质翅，尽管是石雕，翅膀却非常薄，可见其工艺水平之高，石像下部是盘曲着的，酷似巨大蜈蚣目昆虫的身体，上面长满了细刺。石像两边的手臂也模仿昆虫的节肢，没有手指，顶端就是一根尖刺。石雕整体就像是用不同昆虫的特征拼凑起来的人形雕像。这个怪物仿佛充满了恐怖的恶意，盘踞在一个矩形台座上。

此时，我心里已有了答案，这应该就是大伯研究的"虫神"雕像。不知是不是因为人类对昆虫与生俱来的恐惧与反感，尽管只是一尊石像，但盯着看久了，我的心里也不免发毛。但不可否认的是，这尊虫神石像的做工非常精美，很让人怀疑这是不是当代技术制作的工艺品。我毕竟不是考古学家，也没有能力鉴别。

我将石像放在一旁,继续翻看下面的文稿。在最顶端的是好些影印出来的纸张,其中有不少是关于滇南虫国记载的文字,都是繁体竖排的古文献。有一页提到的是虫落氏崇拜的虫神谱系。是的,虫神并不只有一个,各种神祇所负责管理的内容也不一样,世界各地的多神教似乎也都是如此。比如虫神谱系中,最高的神祇名叫"磐胡"。大伯在这个名字上画了个圈,并在边上用小字写了密密麻麻的批注:

> 磐胡与《后汉书·南蛮西南夷列传》《搜神记》中的槃瓠有何关系?而槃瓠又作盘瓠,至今在中国南方广泛流传,且作为始祖或重要的图腾崇拜。《搜神记》中说:"高辛氏,有老妇人,居于王宫,得耳疾,历时,医为挑治,出顶虫,大如茧。妇人去,后置以瓠篱,覆之以盘,俄尔顶虫乃化为犬。其文五色。因名盘瓠,遂畜之。"除此之外,磐胡还有妻名曰"猎婆",又名"八臂虫母",与磐胡生下三子,分别是长子丁驮,次子兴答勒,三子沙不隆。这些名字非常拗口,且在中文里没有明确的意义,我怀疑可能是一种当地语言的汉化译音。

除了关于虫神神话的影印资料,还有厚厚一沓关于云南原始宗教田野调查的资料。但这些资料里,几乎没有看见关于滇南虫国与虫落氏的记载。大伯在资料上打了一个大大的问号,并提出了自己的疑问。云南并不是没有"昆虫崇拜",比如苗族的"蝴蝶妈妈"就是很好的例子。蝴蝶妈妈最早出自黔东南苗族神话传说《苗族古歌》,是黔东南苗族神话中人的祖先,汉化的音译叫作"妹榜妹留"。但蝴蝶妈妈和大伯所研究的虫神磐胡之间还是有巨大差距的，相比蝴蝶妈妈，磐胡所代表的一众"虫神"透出一股邪性。这点从散落在古籍中的故事就能看出。换言之，与"正神"蝴蝶妈妈不同，磐胡及其神族是一群睚眦必报的"邪神"，虫落氏对它们的恐惧多过崇拜。还有就是一些关于刀岗村的内容，根据大伯的考证，"刀"和"岗"两字分别对应苗语中"Daox"和"Gangb"的读音，而"Daox"的意思是"山"，而"Gangb"则是"虫"，连起来的意思就是"虫山"。也就是说，在苗族人看来，刀岗村就是"虫山村"的意思。

由于影印的资料还有很多，回头你可以自己看，我就挑几个比较有趣的和你讲一下。不过最让我感到震惊的，是影印资料下那本黑色皮革笔记。

翻开这本笔记，里面是密密麻麻的钢笔字，字体都很小，加上都是用繁体字写成，读起来很费力。这些文字一鳞半爪，非常零碎，看来就是大伯想到什么，就往上填写什么。果然，这本笔记上所记录的都是与滇南虫国有关的内容，其中大部分是关于广南县附近村落的民俗记录，以及少量的云南原始宗教的文字。这本笔记越往后翻，字迹就越凌乱，由此可见，大伯当时一定是非常焦虑且惊慌。随着研究的深入，大伯开始意识到问题的严重性，这项研究成果如果能够得到证实，将震惊中国考古界，不，是震惊世界考古界！他埋首故纸堆中，孜孜不倦地窥探历史的缝隙，得到的结论是——在刀岗村周边的群山中，必然存在着尚未被人发掘的滇南虫国的遗迹！作为一个考古学者，这怎能不使他狂喜？

我继续翻阅笔记本，发现大伯的字迹已潦草到很难辨别，花了很久才勉强看懂几句话。其中有一段是这么写的：

我感觉它时刻都在监视我，仿佛有一双无形的眼睛，不分昼夜地紧盯着我，时刻都在威胁着我，希望我立刻停下手里的工作。

然而，在这股强大的压力之下，我内心的火焰却燃烧得更加炽烈。有人试图用沉默和遗忘的尘土，将那些不应被遗忘的历史片段深深掩埋，让它们永远消失在时间的洪流中。但作为一名历史学者，我肩上承载的不仅是知识的重量，更是传承与揭露的使命。

因此，我无法停下手中的笔，无法放弃对真相的追寻。即便这条路充满了未知与危险，即便每一步都可能踏上荆棘，我也绝不退缩。我深知，揭露真相的过程往往伴随着风险，甚至可能像高谦平那样，遭遇不幸与牺牲。

我不害怕！我不害怕！我不害怕！

这段文字中提到了两个信息：一是大伯感觉到有"人"在监视他；二是他害怕和"高谦平"一个下场。在研究虫国的那段时间，大伯总感觉被人跟踪，这点他在日记中也有提及，此外，他还发现有人经常会趁他不在时，偷偷进入他居住的房子里。因为他注意到纸笔和水杯的位置相比他离开房间时有了一点变化。在我看来，这完全可能是一个过分神经质的男人的臆想。可大伯显然不这么认为，他坚信有人跟踪他，并且想要他的命。至于高谦平这个名字，我完全没有印象。于是我用搜索引擎查了一下，发现他和大伯是同行，也是一位考古学家，就职于沪东大学。网上新闻显示，这位高谦平在八年前因一场交通意外死亡，在去世之前，他还曾接受过报纸媒体的采访，说自己最近有个了不起的发现，但至于内容，等他拿到确切证据后，会第一时间公之于众。在记者再三追问之下，高谦平教授才松口透露了一些内容，说是关于云贵地区原始宗教的研究。

查到这里，我立刻感觉到不对劲。我推测高谦平教授的研究，很有可能与大伯一样，是关于滇南虫国的。果然，我在纸箱中找到了高谦平教授写给大伯的私人信件。在信中，高谦平教授无私地将滇南虫国和虫落氏的研究分享给了大伯，但同时表示自己感觉到正被一股看不见的"力量"阻挠。他说自己曾去过广南县刀岗村的群山之中，并组织考古队试图发掘遗址，却一无所获。他心灰意冷，回到了广南县，打算第二天就回上海。那天夜里，当地一位从事副食品产业的企业家得知上海来了一位教授后，便请高谦平吃饭，酒过三巡后，企业家偷偷摸摸从桌底下拿出一个用报纸包裹的石像，并告诉他这是从刀岗村一户苗族人家那里买来的，作为回报，他希望高谦平教授能给他儿子在上海谋一份差事。高谦平教授发现石像后欣喜若狂，这不就是他想找的"证据"吗？

没错，那尊石像就是我看到的，高谦平教授将其转赠给了大伯。

换言之，最早从事滇南虫国和虫落氏研究的人是高谦平教授，而大伯只是在高谦平教授发生意外后，承接了这项研究。我开始慢慢觉得，高谦平教授和大伯的死都不是意外。因为这两人在接手滇南虫国的研究之后，都感觉到自己被人监视和威胁，并且丢掉了性命。我望向那尊恐怖的虫神石像，一种超越理性的恐惧感开始慢慢笼罩全身。当然了，我受过良好的教育，信仰科学，对于怪力乱神那套东西，一向是嗤之以鼻。如果他们俩真的是因为研究而被害死的，那么害死他们的一定是人，而不是什么超自然的力量。

可让我始料未及的是，这项调查仿佛打开了潘多拉的魔盒，越来越多超乎常理的事情开始发生。其中最令我惊讶的，是大伯被枪杀的案件。

韩晋，读到这里，你一定会觉得我故弄玄虚，警方明明已经给出了答案，说是一起临时起意的抢劫杀人案，为什么会和"超自然"扯上关系呢？别急嘛，你读下去就知道了。说来也巧，正当我打算亲自调查大伯被杀案件的时候，我发现在网络上也有一位网友在社交媒体上打探耿道成案件的信息。从她发言的内容可以看出，这人对大伯的案件怀有极大的"兴趣"。我给她发去了私信，留下联系方式，并表明了自己的身份，没过多久，对方就联系了我。她名字叫丁瑶，是个昆虫学家。她毕业于中国农业大学植物保护学院昆虫学系，目前就职于中国林业科学研究院资源昆虫研究所，还是国家自然科学基金优秀青年基金的获得者，但最让我惊讶的并不是丁瑶的履历，而是她竟是广南县刀岗村人！

大伯被杀的时候，这位名叫丁瑶的昆虫学家并不在刀岗村，实际上她工作时间基本都待在昆明市的昆虫研究所里。从她透露出来的信息看，当时案发现场的真实情况，并不像警方后来所说的那样。这不能怪警方，因为当他们到达时，现场已经被村民严重破坏了。我感觉到她似乎知道一些内幕，于是向她追问大伯真正的死因。她告诉我，关键并不在死因上，因为大伯确实是被土枪打死的，这点没有异议，问题出在案发时的现场状况。

在这里简单和你介绍一下，大伯是在一座名为"神木庙"的建筑中被杀的。

这座小庙面积不大，总共才十几平方米。可笑的是，其中竟然只供奉着一块黑色的烂木头。这块烂木头被当地人称为"神木"。你也觉得很可笑吧？但这种对木头的崇拜在国内民俗中很常见，在之前所说的"蝴蝶妈妈"崇拜中，也有关于"枫木图腾"的崇拜。黔东南地区的苗族先民把枫木当作自己的亲属，认为自己的祖先源于枫木，这还可以从汉文典籍中得到佐证。比如《山海经·大荒南经》就记载：

> 有宋山者，有赤蛇，名曰育蛇。有木生山上，名曰枫木。枫木，蚩尤所弃其桎梏，是为枫木。

在四川客家地区，也能经常见到枝繁叶茂的大树，有些树的上面挂满红布，周围插满了香烛，被人当作祭拜的对象，不允许随便砍伐。

案发时，大伯正偷偷寄宿在神木庙中。神木庙只有在春秋季祭祀时才会使用，平时基本上都空着。不过即便平时不使用，他这种行为也会引起当地村民的不满。至于大伯为何这么做，我也无法得知了，或许是没人愿意给这个看起来十分可疑的外来考古学家提供住所吧。然而，当刀岗村村民发现神木庙有外人居住时，愤怒地将神木庙团团围住，怒吼着试图让大伯自己出来。但神木庙中却没有动静，庙门还从内用门闩反锁。神木庙是个木屋，四面虽然不算严丝合缝，却也仅仅只能看到一条若隐若现的缝隙，一张纸片都无法插入。木屋建造采用的圆木，是山上砍伐的上等木材，涂上清漆后非常坚硬。

被怒火冲昏头的村民开始轮番撞击庙门，最终将门闩横木撞断，门就开了。谁知进屋之后，等待他们的竟是一具已经高度腐烂的尸体。庙里除了大伯的尸体外,没有别人。用你推理小说里的话来说,这是一起不折不扣的"密室杀人"案。

村民见有人死了,立刻报了警。

起初,村民以为是大伯私自入住神木庙,引得神灵愤怒,降祸于他。也难怪,大伯尸体的腐烂程度很高,脖子上的伤口如果不是法医,普通人根本瞧不出来。警方赶到现场时,在场的村民都三缄其口,没有把庙门的门闩从内闩住的事实告诉警方。因为他们害怕透露这个信息,等于出卖神木庙的神灵,会被降灾。

如果丁瑶不是刀岗村的人,她就无法得到这些信息。据她所说,在刀岗村生活的人总对外界陌生人三缄其口。但丁瑶与刀岗村的村民有所不同,她是个受过高等教育的学者,"神木庙降灾"这种神话故事,她是不信的。因此,大伯在密室中被杀这件事,她尤其在意。刀岗村是个相对闭塞的村庄,村民大多迷信,有的老人生病宁愿相信村里的巫医,都不愿去县里的正规医院,身为科学家,丁瑶对此深恶痛绝。她还告诉我,大伯的命案在刀岗村属于禁忌话题,如果不想惹人厌恶,没事最好别提。我问她有没有把庙门从内闩住的事情告诉广南县警方,她表示曾亲自去广南县公安局交代过这些事情,却苦无证据,很难取得警方的信任。

丁瑶还说,如果我还想调查大伯的案件,她一定会尽全力帮助我。她这句话,像一颗定心丸,使我下定决心,无论如何也要亲自跑一趟刀岗村。我要一鼓作气把大伯的案件和滇南虫国调查清楚。大伯命案的疑点与滇南虫国留下的谜团实在太多了,我无法视而不见。只是,对于我来说,涉及法律的问题可能在行,但调查案件和考古的话,还是要请专业人士才行,而且最好是非官方人士。然后我就想到了你。此外，前云南省文物考古研究所研究员、现渝南大学考古学教授汪敬贤对大伯的研究很感兴趣，他希望他的团队可以前往刀岗村附近的群山之中，进行实地考察，或许会有新的发现。汪敬贤教授从事一线田野考古与研究工作多年，拥有丰富的考古经验，继续完成大伯未竟之业，我想没有比他更合适的人选了。

如果你有兴趣参与这次调查，请速回电子邮件，或在一周之后赶到云南省文山自治州广南县北宁路的乐悦宾馆，我会在那边恭候大驾！

期待你的回复。
祝工作顺利，身体健康！

你的老同学 耿书明
2021 年 × 月 × 日

第一章　缘起

巴弄惟始作乱,延及其女尝囊娘,蜇毒磐胡,药惑虫母猎婆,国遂大乱。巴弄有子,名曰辞翁,虽事亲以孝闻,然事上亦竭诚也。兴答勒怪之,问众曰:"吾父倏中蛊毒,得无有故乎?"辞翁具以相告,兴答勒大怒,与巴弄战于都梦,帅蛛蚁蝎蛾为先锋,以蜂蝶蜢蝗为羽翼,大破之。尝囊娘出走,巴弄因惧磐胡杀而戮之,自燔而亡,众皆叹。

——南北朝　闵矶《狯楼志怪·兴答勒平乱》

1

"为什么我们会来这种地方?到底是谁想出来的?"

讨厌的声音从身后传来。果然,陈燏又开始想要推卸责任了。这种事在我和他相处的几年内发生了无数次,每次都是由我来背锅。然而今天我不准备继续惯着他,我要反击。

"是你说周末应该多出去走走,不能天天窝在家里,人类又不是寄居蟹。"我把他今天早上说的话原原本本还给他,"我问你去哪里走走,你说要去一些能够增长见识的地方。我提出那么多方案,最后来参观昆虫博物馆也是你的决定。"

"我本来以为这里都是活生生的昆虫,没想到都是塑料模型和标本,实在是令人失望至极。韩晋,这件事你要负责任。"

陈燏擦了擦额头的汗水,尽管已经迈入九月,但气温却没有下降。

"这也能怪我?"我气到想笑。

"但凡你出门之前能做一点功课,查查清楚,我们就不会上当了。"

"好啦,来都来了,你就别像个怨妇一样了。既来之,则安之,你看这里那么多昆虫模型,千姿百态,看看也挺有趣的。"

今天一大早我就和陈燏出门了,为的就是可以在博物馆开门那一刻率先进入参观。我们很机智地认为大清早不会有人对这种地方有兴趣,但事实证明我们错了,大错特错。赶到昆虫博物馆的时候,门口已经排起了长龙。

现在,我们俩正站在"昆虫世界展厅"中央,身边人来人往,大多是家长带着孩子来参观。孩子们纯真的惊呼声此起彼伏,他们瞪大眼睛,指着那些栩栩如生的巨大昆虫模型,脸上写满了既害怕又好奇的矛盾情绪。我注意到,一个穿着彩色雨衣的小男孩,紧紧拉着妈妈的手,小心翼翼地靠近一只巨大的蝴蝶模型。他的眼神中既有对美丽事物的向往,也有对未知世界的敬畏。另一边,一群孩子围在一个互动屏幕前,兴奋地操作着,屏幕上不断变换着各种昆虫的生活场景和习性介绍。

"你看它腿上的毛多逼真。"我指着身边一只巨大的狼蛛模型,对陈燏说道,"很难想象,如果昆虫体格像怪兽一样大,那会是怎样一番情景。像蚂蚁这种可以举起自身体重五十倍的昆虫,如果巨大化,那人类还是它们的对手吗?真是难以想象!"

"那是不可能的。"陈熻摇头。

"怎么不可能？距今三亿年前的石炭纪，那可是巨虫们的时代。因为空气中含氧量极高，催生出许多体格巨大的昆虫，像巨脉蜻蜓和古马陆这种巨虫非常多。"

"实际上所谓的巨脉蜻蜓翅展连一米都不到，体重仅有一百到一百五十克，它的体重远远没有达到值得担心其空气动力学的地步，体格也没到你所说的'怪兽'的地步。电影中魔斯拉[①]这样翅展超过一百米的巨虫，现实中根本不可能存在。"陈熻又习惯性地反驳我。

"或许还有未被发现的化石呢？"

"韩晋，不是化石不化石的问题，而是科学的问题。"陈熻叹了口气，接着问道，"你知道伽利略提出的平方－立方定律[②]吗？"

我摇了摇头。摇头并不表示我不知道伽利略是谁，而是我只记得伽利略的力学相对性原理和在比萨斜塔做的落体实验。

"简而言之，当一个物体按照比例放大之后，它的表面积是以平方增长的，而它的体积则是以立方增长的。假设虫子的体重是1g，体积是$1cm \times 1cm \times 1cm = 1cm^3$的小立方体，那么在其每平方厘米的横截面上，只需要承受1g的重量。但是当它被放大到了一百倍的时候，体积就变成了$100cm \times 100cm \times 100cm = 1,000,000cm^3$。密度不变，体重增长为1,000,000g。换言之，每平方厘米的横截面上要承受的重量，变成了100g。在外骨骼和肌肉没有发生变化的情况下，身

[①]在电影《魔斯拉》（1961）里初登场的怪兽，是体长一百三十五米的巨大蛾怪兽。
[②]是由伽利略在《关于两门新科学的对话》（*Discourses and Mathematical Demonstrations Relating to Two New Sciences*）一书中首次描述的，这个定律描述了物体表面积与体积之间变化的规律。

体需要承受的重量或者支配活动的力量增加了一百倍。结果就是这些虫子变大之后,运动系统无法支撑,恐怕只能趴在地上被压得粉碎。"

我和陈燨之间的对话,在不经意间成了一个小小的焦点,吸引了一群小朋友和家长停下脚步,围在我们周围。他们的眼神中闪烁着好奇与兴趣,似乎被我们谈论的话题深深吸引。小朋友们或站或蹲,小脸蛋上写满了好奇,而家长们则面带微笑,专注地倾听着我们的对话。陈燨全然未觉自己已经成为众人瞩目的中心,依然沉浸在自己构建的知识海洋中,滔滔不绝地讲述着。

"除此之外,还有两个问题。首先是循环系统。你知道,昆虫的循环系统属于开放式血液循环,不具有哺乳动物那样与体腔完全分离的网管系统,血液仅有一段途程在循环器官背血管内,其余均在体腔内和组织器官间流动。昆虫因为体积小,所以需要的血液量少,因此问题不大。但变大一百倍后,血液流动需要抵抗的重力就会变得非常大,而这种低效率的循环模式显然无法有效保持血液供应。其次是呼吸方面的问题。根据平方-立方定律,可以交换气体部位的表面积增长,是远远跟不上体积的增长的。"

"叔叔,你是昆虫学家吗?"人群中有个可爱的小女孩问道。

那个女孩七八岁的年纪,头上梳着两条辫子,身上穿着一件粉色碎花连衣裙,笑嘻嘻地看着陈燨,手里还拿着一杯奶茶。她身后站着妈妈和爸爸,他们也冲着陈燨笑,似乎在为孩子的发问表达歉意或感谢。

"叔叔不是昆虫学家喔。"陈燨弯下腰,对那个小女孩说。

"那你为什么这么了解昆虫呢?"

"其实叔叔也不了解昆虫,对昆虫的种类和习性,知道的可能还没你多呢。不过叔叔是数学家,比较擅长计算。你要知道,任何昆虫都是在自然界生长的,当然也逃不过自然法则和物理定律。所以我们从小就要有科学精神,多思考,多计算,不能别人说什么,就是什么,像那位笨叔叔一样,只会幻想和盲从,不讲科学。"陈爒很贴心,生怕小女孩不知道"笨叔叔"是哪位,说话间还特意用手指了指我。

听见陈爒对我的嘲讽,我身后戴眼镜的小胖子笑得差点把手里的冰激凌掉到地上。

"我还有个问题。"小女孩似乎很喜欢和陈爒聊天。

"什么问题呢?"陈爒对孩子尤其耐心。

"蚯蚓有眼睛吗?我在动物园看到狮子、老虎、猴子、兔子它们都有眼睛,但是感觉蚯蚓就是一条长长的虫子,没头没尾,也看不到它的眼睛。"

"蚯蚓这种软软的小动物,它是没有眼睛的哦。它们住在土里,喜欢挖洞洞来找东西吃和喝水。因为一直在地下生活,所以蚯蚓的头部就变得不那么明显了,眼睛也没了。但是蚯蚓虽然没有眼睛,却不代表它'看不见'。它们身上有很多厉害的触觉器官,比如皮肤上的感觉器官、嘴巴附近的器官,还有能感觉到光线的器官呢。它们对碰到皮肤的东西特别敏感。特别是蚯蚓的皮肤上有很多小小的感光细胞,这些细胞对光线强不强特别敏感,所以蚯蚓能知道是亮还是暗。要是遇到很亮的光,它们就会聪明地躲开,然后爬到黑暗的地方去。即便没有眼睛,小蚯蚓也能很好地生活。对了,你喜欢蚯蚓吗?"

"不喜欢,它的样子很难看!"小女孩立刻摇头,脸上现出了嫌弃的表情。

"不过它自己倒是不介意，因为它整日在泥土里面，也没人会在意它是美是丑，对不对？而且小蚯蚓和它的朋友也不会经常见面，长得好不好看，对它们来说其实不重要。"

"那蚯蚓有大脑吗？"小女孩的问题一个接一个。

"蚯蚓的身体结构和我们人类很不一样哦。它们没有像我们一样的大脑，但是它们有一个叫作'神经节'的东西，这个神经节就像是一个小小的指挥中心，帮助蚯蚓感知周围的环境，做出反应。蚯蚓的神经节分布在它们的身体里，通过一些细细的神经纤维连接起来。这样，当蚯蚓的皮肤感觉到什么东西，或者它们的嘴巴碰到了食物，神经节就能收到信号，然后告诉蚯蚓应该怎么做。虽然蚯蚓没有大脑，但是它们用自己的方式感知世界，做出反应，也是非常厉害的哦！"陈爔笑着回答道。

"那昆虫是不是比我们人类厉害呢？"小女孩问道。

"有些方面确实如此，但在思考方面，还是我们人类更胜一筹。我们人类大脑中有大约一千亿个神经元，而昆虫就少得多，像蟑螂和蜜蜂可能才一百万个。可以说昆虫的大脑是极具优秀反应能力的生物结构，但人类的大脑则更擅长思考。打个比方，你长得很好看，蚯蚓长得不好看。因为我们是人类，具有审美，所以才会得出这个结论。但是昆虫却无法理解'好看'是什么意思，因为他们的大脑太原始，'审美'这件事超出了它们大脑的理解范围。"不知道是不是为了照顾小女孩的感受，陈爔故意将语速放得很慢。

我心中暗想：陈爔你这一通自说自话的表达，小孩听得懂才是怪事吧！

没想到小女孩竟似懂非懂地点了点头。"昆虫们是无法理解很多事情的，因为很多事情超出了他们理解的范围，对吗？"

"没错。"陈燨点点头。

"那有没有我们无法理解的事情呢?"小女孩又问了一句。

她的妈妈这时候摸了摸她的小脑袋,温柔地说:"人类会学习啊,我们不理解事情的时候,我们就会去学习。"

"昆虫不会学习吗?"小女孩很不解。

"刚才叔叔说了,昆虫的大脑太原始,无法理解很多事情,并不是它不想学习,而是它的大脑能力有限,无法学习。毕竟评价一件衣服好不好看,对一只昆虫来说,实在太难了。"妈妈一边解释,一边瞥了一眼身边的丈夫,"包括你爸爸,帮妈妈选衣服也超出了他的能力范围。"爸爸听了只是哈哈大笑。

"评价一件衣服好不好看,超出了昆虫大脑的能力范围,所以即便它想要学习也没有办法。那么,有没有一件事,会超出人类大脑的能力范围,我们就算想去学习,也无法学习呢?"

小女孩这句话问完,在场所有人都沉默了,大家不知道该怎么回答这个问题。智人大脑的理解能力有边界吗?我们所能理解的事情,是不是也困于我们的肉身,正如一只昆虫无法理解一件碎花连衣裙那样,我们终究无法理解"某些事情",或者我们想尽一切办法将其合理化,从而以为自己理解了"某些事情"。

知识是无限的,但人脑作为一种载体,它却是有限的。

这时,展厅出口忽然传出一阵音乐,原来是昆虫剧院的演出马上就要开始了。小女孩的家长向陈燨道了谢,牵着女孩的手就往出口方向走去,看来他们也是去看演出的。

"韩晋,我们回去吧!"陈燨回头看着我。

他的表情变得有些奇怪,似乎刚才小女孩提出的问题,让他变得有些沮丧。

"好啊。"我也有些累了。

我跟在陈爔身后，朝展厅出口走去，剧场里开始播放音乐，欢快的旋律中，我忽然感到口袋里手机传来了一阵震动。

拿起手机，屏幕上显示有人给我发送了一封电子邮件。

一个陌生又熟悉的名字——耿书明。

2

熟悉我的读者都知道，我是一个业余作家，严格来说是一个业余推理小说家。之所以这么说，是因为我正式的职业是一名历史老师。与"太阳底下最光辉的职业"比起来，写推理小说似乎就没那么拿得上台面了，尤其我写的还不是所谓的正统文学。

不过大家似乎对推理小说家这个职业非常好奇，且常常有一种"偏见"，似乎所有写推理小说的作家，对真实案件的侦破都非常了解。其实这两者根本就是两回事，就好比武侠小说中的武林高手与现实体育比赛中的散打冠军，这两者根本没有可比性。

可读者却管不了这么多，在完成《黑曜馆事件》后，我经常会收到许多私信，拜托我替他们查一查生活中那些不可思议的事件，比如学校里的课桌椅少了一套，办公室的水杯不翼而飞，明明买的是黑色裤子第二天却发现变成了白色。我承认有些谜团确实很有想象力，但我是真的爱莫能助。

至于陈爔，相当一部分读者认为他是我"虚构"出来的。亲爱的读者朋友，请相信，我，韩晋，比任何人都希望陈爔是我虚构出来的角色，这样我可以随时在小说中让他反复成为被害人。很可惜,这家伙就是和我合租在同一栋房子里的活生生的人,至少在我的生活中,陈爝并不是一个文学人物。

以上这两点对推理作家的误解,耿书明全占了。

话说回来,我是真没料到他会给我写电子邮件。大学毕业之后,我们几乎没有来往,而且在我的印象中他的羽毛球水平非常糟糕,也不知道怎么就混进社团了。转眼毕业都已经十多年了,当时还没有微信,我记得他换过一次手机号码之后,我们就失联了,也不知道他从哪里得到我邮箱地址的。或许是有印在书里?我记不清了。

读完他的来信后,我给陈爝也过了眼。

"感觉怎么样?"

我对着躺在沙发上看手机的陈爝发问道。

从昆虫博物馆中回来后,陈爝就一直保持这种懒惰的姿势,不论喝咖啡还是看书,屁股像是被人用强力胶粘在沙发上一样。我发现陈爝这个人,做事情都非常极端,面对兴趣不大的事情,陈爝会让你觉得他是这个世界上最懒散的人,但一旦对某件事产生了兴趣,他会立刻变成一个超有行动力的人。他永远在这两种状态之间切换。

"感觉你这位同学可真不了解你啊!"陈爝答非所问。

"我不明白你的意思。"

我的直觉告诉我,接下来没好话——果然如此。

"因为他竟然用'才思敏捷'来形容你。"陈爝张大嘴巴,做出异常惊讶的表情,"可恶!韩晋,这是在讽刺你啊!你难道不生气吗?"

"你认真一点行不行?"我对他的孟浪之举十分无语。

也许是意识到我语气中的不愉快,陈爝没有继续说话。他皱紧眉头，又将手机屏幕上的信读了一遍。

"你真的打算去吗？"

面对这个问题，我一时不知该如何回答。

论交情，我们之间也就一般般。而且我一向认为，眼下通信技术这么发达，想找到一个老朋友或跟一个人保持联络，并不是什么难事。能够十多年一句问候都没有，那说明你对他来说并没有那么重要。尽管再见面时激动得涕泗横流，多半也是伪装出来的。

不过抛开耿书明不谈，对发生在耿道成教授身上的事情，我倒是很有兴趣。

我读过耿道成教授很多文章，他对古代少数民族的民俗与历史的研究非常深入，尤其是辨罗甸国与罗氏鬼国的那篇文章很有见地。可即便如此，要让我相信世上曾存在过一个崇拜昆虫的部落也很难，理由很简单，文献与考古的证据太少。就像王国维所说的，必须"纸上之材料"与"地下之新材料"相互印证才行。也难怪当时会有那么多专家出声反对他。

"想去看看吗？"

既然不知道怎么回答，不如先反问陈燨。

"你想去刀岗村吗？"

"不想。"陈燨很快地回答道。

"为什么？你对这种充满了神秘感的谜题，不是都保持着高昂的兴致吗？"

"耿书明可没有邀请我。对他来说，我只不过是个'不怎么讨喜'的文学人物。"

"你是不是生气了？"我从他的言论中捕捉到了一丝不快的情绪，于是立刻着手反击，"你心眼儿也未免太小了吧！"

"生气？你在开玩笑吗？"

死要面子的陈燨当然不会承认。

"那你是答应跟我一起去刀岗村了？"

"我没生气和我要陪你去刀岗村之间，有什么关联吗？韩晋，别试图用你那弱智的语言陷阱来套路我。"陈燨拿起杯子，喝了一口咖啡，我感觉他在强装平静。"你想去的话就自己去，几年前去弇山村①的时候，你不也一个人去了吗？"

"那次回来之后，你不也生气了嘛。好啦，其实我也没多想去刀岗村，毕竟在云南省，过去也是长途跋涉。不过同学一场，人家都开口了，直接拒绝多不好意思。而且作为一个历史教师，能近距离接触和观摩考古发掘的现场，而且还是未被人发现的遗迹，不论如何都算是一次难得的经验。"

其实我内心深处还是想去一趟刀岗村的，倒不是因为耿书明。

况且如果有陈燨在身边，我会比较心安一些。这家伙虽然毒舌，但大部分时间都能保持冷静的头脑。在情绪稳定上我确实不如他，这点我必须承认。而且，陈燨比较幸运，什么好事都能让他遇上，随手买瓶饮料都能再来一瓶，预测足球比赛也总能猜对比分，反观我自己，好几次出远门都遇到了非常糟糕的事情，很难不怀疑我被扫把星附体了。

"韩晋，你不觉得这整件事都透着一股奇怪的感觉吗？"陈燨发问道。

"什么感觉？"

"恐怖的感觉。"陈燨思考片刻，又补充了一句，"一种难以

---

① 详见《傀儡村事件》(新星出版社，2018)。

形容的恐怖感。"

陈燔试图寻找一种词汇来形容他的感觉，但他没能找到，唯有"恐怖"这个词比较贴切，却未必完全契合他的感受。

陈燔继续道："在耿书明的信中，他提到沪东大学的高谦平教授是最早意识到滇南虫国存在的学者，而且还亲自探访过刀岗村。紧接着，交通意外就发生了。这两件事放在一起看，我感觉耿书明的怀疑是有依据的。"

现在看来，整个事件的起源，就是高谦平教授首先发现了滇南虫国和虫落氏的存在，但他并没有将这个发现公之于众，而是自己偷偷跑去云南考察。我能理解像高教授这样的学者不轻易下结论的谨慎性格和学术素养，他必须有十足的把握，才能把滇南虫国这种如同幻想般的存在告知天下。在得到虫神石雕像后，高谦平教授更加坚定了信心。他曾暗示记者，自己将有一个重大的发现，不久之后便会公布，届时会在考古学界掀起一波巨浪。很不幸，他在接受采访之后没多久，就出了车祸，一命呜呼。

奇怪的是，高谦平教授在发生意外前不久，就将手里的虫神石雕像转赠给了川东大学的耿道成教授。这一举动在我看来，似乎有些"托孤"的意味。高教授死后，耿书明的伯父耿道成教授继承了高教授的遗志，继续了滇南虫国的发掘和研究，并在杭州召开的"中华文明起源与早期发展学术研讨会"上发表了自己对滇南虫国的发现和研究成果，引起媒体及学界的震动。

耿道成教授的"奇谈怪论"引发的舆论是一把双刃剑，他虽因此得到了极大的关注度和流量，却也引来了许多谩骂和侮辱。不过，令耿道成头疼的并不是网上的流言蜚语，而是生活中感受到了"威胁"。他在笔记中表示有人不希望将滇南虫国的信息公开，试图掩盖这段历史，还对他进行了人身威胁。这期间，他是否真的遭遇了切实的报复行为，我们已无从得知。终于，再一次前往刀岗村的实地考察时，耿道成被人在神木庙中枪杀。当地警方认为他可能是遭遇了流窜作案的抢劫犯。

但耿道成教授的侄子耿书明却不这么认为。从耿教授出租屋中的纸箱里，耿书明发现了大量关于滇南虫国的研究手稿和一尊虫神石雕像，以及耿教授留下的字条。同时，耿书明在网络上结识了毕业于中国农业大学昆虫学系的学者丁瑶。丁瑶向他透露了耿教授被杀案件的很多细节，并认为这不是一起意外，因为杀人现场呈"密室"状态。

刀岗村的村民自然认为这是因为耿教授亵渎神木而被降灾，可丁瑶是个受过高等教育的生物学家，当她得知这一情况后，或许立刻意识到这起案件很有可能是谋杀，而不自然的"密室"状态或许是罪犯使用了某种"诡计"。耿书明也认为这起案件的疑点太多，于是主动联系上了渝南大学考古学教授汪敬贤团队。他是在考古界少数支持耿道成教授虫国学说的学者。耿书明想联合汪教授的团队和我一同前往刀岗村，一方面想借助汪教授的力量，证明耿教授的发现并非无稽之谈；一方面也想私下调查清楚耿教授真正的死因，找出害死他的凶手！

把我当"名侦探"这件事是他这次计划中最大的失误。

陈燏继续说道："沪东大学就在上海，而且那所大学我有不少熟人，正好认识他们考古系的一位老师，这件事值得我们去查一查。"

"调查高谦平教授的意外吗？"

"是不是意外，现在还不好说。"

说完，陈燏立刻给上海市公安局刑警大队的宋伯雄队长打了通电话。他们俩算是老相识了，关系一直很不错，宋队长也是少数能够忍受陈熠古怪性格的人之一。陈熠回国之后，明里暗里帮了警方不少忙，作为回报，宋队长也经常在工作规定范围之内，透露给陈熠一些关于案件的情报。电话里，陈熠托宋队长查一下八年前那起交通意外的情况。

挂掉电话，陈熠对我说："韩晋，我们出发。"

"出发？去哪？"我莫名其妙。

"去沪东大学。"

3

我们来到沪东大学时，天边已悄然绘上了一抹温柔的晚霞，状似咸蛋黄的太阳挂在天际，为校园内的每个角落都披上了一层薄薄的橘黄色纱衣。校园里的学生稀稀拉拉，可能是赶着去吃饭，每个人的步伐都迈得很急。这样的场景，不禁让人遐想，是否太阳落山后，人类真的就失去了继续奋斗的动力，这或许是深植于我们基因中的某种古老节律。这份突如其来的饥饿感，让我不由自主地揣测起那些行色匆匆的学生，是否也和我一样，正被某种原始的需求所驱使。

陈熠是个行动派，脑子里想到什么就会立刻实施，在旁人眼中可能是优点，但苦了陪在他身边的我。但如果我要就此抱怨的话，陈熠一定会推卸责任，毕竟耿书明找的人是我。

当我们终于抵达历史学院那座古朴而庄严的大楼前，陈熠没有片刻犹豫，迅速掏出手机，拨通了一个号码。不一会儿，楼道里便响起了一阵轻快的脚步声，紧接着，一位三十来岁的女士出现在我们视线中。这位女士留着短发，脸上戴着一副细边眼镜,还没跑到门口就冲着陈爝挥手。陈爝也迎着她走过去。

"实在不好意思,刚才有事耽误了。"女士对陈爝说完,把脸转向我笑着说,"这位一定是韩晋老师了吧!您好,我叫徐超,是沪大考古系的讲师。"

"您好,我叫韩晋。"我也回以微笑。

徐超与陈爝是旧识,但至于怎么认识的,陈爝也没多说。不过我还记得沪东大学数学科学学院的院长齐博裕曾经邀请过陈爝,在镜狱岛那件事[①]后,陈爝还是婉拒了邀请。最终他还是不愿意回到大学任教。我一直认为他有"心病",这个"心病"就是在美国时种下的。至于在美国加州大学洛杉矶分校任职期间发生了什么,何以突然间被解聘回国,对于这件事,他一直三缄其口,从不谈论。这是陈爝内心深处的秘密。

"今天什么风把陈教授吹来了?你给我打电话的时候,我还挺惊讶呢!"徐超说话时语速极快,很容易让人听不清她在说什么。据说有些极为聪明的人便是如此,脑筋快嘴也快。

"我们这次来,是想知道一些高谦平教授的事。您曾经是他的助教对吧?"

听陈爝这么一说,徐超的脸瞬间沉了下来。

"是的。"

过了好久,她才缓缓挤出这两个字。看来她对这个话题并没有做好心理准备。

"那您对高谦平教授的研究有没有印象?"陈爝说完前半句,故意顿了一顿,见徐超没有反应,又提示了一句,"关于虫国与虫落氏的研究。"

[①]详见《镜狱岛事件》(新星出版社,2016)。

此言一出，徐超的面部表情变得更紧张了，同时还带着一丝惊愕，或许是没想到陈燨何以知晓这件事。她四下张望了一圈，确定没有人注意到我们后，才对我们说道："两位随我去办公室说吧。"

我们俩跟随她，脚步轻轻地踏上了三楼，在楼梯拐角处第一间就是徐超的办公室。整个过程中她都没有说一句话，气氛略显尴尬。

推开那扇略显沉重的木门，一股特有的书香气息扑面而来，也许是拉着厚窗帘的缘故，办公室很暗。我尽力让自己的眼睛适应这份昏暗，隐约间，墙上挂着一幅古朴的书法作品，墨色浓淡相宜，字迹苍劲有力，却因光线不足而无法细辨其上所题之字。进门的右手边是一排书架，书籍被精心或随意地排列着，横竖交错间，透露出主人的独特品位与广泛涉猎。办公室的地上和桌上也堆满了书籍，其中有最新出版的学术著作，也有线装古籍，总之很符合我们对考古学家的印象。进屋后，徐超并没有选择拉开窗帘，让暮光照亮房间，而是打开了房间的顶灯。

办公室被点亮后，墙上那幅书法的字迹也登时清晰起来，题是"囊萤映雪"四个大字，落款者是高谦平教授。

"两位要喝点什么？"问完后，徐超自己笑了一声，"我这里也没什么，只有矿泉水。"

"矿泉水很好，感谢！"陈燨找了张靠近书桌的椅子坐下。

徐超递给我们一人一瓶矿泉水。

我的目光始终没有离开书架，其中有几本讲中国古代巫术和少数民族民俗的书籍很吸引我。感觉学者的书架上总有许多市面上见不到的好书。

"徐老师，我就开门见山地说了，我们这次来呢，是怀疑高谦平教授的意外和他的研究有关。但是，这只是我们的猜想，并没有证据，所以想听听身为高谦平教授助教的您的想法。"陈燨直截了当地表明了来意。

徐超背向我们，单手扶着书桌，半天没有讲话。

我们自然也看不清她的表情。

"陈教授，你是研究数学的，应该更知道有几分证据说几分话这个道理。任何定理都要证明为真才会成立，证明的过程是很重要的，而不是说一拍脑袋，想怎么说就怎么说。你怀疑高教授的死和他的研究有关，但仅仅是猜想？这不像你的风格啊。"

"大胆假设，小心求证嘛。您看，我不是来找您'求证'了么？"陈燨回答道。

"是不是汪敬贤叫你来的？"徐超转过身，一改之前的和善，脸上隐隐现出怒容。

"喔？为什么这么说？"陈燨好奇地问道。

徐超用手扶着额头，长叹一声道："为什么他们不肯相信这一切只是高教授的幻想？为什么他们总要锲而不舍地追问呢？难道仅仅凭借一个石像就断定虫国的存在？我有时候真的搞不懂他们为什么都这么执着！耿道成如此，汪敬贤也是如此。"

"耿道成的事您也听说了？难道您真的相信他是在偏远山村里被强盗随机杀死的？"

"难道不是吗？难道警方的调查会有错？"

"事实是警方赶到案发现场时，现场已经被村民严重破坏了！"陈燨朗声说道，"根据某位刀岗村村民提供的线索，村民最早发现现场时，神木庙的大门是从内用门闩闩住的。愤怒的村民将大门撞开后，发现现场呈'密室'状态，便认为是因为神明降罪杀死了耿道成教授。在警方赶来调查时,他们也不知什么原因,集体噤声,没有把门闩的事告知在场的侦查员,从而影响了警方的判断!"

"密室状态?"徐超说话时,嘴唇还在哆嗦。

她表现得很害怕。可我和陈燨不知道她在害怕什么。

"密室状态,就是案发现场在一个封闭空间之内,门窗都从内反锁。据我所知,刀岗村的神木庙只有一扇天窗,四面都是用实木组成的墙壁,圆木与圆木之间,仅有一条很细的缝隙。这条缝隙细到什么程度,纸片塞不进去,刀片勉强可以插入,但同时也会损坏木头。木屋的外立面都经过全面的检查,完全没有发现损坏的痕迹。整个木屋也只有一扇木门,可惜这扇木门却从内反锁,屋子里面,有一具被子弹贯穿大脑的尸体。现场这种状况,你还认为是强盗所为吗?"

面对陈燨的疑问,徐超没有作声。

"高谦平教授的车祸我也会继续调查。如果高教授的死也有疑点,结合耿教授在刀岗村神木庙发生的案件,我们就可以得出一个结论——有某种力量在猎杀发掘滇南虫国的学者们。有人不希望滇南虫国的遗迹重见天日。"

"人没有这种力量。"徐超终于开口了。但她说的话,我听不明白。

"你说什么?"

看来陈燨和我一样。

"没什么……"她欲言又止。

"你是不是遇到过什么怪事?没关系,可以告诉我们。毕竟这种事我们也不是第一次遇见,没什么大不了的!"

这倒也不是什么狂言。这些年来,我和陈燨遇到过不少灵异事件，查到最后都是人在捣鬼。不论怎样的事件，我都有信心能够帮到她。

"没有亲身经历过的人是不会懂的。"徐超苦笑道，"难道不是吗？因为你们所谓的信仰是科学啊！任何事件，哪怕再牵强，你们都会用'科学'去解释。这对我来说没有意义，因为我是切身体会过那种'恐怖'的人。"

"恐怖？"我警觉地竖起耳朵，希望她能再多说一点。

可是徐超令我失望了。

"你们就当我胡说八道好了。总之，我不希望再有人执着于滇南虫国的研究和发掘，这件事就是高教授的幻想，它从未在我们的历史中存在过。"

"考古学家就这么容易放弃吗？或许滇南虫国遗迹是下一个三星堆也未可知啊。"

陈燨知道一个"新发现"对于学者来说多么重要。

"陈教授，你可别用激将法激我，我非常尊敬高谦平教授的学术生涯以及他的为人，但我并不认同他关于虫国的研究。对此我不想多谈。所以，如果你们妄图从我这里打听到关于高谦平教授与虫国的故事，恐怕今天是白跑一趟了，我什么都不会讲的。"

徐超的言外之意就是让我们赶紧离开。

"完全理解。"陈燨站起身，伸了个大大的懒腰，"如果有问题我们会再来的。"

实际上，我起初并没有认为高谦平教授的意外与耿道成教授的枪击案有什么关系，但从徐超反常的表现来看，她显然知道点什么。她的行为使我觉得整件事越发扑朔迷离。

临走时我们带走了矿泉水，并感谢了徐超老师。但她似乎不在状态，只是呆呆地点头应和，整个人像是神游物外一般。

出了历史学院的大门，我立刻向陈燨表达了自己的疑惑。

"我觉得徐超有事瞒着我们。"

"可以啊韩晋，智商有进步，徐老师如此不明显的表现，竟然被你一眼看穿。"

虽说陈燨在表扬我的观察力，但总觉得哪里不对，似乎言语中还带有一丝嘲讽。

我接着说道："不然她为什么表现得这样排斥呢？而且她似乎对耿道成和汪敬贤都颇有微词，假设滇南虫国的研究是无稽之谈，那她又为何对他们两个这么愤怒呢？就好像他们窃取了高谦平教授的学术成果一样。"

办公室墙上还挂着高谦平教授的手笔，我认为徐超对他一定是心怀崇敬的。

"事情变得越来越有趣了。"陈燨露出了笑容。

"啊？"我不懂哪里有趣。

"徐超并不是不想把事情的真相告诉我们，她显然在害怕什么。"

"是她口中的'恐怖'事件吗？"

"也许吧。"

陈燨的回答模棱两可。

"还是有人在威胁她？所谓灵异事件只是她的托词？"

我脑海中浮现出一个戴着墨镜的黑衣人，用枪顶住徐超的脑袋，威胁她不能把高教授的秘密告诉任何人的画面。我摇了摇头，想把这种不切实际且可笑的想法从脑中驱逐出去，最近黑帮电影看多了，脑袋都出了点问题。

"威胁不威胁，我不知道，或许也未必是人为的因素。"

"不是人为，难道……她真的遇到了灵异事件？"

"好啦，我们在这里猜来猜去，还是没有答案。当务之急还是要找到一个与高谦平教授有过密切交往的人才行。"

"他的助教都不愿意透露意外的细节，还有谁愿意呢？"

"还有一个人。"陈爔故作神秘地说。

"谁啊？"我忙追问。

"高谦平教授的夫人。"

4

我驾驶着白色比亚迪汽车沿着沪昆高速公路向南行驶。

这辆车是从我的好朋友石敬周这里借来的，因为我和陈爔平时出行都不喜欢开车，所以也从未有过购车的打算。低碳出行更环保是一方面，更重要的是现在上海地铁四通八达，哪里都能去，买一辆车还要考虑停车问题，反而是个累赘。

不过这次我们的目的地是松江，坐地铁的话实在太远了，而且出了地铁站可能还有几公里的路程，所以这次就选择了驾车出行。

昨天我们拜访完徐超后，陈爔就立刻托人联系到了高谦平教授的遗孀田英红女士。高谦平夫妇的子女都在新加坡，田英红现在独自一人住在沈泾塘桥附近的公寓里。对于两个陌生人的拜访，田英红没有拒绝，于是我们约了下午两点见面。

"孩子都不在身边，老伴又去世了，田女士应该很孤独吧？"我手握着方向盘感慨道。

"这只是你的想法。"陈爔淡淡地回复。

"人是群居动物，不与人交流的话，会感到寂寞，难道不是吗?"

"不是所有人都喜欢扎堆过日子的。即便是和子女生活在一起,也不由要牺牲一些自我的部分去迁就孩子。但独居的话就不会,只要有自理能力,我认为一个人生活会更有幸福感。而且交流对某些人来说不是必需品。就像我们,和你交流的时候,我必须把自己的智力水平降低到和你同频,才能让你听懂我在讲什么。这对于我来说很痛苦。"

陈燩就是不放过任何数落我的机会。

"喂!我们好好讨论田女士的生活,你扯我身上做什么?"

"我只是举例子让你更好理解我的观点。"

我懒得和他计较。

在沪昆高速公路上疾驰了三十多公里后,车辆平稳地驶入了松江立交桥,过了收费口,我们终于到达了松江区。手机导航的屏幕上,目的地的距离不断缩短,还剩下不到三公里。

下午两点三刻,我们抵达了田英红女士所居住的小区。按照田英红女士提前告知的门牌号,我和陈燩轻松地找到了那栋整洁的公寓楼。在楼前找到合适的停车位后,我们很快将车停好。随后,我打开了后备厢,取出了精心挑选的果篮和补品。

公寓楼很高,共有二十层,而田英红女士的家恰好位于第二层。考虑到楼层不高,也为了更快地见到她,我们决定放弃乘坐电梯,选择走楼梯前往。没想到我们刚到二楼的楼梯口,却发现田英红早就等候在那里了。

田英红六十来岁,她的头发被细心地梳理成低绾的发髻,整个人给人十分端庄优雅的感受,她看见我们立刻露出了微笑,招呼道:"陈燩教授和韩晋老师是吧?"

"没错,我是和您电话联系的陈燩,冒昧跑来打扰,真的不好意思。"

"我是韩晋。"

我们俩同时向田英红鞠躬。

瞧见我们手里拎的礼品,田英红露出了为难的表情。"来就来,干吗还带东西呢!"

我忙说道:"一点心意而已,请您不要嫌弃。"

"不用这么客气!来,进屋说话。"田英红招呼道。

我和陈燏被田英红女士引领至一间宽敞明亮的客厅,阳光透过半掩的窗帘,洒在柔软的沙发上,形成斑驳的光影,营造出一种宁静而舒适的氛围。我们轻手轻脚地在沙发上坐下。

田英红女士微笑着询问我们道:"两位老师,想喝点什么?"

她的声音里充满了亲切与关怀,让人不由自主地感到放松。

陈燏教授略一思索后,礼貌地回答道:"请给我一杯咖啡吧,谢谢。"

我微笑着回应道:"我就开水就好,谢谢田女士的款待。"

趁着田英红转身去厨房准备饮料的空当,我的目光不由自主地开始在这间温馨的屋子里游荡。茶几被放置在沙发中央,上面摆放着一套简约风格的茶具和精装的英文书籍。茶几正对着的电视墙上,除了那台尺寸适中的电视机外,最引人注目的莫过于电视机上方挂着的一张被精心装裱的相片。

相片中是一位中老年男性,虽然脸上布满皱纹,头发也已经秃了,但透过镜片可以看到一双锐利的眼睛,你甚至可以从这双眼睛里感受到他仍对未知的事物有着强烈的求知欲,一股不输给年轻人的求知欲。

相片的主人应该就是高谦平教授。

过了几分钟,田英红端来了饮料,我和陈燏起身接过杯子,并表达了感谢。

田英红在单人沙发上坐下,深深叹出了一口气。那气息中似乎蕴含着无尽的疲惫。不知道是不是我的错觉,感觉她整个人十分憔悴。

"没想到过了这么多年,还有人记得谦平。"田英红抬头看向我们俩,"你们这次来是想问关于那场车祸的事吗?"

"如果方便的话。"陈爔道。

田英红苦笑着摇头,似有许多无法言说的无奈。"也没啥不方便的,都过去这么多年了。哎,不过无论我怎么说,警察都认为那是一场普通的意外。"

陈爔随即问道:"您认为高教授的车祸不是普通的意外?"

田英红叹道:"我没有证据。"

"不需要证据,我们想听听您的想法。"

"谦平出事之前,他自己就有不祥的预感,尽管他没有和我说,但我们毕竟共同生活了这么多年,我又怎么会看不出来呢?那段时间他总是魂不守舍、疑神疑鬼,比如睡觉睡到一半,就会突然起床,跑去厨房检查煤气关了没有,有时候是检查门锁了没有。到家之后也常常会出现幻听,老说门口有人,但打开门却什么都没有。可只要是我问他,他就说没事。我感觉谦平可能怀疑有人跟踪或者监视他。"

我与陈爔对视一眼,心里应该同时想到了耿道成教授留下的那张字条。

> 我感觉它时刻都在监视我,仿佛有一双无形的眼睛,不分昼夜地紧盯着我,时刻都在威胁着我,希望我立刻停下手里的工作……

如果田英红没有说谎，那么耿道成和高谦平两人在出事之前，都感觉到有人监视和威胁他们，随后也都因不同原因故亡，结合两者来看，事情就没那么简单了。换言之，几乎可以肯定他们的死亡背后一定有某股力量在"作祟"。

他们两人的共同点就是发现了滇南虫国和虫落氏的存在。

"高教授在出事之前，有没有什么反常的举动？"陈燏问道。

"反常的举动？"

"任何小事都可以，比如生活习惯改变，或者做了某些从不会去做的事情。"

"我想想看。"田英红低下头思索片刻，突然抬起了头，"这么说来，确实有一件事蛮古怪的。当然我也问过他为什么这样做，但他还是闭口不谈。谦平总是这样，什么都不愿意告诉我，结婚几十年了，我还是拿他没办法。"

"什么事？"我和陈燏都不由自主地前倾上身。

"好像是发生意外的一周前，那天晚上我睡着之后，突然被客厅奇怪的声音吵醒了，于是我就起床去看，发现谦平拿了一个纸箱子，偷偷下了楼。那天外面还下着毛毛雨，他也没打伞，我就很好奇他到底去哪儿，便披了一件外套跟下去。他像是做贼一样，东张西望，仿佛生怕被人见到，幸好他没发现我，他怪异的举动也令我更加好奇。我一路跟着他来到了离家两三百米的一处建筑工地上。到了工地，谦平也不知从哪里找来一个铁桶，在里面点着火后，将纸箱里的东西都倒进去焚烧。"

"他在烧什么？"我迫不及待地发问。

"由于距离太远，实在看不清楚。不过感觉烧得都是一些文稿和书籍。我当时就觉得奇怪，因为谦平对于书籍和手稿之类的东西一向很珍视，平日里我在家打扫卫生，丢错他一张稿纸，都要和我闹半天。"

田英红边说边摇头，看来对于这件怪事还是很难释怀。

"随后呢？"陈燔问道。

"我怕被他发现，很快就回去了。"

"高教授不知道这件事吧？"

"我跟踪他吗？他当然不知道。谦平到家的时候，我已经上床睡觉了。事后我也没多想，或许是销毁掉一些他不想让别人看到的文章吧。每个人都有隐私，即便是最亲近的人，也不是什么都可以说的。我也没太放在心上。直到你们刚才问我，谦平在出事之前，有没有什么反常的举动，我这才想起来。如果要说反常，这算是一件吧！"

半夜偷偷去销毁的文稿，应该就是关于滇南虫国的研究内容吧，结合之前发生的事情，这点并不难猜，我相信陈燔也想得到。

"出车祸那天的情况，您还记得吗？"

陈燔喝了口咖啡，然后轻轻放下杯子。

"记得，我怎么会不记得呢。那是个星期二的早晨，和往常一样，谦平用过早饭后就准备去学校。他不喜欢把车停在我们小区，而是停在家对面的商场停车场里。尽管那边月租费更贵，但商场停车场有监控，更安全一点。所以每天早上，谦平都要步行穿过一条马路，到达对面的商场取车。就在他过马路的时候……"田英红念及亡夫，忽然凝噎，这让我和陈燔手足无措。不过幸好她很快调整了情绪，继续说了下去，"就在他过马路的时候，有一辆黑色荣威汽车高速朝他冲去，把他撞出好几米远。后来警察告诉我，当场人就没了。"

"肇事司机是谁？有查到吗？"陈燨问道。

昨日陈燨托宋伯雄去查高教授车祸的信息，但直到今天，宋队长那边还没任何消息。这让我也十分好奇这场车祸的后续情况。

"没找到。"田英红的眼眶有些湿润。

"车辆不是都有登记吗？还是马路上的监控没有拍到车牌？"

"拍到车牌，没用，车是偷的。找到车子的时候，人早跑了。"

"当时警察怎么说？"

"他们认定是肇事逃逸，司机肯定是全责。我记得有位姓赵的警察和我说，现场没有刹车痕迹，也就是说，汽车撞向谦平的时候没有减速。"

"警方有没有从谋杀的角度考虑呢？"我问道。

"我觉得不可能。谦平一生与人为善，从不和人争执，而且他一个普通大学教授，能有什么仇家呢？"田英红边说边摇头。看来她很肯定自己的丈夫没有任何仇家。

从田英红的口中，我们大概能够想象出高谦平教授的形象。对于高教授而言，滇南虫国这一惊世发现的背后，蕴藏着他对学术无尽的热爱与纯粹的追求。他并不是那种会为了名利而去学术造假的人，甚至对于自己是否能被历史铭记为滇南虫国的首位发现者，也抱着无所谓的态度。正是这份难能可贵的学术情怀，促使高教授慷慨地将所有珍贵的研究资料，悉数寄给了耿道成教授，并希望他能够继续自己未尽之事业，哪怕所有的荣誉都归于耿教授，只要学界能够正视并承认滇南虫国的存在，并将研究继续，那么高教授的心愿便已圆满。

我们的谈话持续了将近一个小时，离开田英红女士公寓楼时已经过了三点。由于午饭没吃,肚子已经饿得咕咕叫了,便和陈燔在附近找了一家快餐店随便吃了点。吃过饭后,我们一起上车原路返回市区。在行驶到沪闵高架路段时,陈燔手机铃声响起,来电显示是宋伯雄队长。

陈燔和他聊了几句,随后挂断了电话。

"宋队怎么说?"

"肇事者还没有找到,不过警方并没有放弃。"

"耿道成教授的案件他知道吗?"我踩下油门,打亮左侧转向灯,进入快车道。

"我都和他说了,宋队也觉得这两个案件先后发生,确实有疑点。不过在没有证据的情况下,谈什么都没用。警察办案,最重要还是讲证据,可不像业余侦探那样一拍脑袋就行动。"陈燔整个人靠在椅背上,闭起双眼,"看来我们还是要亲自跑一趟云南。"

"你真的要去刀岗村?"

说实话,对于陈燔这个的决定,我还挺惊讶的,毕竟昨天问他想不想去时,他还很果断的回答"不想"。恐怕是因为接连见了徐超和田英红后,发生在高谦平和耿道成两位教授身上的怪事,勾起了陈燔的好奇心。正如我前面说的,这家伙一旦对某件事产生了兴趣,就会立刻变成一个超有行动力的人。

"想要知道高谦平和耿道成两个人发现了什么,不去刀岗村怎么行呢?"

"你不怕虫神的诅咒吗?"我故意吓唬他,"说不定高、耿两位教授就是因为发现了不该发现的真相才被神明降灾呢!"

"虫神吗?"陈燔突然笑了起来,"我倒是想见识一下。"

第二章　昆虫崇拜

百濮有女,年十六,疾困不差。其闻滇之西有神祠,克山石为室,下有女神,自称禳喷。禳喷无形,状如地菌,近者生毛。夷女问曰:"能差我宿疾者,吾将重汝。"其夜,梦禳喷告之:"吾将佑汝。"自后疾渐差,遂立祠山下。

——南北朝　蔺正《异苑奇闻·禳喷祠》

1

拜访田英红后的第二天,我便答应了耿书明的邀请。

他很快回复了我,表示自己听到我愿意前往的消息很是高兴云云,还加了微信。耿书名的微信头像是一片绿色的树叶,名称用的是本名。当我告知还有同行者后,耿书名立刻询问是不是我的妻子,我和他说我还不曾婚娶,同行者的名字叫陈燔。耿书明非常惊愕,世界上还真存在这种怪人?不过他还是很爽快地给我们买了两张机票。

临行当天,我和陈燔起了个大早,先去一家广式茶楼吃了早点,然后提着行李直奔地铁站。原本我的朋友石敬周还说要来送我们去机场,谁知这家伙临时放我们鸽子。这种事他经常干,我们也习惯了。我们从打浦桥站上车,九号线换乘二号线,在浦东国际机场站下车。排队过了安检后,我们又在候机室休息了半小时。飞机起飞时是下午一点,经过三个半小时的飞行,我们于下午四点四十分左右到达了文山砚山机场。

出了机场后,我们遇到了前来接机的耿书明。

耿书明戴着一副细边眼镜,身上穿着一件黑色的衬衫,下面是洗得发白的宽松牛仔裤,也许是出汗太多,衬衫前胸处都泛起了白色的盐花。跟从前一样,耿书明身体瘦弱得像根竹竿,尤其是脖子特别长,加上将近一米九的身高,整个人看起来就像用几根筷子搭成的一样。唯一和以前不一样的地方就是发型,读书时他总是模仿港台明星的造型,留着一头长发,而现在则是一头干练的圆寸。

他见到我后,激动地小跑上前,和我来了个大大的拥抱。

"好久没见,你还是老样子啊!"我感慨道。

这话倒真不是奉承,他的模样确实和刚毕业时没有太大变化,这十几年的岁月在他脸上没有留下任何痕迹。

"韩晋,你不也一样,还是那么帅!"

相比起来,耿书明的话明显言不由衷。

"你几时到这里的?"我问他。

"比你早到一个礼拜。两天前汪教授他们才来,就等你们了!"

我俩寒暄了好一阵,才发现各自身边都还站着一个人,于是忙相互介绍。

"这位是陈燨。"我指着身后的陈燨向耿书明介绍道。

"你好,我就是您口中那位不怎么讨喜的文学人物。"陈燨上前一步,与耿书明握手。

"我和韩晋开玩笑呢!他的小说中就属您最出彩!"耿书明尴尬地笑了两声,随后指着身后那人道,"这位是我私人请的地陪,是当地人,名叫波金栗。"

那位名叫"波金栗"的男青年身材很结实,站在耿书明边上,身形宽了一倍。波金栗留着一头黑色的短发,有一双棕色的眼睛和浅褐色的皮肤,眉宇间透着一股坚毅,立体的五官相比耿书明英俊不少。他身上穿着一件白色的亨利汗衫,两条粗壮的胳膊从短袖中伸出,手臂的肌肉线条如同雕塑一般。

"您是少数民族吗?"我好奇地问。

"我是苗族人。"波金栗回答道。

波金栗虽然是少数民族,但他的普通话感觉比我还标准。

"看上去很年轻啊,您今年多大?"陈爒问道。

"二十一岁。"

"您是广南县人吗?"陈爒又问。

波金栗摇摇头。"我不是县里的,我的老家是刀岗村,就是广南县旧莫乡下辖的一个汉苗杂居自然村寨。这个村寨在各级行政地图上都是找不到的,那里其实是一座位于大山深处的聚居区,非常偏僻,人口也很少,只有一条隐蔽崎岖的山路能够抵达。"

"你是在刀岗村长大的吗?"

"是的。"

"村里人多不多?"

"现在不多了,很多年轻人都去了县里工作和生活,也有念书好的去了大城市读书。"

"那你现在是常住在广南县吗?"

"不是，我住昆明。我在昆明一家旅行社工作，这次是公司派我来当地陪的。耿先生想去刀岗村，我们经理知道我是那里人，就让我来负责这个工作。"

耿书明满意地点了点头，似乎在向我们炫耀他的好运气。

"你多久没回老家了？"这次轮到我发问了。

波金栗歪着头想了想，然后回答说："有一两年了吧。"

"家里父母会想念你吗？"

"我父母很早就去世了。我是奶奶一个人带大的，不过就在前年，奶奶也生病走了。所以我才打算离开刀岗村，出来闯一闯。"

我意识到自己说错了话，十分惭愧，连忙向他道歉："不好意思！"

他倒是无所谓，笑着摆了摆手。

"你就不打算回去了吗？"

"还是会回去探望一下村里人，还有我从小玩到大的小伙伴们。说实话，我还挺想念他们的。不过，村里……"波金栗欲言又止，没有继续说下去。

但这半截话却吊起了我的兴趣，于是忙问道："村里怎么了？"

然而，还未等波金栗回答，耿书明却抢先说道："好了，为什么站在这里聊天？时间不早了，我们现在开车去广南县吧，汪敬贤教授他们还在等我们呢！你们肚子难道不饿吗？"

话是没错，由于只吃了早餐，我现在已经饿得前胸贴后背了。

耿书明把我们领到停车场，上了一辆黑色的别克商务车，由波金栗驾驶。耿书明坐在副驾驶的位置，我和陈燔则被安排在了后排。

我与耿书明许久不见,就在车上聊起了过往。和所有多年不见的老友一样,话题不外乎是某某的小孩已经念小学了、某某开公司亏得血本无归、某某结婚没多久就外遇之类无聊的八卦。陈燨已在我边上打起了呼噜。话题转到这次刀岗村之行后,耿书明的情绪明显低落不少,不知是因为过于思念伯父耿道成,还是担心这次的调查会碰壁。

耿书明对我说:"韩晋,这次你能来帮我,真的很感谢。"

"都是老同学,客气什么。不过丑话说在前头,我既不是警察,也不是侦探,调查案件的水平更是一塌糊涂,多数是帮不上什么忙,不添乱已经很好啦!"我故意装得很谦虚。

谁知耿书明有点不解风情,并没有因此而对我说"其实你很棒"之类的话,而是顺势说道:"没关系,毕竟你把陈燨先生带来了!小说里他可是名侦探啊!"

"确……确实,他破案的时候运气不错。"我只能硬着头皮和他一同夸奖陈燨。

耿书明叹息道:"我想过了,即使这次我们失败而归,也算我为伯父做过些什么了。将来百年之后见到他老人家,我也问心无愧。"

他这话的逻辑我不是很懂。可能我最近受陈燨的影响,变成了一个结果论者,对这种浪漫想法不太能理解。不过换一个角度来看这个问题,耿书明去一趟刀岗村,也未必全是为了做做形式,或许还隐藏着一些我不知道的动机。想到这里,我又开始自责起来。像这种阴谋论的思维方式都是陈燨灌输给我的,原本心善的我已经被他变成了一个多疑的小人。

车子行驶了一个半小时后,我们终于到达了广南县。时间是六点半左右。

耿书明订了一家当地的私房菜，叫彩云楼私房菜，据说味道不错。我们四人到达饭店时，汪敬贤教授一行人还未到，于是我们便先进包厢等待。包厢里是圆桌，我们围着桌子坐下。整个餐厅的装修非常有特色，以木质结构为主，辅以一些草叶、花卉等天然装饰，包厢一侧是阳台，从我们这边可以眺望远处的群山。只可惜窗外暮色沉沉，眼看就要天黑，我从小就有种错觉，原本雾云缭绕的青山，一到夜里，就会变成匍匐在暗处的巨兽，遥遥凝视着我们所在的方向，令人隐隐感到莫名的压迫感。

我头一次来广南县，对这里的一切都感到非常好奇，不自主地东张西望起来。

耿书明对陈燨很有兴趣，一坐下就问个不停，从陈燨的日常工作到他的成长经历，陈燨回答得十分简短，了解他的人一眼就能看出他在敷衍了事。波金栗安安静静地坐在一旁，不发一言。比起话痨耿书明，我对这位苗族小伙倒是很有好感。

七点钟左右，我们听到包厢门外一阵喧哗，过不多时，敲门声便响起。随后包厢大门被人从外推开，门后露出一张饱经沧桑的面容。耿书明见了他，立刻起身上前问候。后来我们才知道，这位就是渝南大学的考古学教授汪敬贤。见状，我和陈燨也站起来和汪敬贤教授握手，虚情假意地向他问好。也不知道是不是考古田野工作做得太多，他脸上密密麻麻如刀刻般的皱纹，让五十岁的他看上去起码比实际年龄老了十岁。

不过他的造型倒是引起了我的好奇心。按理说像他这个岁数的教授不太会留那样的长发。汪敬贤的头发有多长，脑后的头发长度大约垂到肩膀，前额的刘海儿也很浓密，几乎遮住了他的眉毛。他这一头灰白色的长发配上那张皱纹密集的面孔，至少对我来说效果十分惊悚。相比奇怪的发型，他穿着打扮相对正常一些，戴着一副眼镜，身上披着米色针织开衫，里面是一件领子发黄的白衬衫，衬衫的袖口卷起，边缘也有些泛黄。看来这件衬衫有些年头了。

汪敬贤教授缓步前行，其身后紧紧跟随着两位年轻女性，她们的年龄似乎都未及而立之年。其中一位留着利落短发的女孩，以一种自信而清脆的嗓音自我介绍道："各位好，我叫席静，是一名攀岩运动员。"

她这话让我挺意外的，尤其是"攀岩运动员"这个职业，我还是头一回听说。我此前从未在现实生活中遇到过从事这个职业的人。不过看她的打扮，身上穿着成套的运动服，倒像是那么回事。她身材高挑，站姿笔挺，整个人精神气十足，与身材岣嵝的汪敬贤形成了鲜明的对比。而在席静旁边，另一位女孩则显得温婉许多。她拥有一头柔顺的长发，轻轻垂落在肩头，身上穿着一件绿色的碎花连衣裙。与席静相比，她的身材略显娇小，目测只有一米五左右。自进入包厢以来，她便一直低着头，显得有些羞涩。

我主动迈步向前，以友善的姿态向她问好，试图缓解她可能的紧张情绪。"你好，我叫韩晋，是耿书明的大学同学。"

长发女孩听到我的问候，终于缓缓抬起头，轻声回应道："各位老师好，我叫曲欣妍，是渝南大学考古研究院博士研究生，请多多指教。"说完，她还微微欠身，冲着我们行了一个标准的鞠躬礼，显得十分礼貌。

如果说席静给我的感觉是英姿飒爽，那么用小家碧玉来形容曲欣妍再适合不过了。

待汪敬贤、席静和曲欣妍三位依次落座之后，耿书明却依然保持着站立的姿势，他的眼神不时地向门外飘去，显得格外焦急。终于，他忍不住问汪敬贤道："汪教授，曹教授他人呢？怎么没见他和你们一同前来？"

汪敬贤冷笑两声，并不回答。一时间，空气中弥漫着一股微妙的紧张气氛。过了一会儿，耿书明也意识到自己问出去的这句话，仿佛抛进无底洞的石子，恐怕永远都听不见回应。

正当他无比尴尬时，席静出言替汪敬贤答了这个问题。

"曹仲健教授说身体不适，想在宾馆多休息休息，晚饭就不吃了。"

我和陈燨之后才知道，他们口中的"曹仲健"是渝南大学的考古学副教授，和汪敬贤是同事。但从刚才汪敬贤的反应来看，他们的关系并不融洽。

得到答案的耿书明表情顿时轻松下来，笑意即刻又回到了脸上，对大家道："好了，那我去叫服务员上菜。各位慢慢聊。"说着便推开包厢大门走了出去。

"我听说您是推理小说家？"席静把头转向我。

"严格来说，是业余的小说家。我本职工作是初中的历史老师。"我微笑着回答道，语气中带着些许谦逊。

"好厉害！"席静的眼神中闪烁着敬佩的光芒。

"也没有啦！"我害羞地挠了挠头，不自觉地用了左手，脸颊上感觉有点发烫。

"韩老师，您也是左撇子吗？"席静敏锐地捕捉到了这个细节，兴奋地说道，"太巧了，我也是左撇子！在这里，好像只有我们俩是左撇子呢。您知道吗？都说左撇子的人思维独特，特别聪明！"

我轻轻摇了摇头,笑道:"其实我不是。"

"看来我推理错了。"席静俏皮地吐了吐舌头,随后又道,"我很崇拜会写故事的人,您的想象力一定非常丰富吧?"

此时陈燔故意咳嗽一声,那轻微的声响中带着点戏谑,仿佛是在提醒我,不要因为别人的赞美就得意忘形。

"也不是,因为我很多故事都是从真实事件改编而来的,所以也不算完全虚构……"我只希望此时陈燔不要揭我老底。

"您知道民国时期有一种电影小说吗?"陈燔问席静。

席静摇了摇头。

"就是作家去看一部国外的电影,然后回家后靠记忆力把电影故事用文字记下来,再发表到杂志上。很多看不起电影的人就买杂志来看,在当时还挺风靡的。"

"你们知道这家餐厅的菜味道如何?我很期待啊!"

趁席静还没听明白陈燔话里的意思,我忙扯开话题。否则放任陈燔继续胡说八道,恐怕我"小说家"的名头都要保不住。

话音刚落,耿书明推门而入。

"上菜啦!"

2

桌上堆满了各种菜肴,其中大部分我闻所未闻,不由为自己的浅见寡识而感到汗颜。其中最让我感兴趣的是那碟五彩饭,由紫红黄白黑五种颜色组成,真是五彩缤纷,鲜艳诱人。还有那锅岜夯鸡,陈燔还特意询问了耿书明"岜夯"这两个字怎么写,结果他也不知道,最后还是波金栗告诉了我们。他说"岜夯鸡"是壮族独有的一道美味佳肴,而"岜夯"在壮语中的意思就是酸汤,是用红青菜或野菜制作的。

"这家餐厅的老板是壮族人吗?"我对这家彩云楼的店主产生了好奇。

"不是,其实这家餐厅是融合菜,比如这道。"波金栗指着桌上的汽锅鸡介绍说,"严格来说这道菜是建水县的一道特色名菜,但这儿也有卖,都属于滇菜。"

"明白了。"我拿起玻璃茶杯,又问道,"那这又是什么饮料?"

这杯淡褐色的饮料喝起来十分清新可口,感觉像是某种茶水,但味道却和我喝过的所有茶水都不太一样。

"这是我们刀岗村特产的虫茶。"

我没听清波金栗说了什么,于是又厚着脸皮再问了一遍。

"虫茶。"为了让我能听清,波金栗故意放慢了语速,"昆虫的虫,茶水的茶。"

"难道是用昆虫的尸体做成的茶叶?"席静也加入了对话。

看来她对这个话题很有兴趣。

"当然不是。虫茶的制作流程很复杂,简单来说,就是先将上好的茶叶收集起来,放置在阴暗通风的地方发酵,再利用茶叶散发的香气,吸引米缟螟等昆虫来产卵。待幼虫孵化后,会食用这些茶叶,随后排出分泌物,即虫屎。将筛检收集到的虫屎,去除杂质,高温杀菌,虫茶就制作完成了。饮用的时候冲入热水就行了。"波金栗认真地回答道。

"我可以理解为虫屎茶吗?"我感觉整个人都不好了。

"可以这么说。我们老家有一句话,叫早上不吃虫茶,晚上走路打斜。可见这种茶水在我老家有多么受欢迎。"

"这也太神奇了!"我放下了玻璃杯。

神奇归神奇，恐怕我以后都不会再尝试了。

陈燨倒是毫不在意，一边夸赞人类创意之无限，一边又喝了好几口。不过这家伙确实什么都敢尝试。他最爱的猫屎咖啡与这杯虫茶确实有异曲同工之妙。

"你在刀岗村出生，有没有听说过虫神的传说呢？"

我这句话原本只想询问波金栗，没想到此话一出，席间顿时安静下来。似乎大家都在等待波金栗的答案。可还未等到波金栗回答，汪敬贤教授却先开了口。

"他是不可能听说过虫神传说的，从目前的资料来看，滇南虫国最早可追溯至秦汉，灭于姑缯。姑缯是存在于汉昭帝时期的西南少数民族政权，距今有两千多年，怎么可能还会在民间口口相传呢？就算有传下来的，也都是一鳞半爪，不成体系的。"

"那依汪教授的看法，当代云南的神话传说中，有没有疑似从虫神传说演变来的呢？"陈燨发问道。

谈到自己熟悉的领域，汪敬贤的话也多了起来。

"根据我的研究，云南少数民族中仍保留了许多动物崇拜的习俗，而且各民族所崇拜的动物对象都和本民族生存的自然环境和生活条件密切相关。归纳起来，大致有三种动物崇拜的观念及其表现形式。"

"喔？"陈燨不由自主地挑起单边眉毛，这是他对某件事产生兴趣时常会做出的表情，"哪三种？"

"第一种类型是认为某种动物有恩于人类，为感激这种动物的恩德而祭祀崇拜它。第二种是祈求动物供给食物，甚至包括被崇拜的动物本身，这类动物主要是可以食用的山中野兽或人工豢养的家畜。第三种类型是认为某种动物是他们的亲族，他们身上具有这类动物的某种习性和精神气质，从而作为本族的亲族来崇拜。"

"亲族崇拜？"

这种观点我也是头一回听说。

"比如川滇边缘地区的普米族现今仍然崇拜蟾蜍，他们习惯称呼蟾蜍为'波底阿扣'，普米族称舅舅为'阿扣'，称蟾蜍为'波底'，即尊称蟾蜍为舅父。"汪敬贤进一步向我们解释道，"他们崇拜蟾蜍的风俗常常表现在生活中。在普米山乡，每逢黄梅季节，淫雨霏霏，就常会有蟾蜍爬进他们的木垛房中，他们看见之后，就会认为是舅父来串门，不仅不驱赶，还恭敬之至，先要叩拜蟾蜍，向蟾蜍舅父问好，然后取出新鲜牛奶洒几滴在蟾蜍身上，表示献祭给蟾蜍舅父享用。接着还会在火塘上面点一炷香，以表示喜庆。此外，如果在农事生产中遇到蟾蜍，要小心翼翼地用锄板将之轻轻铲起，置于上方安全处，并喊一声'蟾蜍舅舅，请居上位'。在行路之时见到蟾蜍，也要立刻避退下方，以示为舅父让道，毕恭毕敬，直至蟾蜍离开，方可再走。"汪敬贤讲到此处，歇息片刻，喝了口虫茶。

"关于昆虫的崇拜呢？"我追问道。

"也有。景颇族崇拜一种附在坟地上的小昆虫，他们认为，哪家人坟地上的小昆虫，就是哪家人的保护神。每逢年节，死者的亲眷上坟祭奠死者，都要祭祀附在坟上的小昆虫，祈求小昆虫庇佑家人平安顺利。"汪敬贤道。

"这也是人类充满想象力的一种表现啊！"陈燏又在感叹。

"我记得刀岗村有一个神木庙是不是？"汪敬贤问波金栗道。

"是的。据说是从前一棵神树的原址，后来神树为了拯救村庄而枯萎，于是村民自发建立了神木庙来纪念它。"波金栗答道。

"是了，在云南少数民族的原始宗教观念中，神树是村寨的守护神和诸种自然神祇居住的场所，所以自然成为神圣不可侵犯之物。因此，不容玷污或砍伐神树也就成为全体村寨成员共同恪守的戒律。村民不得任意砍伐神树，因为这些行为会亵渎神树，从而导致人畜患病。他们还认为神树支配着刮风下雨，砍伐神树会使天气反常，会危害人们生存和影响农作物生长。所以你看，几乎所有宗教崇拜行为都源自于人类对自然的畏惧。"

汪敬贤教授丰富的知识储备让我对他刮目相看。他对云南原始宗教如数家珍，说明在来之前做足了功课。

"别光聊天，吃菜啊！"耿书明见我们都不动筷子，便催促我们赶紧吃饭。

大家确实听汪敬贤教授谈论云南原始宗教的话题入迷，可以用"忘食"来形容，包括我和陈燔在内，对这些话题都格外感兴趣，希望他能再多说一些。于是我也顾不上耿书明的催促，又向汪敬贤提出了一个问题。

"刚才汪教授提到景颇族的坟地昆虫祭祀，但我觉得这并不是对于一种神明的崇拜。对比其他动物，似乎我们人类历史上的昆虫崇拜确实很少。不知道国外有没有类似的信仰呢？"

显然汪敬贤也聊到了兴头上，对着一桌佳肴已经没了胃口，完全沉溺在自己近期对于虫神的研究之中。他答道："实际上，在全球各种文明的神话故事中，昆虫都扮演了非常重要的角色。比如南非布须曼人崇拜的具有变形能力的螳螂神。按照他们的神话传说，螳螂神授以他们重要的知识，而且还是全世界所有物种的祖先。在古埃及神话体系中，昆虫也显得尤为重要。他们对甲虫极为崇拜。在古埃及人看来，圣甲虫是他们生死轮回仪式的关键，创世神阿图姆与甲虫之间存在着联系。他们会把圣甲虫编入木乃伊的织物中，放在木乃伊的心脏位置。古埃及神话中还有一位神祇本身就是虫神，因为他的头部就是一只甲虫，名字叫凯布利。"

说完之后，汪敬贤甚至还拿出手机，给我们看"甲虫之神"凯布利的形象。

汪敬贤又接着说道："我最近读了一篇论文，很有意思，在这里可以和各位分享一下作者的观点。不过这个观点可能比较耸人听闻，大家要有心理准备。"

这下他可把大家的胃口吊起来了，席静敦促汪教授快点讲，耿书明也不再劝大家吃饭，席上每个人都竖起耳朵，静听汪敬贤的"演讲"。

"龙最早可能是由昆虫演变而来的。"汪敬贤缓缓说道。

他的"暴论"让我十分惊讶。我听说过许多关于龙的起源的学说，有说是鳄鱼，有说是洞螈，也有说是蟒蛇，甚至有人认为是一种龙卷风，但却从未听人讲过龙可能是从昆虫演变来的。毕竟如此"高大上"的神物，怎么可能是我们口中常常贬低的"蝼蚁"呢？

我很期待他接下去还会提出哪些佐证。

3

"飞龙在天，亢龙有悔，可以说我们的文化与神龙紧紧捆绑在一起。可在上古的时候也是这样吗？"汪敬贤讲到此处，略微停顿，观察我们的反应，见每个人的目光都聚焦在他身上，便心满意足地讲了下去，"红山文化的'玉猪龙'大家应该不陌生吧？俄罗斯学者阿尔金认为，红山'猪龙'形象和猪没有关系，而是源自古人对昆虫幼虫的观察。这位学者与昆虫学家合作，确认了这些'猪龙'实际上是模仿自叶蜂、金龟子等昆虫的幼虫。他更进一步推测，殷商玉龙形貌来源应该也和'猪龙'相同。这个发现很厉害，某种程度上为中国龙的来源提供了总体的解释。"

"不过要说我们崇拜的龙是来源于昆虫的，我不太能接受。"我说出了自己的感受。

"别着急，作者在这篇文章里还提出了几个证据来论证神龙源于昆虫的假说。"汪敬贤并没有因为我的打断而感到不快，继续说了下去，"城里人接触到昆虫的机会和种类都很有限，对于常见的蟑螂、苍蝇、蚊子等昆虫，多表现为厌恶，自然不会给予太多重视，更遑论将其神格化为崇拜对象。可是，对于长期生活在乡村的农民来说，昆虫则是其日常经验中不可或缺的一部分。正如《诗经》有云，"喓喓草虫，趯趯阜螽"。昆虫对农民的重要性是超过野兽的，农民对昆虫的认识，也远较其他飞禽走兽来得丰富。毕竟农民不是猎人，不需要深入山林去狩猎，但在农作时却天天与昆虫打照面。农民不会轻视小昆虫，从不忽略它们的存在。农民害怕虫灾，比如我们刚才提到的叶蜂对农作物的伤害就很大，这类昆虫吃植物的叶和苗，雌性成虫能像锯子般把叶部组织锯开，拉伸叶皮，做出囊型的虫瘿[①]来产卵。以上我想说明的就是，人无法想象自己没见过的东西，古人也是如此，对于龙的想象一定是基于某样见过的事物。这点我相信大家不反对吧？"

[①] 植物体受到害虫或真菌的刺激，一部分组织畸形发育而形成的瘤状物。

"不反对。"我表示同意。可我还是不明白这和龙有什么关联。

农民对于叶蜂感到恐惧,所以就要祭拜他?

"然而相似和熟悉还不足以确认古人的崇拜来源,关键的是昆虫拥有龙的核心神能,亦即昆虫能够羽化。"汪敬贤说道。

"羽化?"

这个词我最近常在修仙小说中读到。

"在大自然中,只有昆虫能自蛇体化为鸟形,亦只有昆虫能暂死而再生升天。古人知道,昆虫会暂死变蛹,再生羽化。对于身形虽小却具备伟大能力的昆虫,自然会产生敬畏之情。因此,古人将昆虫神化,形成了龙的形象与崇拜起源。自古以来,龙的信仰就和再生羽化之理想有关。其实,未羽化的幼虫亦可腾空如飞,比如吐出虫丝的毛虫,悬垂在空中的样子。虫丝极细,不仔细看根本发现不了,它们悬在空中随风摆动,感觉就像一条'小龙'在天上飞舞的样子。在红山文化中,蝉、蚕、龙都是相类似的造型,代表的应该是同一系列的昆虫崇拜。而在后期的发展中,蚕与蝉等昆虫保留了具体原形,而龙先是涵盖了一切昆虫的形象,后又另外掺入其他动物的特征,成为另一种神奇莫测的样貌。"

陈燏打断汪敬贤道:"汪教授,不好意思。仅仅凭借这些就认定龙源于虫,还是太武断了吧?有没有更具体一点的证据呢?"

"证据嘛,"汪敬贤思索片刻,又道,"大自然中的幼虫还有一个特征,即尾巴上有带犬齿的假头或尾刺,像黄蜂、蜻蜓都是如此。这种双嘴的形状常常见于史前神龙的造型之中。如在商周礼器上随处可见双头夔龙、双嘴龙等,应该就是先民受到昆虫启发而创作的。当然啦，这也只是一家之言，刚才我见大家对昆虫崇拜有兴趣，便扯了点题外话。啰啰唆唆讲了这么多，还请各位见谅。"

话是这么讲，但从表情来看，汪敬贤很享受这种众星捧月的感觉。

"非常有趣！我们都很喜欢听！"席静表现得很兴奋。

相比坐她身边一言不发的曲欣妍，她的性格真的外向很多。

"汪教授和我们一起去刀岗村吗？"我随口一问。

"他们不和我们一起去刀岗村，我们兵分两路，汪教授团队直接从广南县去山里寻找滇南虫国的遗址。待有消息后，再来刀岗村与我们会合。"耿书明抢在汪敬贤之前回答道。

这使我内心又生出一个疑惑来，刀岗村附近一座又一座山，他们如何确定滇南虫国究竟在哪儿呢？于是我便问："难道你们已经知道滇南虫国遗址的具体方位了？"

汪敬贤看了耿书明一眼道："还是由我来说吧。其实在耿道成教授出事之前，他就邀请我一同参与滇南虫国的研究，因为在学术界我是少数支持他的人，所以他很信任我。他出事之前给我发过一封电子邮件，邮件里附带了几张影印图片。图片是几页被火燎过的纸张，纸上被人用铅笔密密麻麻地写满了文字。其中有非常精准的经纬度，联系周围的文字，几乎可以断定是高谦平教授的字迹，里面记录着滇南虫国遗址具体地点。我后来托朋友查了一下，方位是在刀岗村西面的一座山中。那座山被当地的老人称为赤山，基本上就是一座未被开发的荒山，距离刀岗村只有几十公里路程。"

我想起田英红曾经目睹高谦平教授将研究手稿付之一炬，看来部分资料还没有烧尽，其中一部分流落到了耿道成教授手中。至于高教授如何得知了滇南虫国遗址的经纬度，在他死后，这世界上恐怕再也没人能知道了。

汪敬贤接着说道："这座赤山处于热带和亚热带地区，山顶与山脚的海拔差很大，所以山中的气候差异也很大。由于山间气流的对冲对流的作用，这里的气候变化无常，山间会经常性地出现迷雾，让入山的人晕头转向，十分容易迷路。当地人也表示没事不会轻易上赤山，因为在山上经常会遇到古怪的事情。"

"有哪些古怪的事呢？"席静问道。

"那我可就不知道了。"汪敬贤无奈地耸了耸肩，把手一摊，"不过赤山所在的区域属于喀斯特地貌，地形非常复杂，内部洞穴如同迷宫一般，其中还有暗河，对于普通的旅行者来说非常危险，需要携带专业的登山与野外生存设备，由专业的探险家带领才行。所以这次我们虽然精减了考察队的规模，但还是邀请了著名探险家兼职业攀岩运动员席静老师，还让旅行社给我们配了一位当地的向导。在这双重保险之下，我们才敢去登那座赤山。"

他口中的当地向导，应该指的就是波金栗。

席静笑道："汪教授可抬举我了，我哪里是什么著名探险家啊，就是个业余登山爱好者而已。这次承蒙汪教授看得起，这么重要的遗迹发掘任务还带上了我。"

"这事我们私下进行，可不能声张，哈哈！"汪敬贤难得露出了笑容，随后又转过头对曲欣妍道，"小曲，你到现在都没讲过话，不要这么害羞，来谈一谈对这次发掘工作的看法。这次虽是我们自发的行为，可若是证实了滇南虫国的存在，那可是不得了的成就啊！"

曲欣妍被点名后，脸上一阵红一阵白，显然是很不情愿在大家面前发表看法。不过导师都开口了，一句话不说也未免太不给面子，便硬着头皮道："我希望这次能够成功找到滇南虫国的遗迹，亲眼看到虫落氏生活过的痕迹，也就不枉此行了！"

酒过三巡，汪敬贤兴致越来越高，便一手拉着身边的耿书明一同站起来，手里拿着酒杯环视众人，口中道："来，我们敬高谦平教授和耿道成教授一杯，希望他们在天之灵能够保佑我们这次考察行动成功！为他们一雪前耻！"大家响应汪敬贤的号召，纷纷起身拿起手里的杯子，向两位故去的教授致敬。

陈燔在我耳边说道："刚才你有没有听到奇怪的声音？"

"奇怪的声音？"我不理解他想说什么。

"就是汪敬贤在说话的时候，感觉还有一个声音，但具体我也说不上来。"

看陈燔的表情，他似乎也不能确定。

"我看你是太累了！"得出这个结论，是因为刚才除了听到汪敬贤说话外，我没有听见任何可疑的声音。在听力这方面我还是很有自信的。

"不过我总觉得哪里有点不对劲。"陈燔依旧在我耳边啰唆个不停，"对了，你不是有个表妹在川东大学念大二吗？她认识不认识这位汪敬贤教授？"

"开什么玩笑，我表妹学的是工科，怎么会认得考古学教授？"

"打听一下总没错。"陈燔拍了拍我的肩膀，像是一个领导在给下属下达任务。

按理说我可以完全不理会他这种荒谬的要求，不过想到被我拒绝后他恼羞成怒的样子，我还是决定明天给表妹发一段微信，询问一下。老读者都知道，并不是因为我怕陈燏，纯粹是因为我不想让他来烦我。

这顿饭从七点吃到了九点。酒足饭饱后，耿书明领着我们一行人离开了彩云楼私房菜，搭波金栗的商务车来到广南乐悦宾馆。办理完入住后，我和陈燏被安排到了三楼的客房。耿书明告诉我们，这家宾馆尽管有四层，但平时生意不好，只有二、三层营业。我们所有人都被安排在了三层，如果有事的话可以随时喊他。说完，他告诉了我他的房间号码。我们约好明天中午吃完饭就启程，不过去刀岗村的人只有我们三个。

从早上到现在一刻都没有停过，疲惫感充斥着我的全身。回到房间后，我把行李箱扔到床上，立刻去卫生间洗了个热水澡。热水可以促进血液循环，加快新陈代谢。洗完澡后果然精神清爽了不少。

我披上浴袍，穿好拖鞋，正打算看会儿电视时，门铃突然响起来。

4

门铃声突兀地响起，打开门后，站在门外的竟是陈燏。

"你不打算睡觉吗？"我边说边环顾四周，确认他确实是独自一人前来。

陈燏微笑着，从手掌中托出一枚圆形的金属徽章，在我眼前轻轻摇晃。

那枚徽章在微弱的灯光下泛着黄铜般的光泽，上面雕刻着一种奇异的昆虫形象——它的头部与蜜蜂相似，腹部则细长如蝉，而尾巴则如同蜈蚣一般多节且弯曲。看到这个独特的图案，我脑海中立刻浮现出了耿书明曾发给我的那封电子邮件中的描述。这，无疑就是传说中神秘莫测的虫神磐胡的徽章。

可是，陈燔为什么会有这样的徽章呢？

正当我准备开口询问时，陈燔却似乎看穿了我的心思，抢先一步解释道："刚才我浴室出不了热水，就下楼去找前台，正好撞上彩云楼私房菜的服务员。他说我们包厢里有人掉了东西，就把这玩意儿拿给我了。"

我紧盯着那枚徽章，心中的好奇如同被点燃的火焰。

"这是虫神的徽章吧？是古董吗？"我迫不及待地问道。

"不论怎么看，这都是全新的东西。韩晋，你是瞎了吗？"陈燔将徽章贴到我眼前一寸的地方，不停摇晃，好像是在羞辱我。

我忍无可忍，一把将他的手拍开。"既然不是你的，也不是我的，那就是别人的啊！在包厢的除了你我外，还有耿书明、汪敬贤、曲欣妍、席静和波金栗。这徽章的失主，一定就在他们五个里面。你必须负责将这枚徽章归还给失主。"

"这我当然明白，"陈燔回应道，"所以我才来找你和我一起去找他们。"

"为什么要拖着我？"我质疑道。

"因为要累也不能我一个人累。好了，你别废话了，快点走吧！"说完，陈燔不由分说地拉起我的手，一副不容拒绝的姿态，催促着我赶快行动。

和这家伙认识之后，像这样毫无道理的事情一直在发生，每次我都感觉自己已经忍耐到极限了。不过碍于情面，我都没有发作。算是给陈燔一点颜面。但我也想劝告他，别盯着老实人欺负，别以为我嘴上不说话，心里就没想法，哪天我气炸了可有他好受的！要知道，会咬人的狗都是不叫的！尽管很生气，但我还是跟在陈燨身后，一起去了耿书明的房间。

原本我以为耿书明会知道这枚徽章的主人是谁，但他的表情似乎比我们还要惊讶。

"这……这是虫神徽章？"

"显而易见。"我回答说。

"你们哪里捡到的？"耿书明问道。

陈燨把事情的来龙去脉对他讲了一遍。同时，我也向他表达了我的疑惑——这枚金属徽章是新造的，绝不是古时候留下来的古董。那在我们这些人当中，谁会花精力去搞一个虫神磐胡的徽章呢？

"我觉得，这东西大概率是汪敬贤教授的。要不你们去问问看他？"耿书明说道。

"即便不是汪教授的，他也应该知道是谁的。"陈燨也基本同意耿书明的判断。

耿书明把其余几人的房间号码都告诉了我和陈燨。如果徽章的主人不是汪教授，我们还能继续去询问剩余的四个人。

和耿书明互道晚安之后，我们就离开了他的房间。

到了汪敬贤门前，我抬起右手，刚想按门铃，却被陈燨一把抓住手腕。我不知道他要发什么神经，刚想发作，却见他将食指竖在嘴唇中间，做了一个噤声的手势。

虽然声音很轻，但屋子里确实有人在对话。

我不由自主地把耳朵贴近房门。但尽管非常努力地想听清楚屋里人在讲什么，却怎么也听不清楚。说话的声音像被处理过一样，非常低沉。话是听不清，不过我可以肯定屋内一定有两个人在对话，因为说话的声调完全不同。

偷听别人房间的声音确实很不礼貌，但好奇心盖过了一切。也许是太紧张的缘故，我一个没站稳，头狠狠地撞到了门上。

撞击声让屋内的对话突然停止。

此刻，我的心已经快跳到嗓子眼了。这件事到底是我们理亏，要是被汪敬贤发现我们在他房门口偷听，那该多丢人啊！还好陈燔反应快，我头撞门后，他立刻敲门，故意砰砰砰把声音敲得很响，把我刚才那记撞击声给掩饰过去。

"谁啊？"屋内传来了汪敬贤的声音。

"汪教授，我是陈燔，有件事想请教您。这么晚来打扰，不好意思！"

门开了，汪敬贤一脸不悦地站在门后的阴影里。我们这才发现屋内只有厕所开了灯，其他地方一片漆黑。

难道是睡着了吗？可明明刚才还有人在和他说话。

"是你们俩啊……"汪敬贤的目光在我和陈燔的脸上来回切换，"请问有何指教？"

陈燔伸出右手，在汪敬贤面前摊开掌心，露出了那枚金属徽章。

"请问汪教授，这枚徽章，是你的东西吗？"

"这……这是虫符？"

从汪敬贤的语调来看，这句是问句，说明他也不敢确定自己的判断是否为真。

"什么是虫符？"我忙问道。

"在耿教授留给我的资料中，提到过这种图案，似乎是信仰虫神的族人才能佩戴的'虫符'，不过这东西看起来很新，不像是古物。"汪敬贤从陈燔手里接过金属徽章，右手扶着眼镜，仔细端详起来，"图案是没错，但百分之百是新东西。你们是从哪里找来的？"

陈燨把得到徽章的来龙去脉又讲了一遍。

汪敬贤听了，沉默了一会儿，才缓缓开口道："身佩虫符之人，便是自认为虫落氏的人。换句话说，就是供奉虫神磐胡的信徒。"

"但滇南虫国不是在几千年就灭绝了吗？"我问道。

"没错。"汪敬贤看向我，"从仅有的史料来看，是被西南少数民族姑缯消灭的。"

"那这枚虫符的出现，又意味着什么呢？"

"或许是某个无聊家伙的恶作剧吧！"汪敬贤似乎不想再对此事发表看法，"好了，如果没什么事的话，我想休息了。"

他下了逐客令，我和陈燨也不好意思继续赖在他门口不走，很虚伪地向他道歉后就转身离开了。我们身子刚转到一半，就听见汪敬贤狠狠的关门声。看来他是用这种方法来表达对我们突如其来打扰的不满。

下一位接受我们询问的人是曲欣妍。

曲欣妍可能已经睡下，打开门时整张脸上写满了疲倦，却又要使劲张开双眼来看我们。

"曲小姐，请问这是你的物品吗？"

陈燨递出虫符，同时观察曲欣妍的表情变化。

"这是什么徽章？"她不解地望着虫符。

"汪教授说这叫虫符，唯有虫落氏族的人才会佩戴。但东西很新，也就是当代人造出来的。他说这东西和他无关，所以我们想来问问你。"

"问我？"曲欣妍用力摇头，"这不是我的。"

"那你觉得这上面刻的是什么图案？"陈燨的提问像是在诱

导什么。

"我不知道。"

"汪教授说这是虫神磐胡的形象,你觉得是吗?"

"汪教授说是的话,就是吧。"

"你对这方面没有研究吗?"陈燔露出一副很不可思议的表情,"那你加入这次考察团之前没有做过相关的功课?"

面对陈燔的逼问,曲欣妍把头低下,还是在摇头。

见她这么痛苦,我忙出来打圆场:"算了,人家不知道,你就别问了。"

"抱歉打扰到你,我只是很好奇,没有其他恶意。"陈燔向曲欣妍微微鞠躬,"既然这东西不是你的,那我们就再去问问看别人。"

"没关系。"曲欣妍说话的声音比蚊子还轻。

还未等我们转身,她就迅速关上了房门,动作比汪敬贤还快。

走出一段路后,我向陈燔抱怨道:"你刚才这样对一位女士很无礼,你知道吗?"

"你不觉得奇怪吗?"陈燔反问我。

"奇怪什么?曲小姐的研究领域本来就不是什么虫落氏,不认得虫神的形象很奇怪吗?而且加入考察团很有可能是被汪敬贤强迫的,毕竟是她导师嘛,心里不愿意,嘴上也不好意思说。没兴趣的东西,不了解也很正常。"

我故意压低声音,毕竟我们还在走道里,怕说话太大声会被人听见。

"正常?你不觉得他们的反应都很不正常?"

"你太多疑了吧?"

"那汪敬贤房间里的人是谁?"陈燏又问。

他是指在那个房间里与汪敬贤对话的人。

"声音那么小,鬼听得清啊,是男是女我都不知道。"我灵机一动,说道,"不过想知道是谁很简单。今天住在这家宾馆的人除了你我之外,有耿书明、曲欣妍、席静、波金栗和那位尚未露面的曹仲健。耿书明和曲欣妍我们刚才见过了。接下去一个个敲门,谁不在自己房里,那就一定在汪敬贤的房间里。"

"这个笨办法不错。"

我不知道他这算不算在夸奖。

"为什么是'笨'办法?"

"因为是你想出来的。"

陈燏随口回了一句,然后在波金栗的房间门前停下了脚步。

按响门铃没多久波金栗就开了门。他穿着晚上吃饭时的衣服,看来还没洗澡。

"不好意思,打扰你休息了。"吸取前面的教训,陈燏先开口道歉。

"不打扰,不打扰,我还没睡呢!"波金栗露齿一笑,拿起手机晃了晃,"我正在刷短视频。对了,两位老师找我有事?"

不论多晚被打扰都能保持微笑,不知道这是他本人的性格使然还是导游的职业素养。

"彩云楼的服务员送来了这个,说是我们落下的。你看看,这东西是不是你的?"陈燏将虫符放在手掌里展示给波金栗看,同时也在注意他的表情变化。

波金栗瞥了一眼就开始摇头。"没见过,这不是我的。这是工艺品吗?"

"你觉得这是什么?"

"像什么？"波金栗歪着头瞧了半天，"是神像吗？"

"我们也不清楚，所以想问问你。"陈燔说道。

"真不知道。不过你们可以问问看汪教授，他知道的事情多。"

波金栗很诚恳地提出了建议，却不知道陈燔在和他胡说八道。

"既然不是你的，那打扰了。"

"两位老师也早点休息。"波金栗冲我们鞠了个躬。

这位苗族青年说话得体，待人接物也十分有礼貌，这让我对他的印象很不错。

到目前为止，还没人认领虫符，只剩下席静了。

"陈燔，时间太晚了，要不明天早上再问吧？"

我觉得深夜打扰女士很不礼貌，于是提出了建议。

陈燔看了我一眼，冷笑一声，随后径直走到席静房门前，按响了门铃。

虽然对于陈燔这种无礼的行为我已经习以为常，但每次还是会非常生气。可我的愤怒也同样会被陈燔无视。我拿他真的一点办法没有。

没过多久，席静就开了门。不过她和别人不同，打开门见到我们之后，她立刻转身进入房间。屋内灯光敞亮，床上敞开着一个超大的波士顿包，写字台上放置着同样被打开的行李箱，地上铺满了好多物品，看来她正在整理行李。

"有事进来说吧！"

我和陈燔走进房间。席静并没有理会我们，还在自顾自忙碌着。

她弯下腰用右手捡起地上一瓶防晒霜，放进行李箱中，随后再次弯下腰，拿起一本书放进箱子里。写字台上的箱子里已经满满当当，但她还是不停往里面塞东西。

"这是你的吗？"陈燨拿出虫符给她看。

席静只是瞥了一眼，就开始摇头："不是我的。"说完继续整理她的行李。

"你不好奇这是什么吗？"陈燨问道。

"不就是个金属徽章嘛。"

"你觉得这枚徽章上面的图案像什么？"

"像什么？"席静停下手里的动作，转过头又看了一眼，"像怪物啊。"

我和陈燨不约而同地笑起来。不得不承认，席静的形容十分准确。

她倒也大大方方地承认："其实我只是受汪教授所托来帮他们个忙，对于你们说的什么古文明啊虫国啊真的一点儿也不了解。我只是个攀岩运动员，恰巧对野外探险比较感兴趣，对于文化方面的东西真的不懂，所以你们也别考我。问就是不知道。"

陈燨收起虫符，对席静道："有数，那我们也不打扰你啦。"

趁着陈燨还未离开，我问道："对了，明天你们几点出发去赤山考察？"

"清晨应该就会动身了。"席静答道。

"席小姐，深山老林很危险的，你要注意安全。"

"多谢韩老师关心。"席静冲我一笑，"不过你要相信我的专业技能。当年我们组织探险队的时候，比赤山更危险的地方都去过呢！"

"肯定相信你的能力啊，小心驶得万年船嘛！"

"明白！韩老师你真是个好人！"

席静的夸奖让我的骨头顿时轻了不少。

和席静道别后,我和陈燏分别回到了自己的房间。这次替虫符寻找主人的行动最后还是以失败告终,不过我们心里都清楚,彩云楼的服务员是不会说谎的,那说谎的人一定是刚才那五个人中的一个。至于那位素未谋面的副教授曹仲健,毕竟吃饭时候不在,这枚虫符也不大可能是他的。但我很在意的是,为什么那个人要否认自己是虫符的拥有者呢?

除此之外,另一件让我十分在意的事就是,汪敬贤房间里的人是谁?

从目前掌握的信息来看,只能是曹仲健了,因为其他人不可能绕开我和陈燏的视线,跑到汪敬贤的房间里去和他交谈。可晚上在房间里聊天也很正常,何以汪敬贤要搞得这么神秘,还将房间里的灯全都熄灭呢?

虽然和这群人接触才不到一天,但他们留给我的问题,实在太多了。

第三章 刀岗村

　　许驰翰者，齐人也。高才博物，好学众经，以为世之富贵，乃须臾耳，故帝征之不出。尝一日，有女郎叩门来谒，姿致娟娟，顾之微笑。许驰翰坐与语。既久，许讶其言讷而色沮，甚有不乐事，因问其故。女以秋波四顾而后问曰："奴非人，乃虫仙红娘子也。今为一人所苦，祸且将及，非子不能脱我死。"许曰："然何以脱娘子之祸乎？"红娘子曰："后二日，愿子为我晨至山上，有一道士自东来者，此所谓祸我者也。道士当斩我首级。子厉声呼曰：'杀红者死。'言毕，剑当断。道士必易剑又斩，子因又呼之。如是者三，我得完其生矣。必重报，幸无他为虑。"许诺之。后二日，许遂上山。至当午，有一道士自云中下，念咒，红娘子显形，于袖中出宝剑斩之，许即厉声呼："杀红者死。"言讫，剑断。道士怒，又取剑，即震声呼，剑再断。道士怒甚，乃出剑，呼之如前词，剑又断。道士嗟叹数言而去。

——宋　范樵《菴舍琐语·红阿里》

1

凌晨三四点的时候,我被一阵窸窸窣窣的声音吵醒。

最近我的睡眠质量大不如前,医生说是神经衰弱,夜里很容易醒来。我在黑暗中凝神静听,发现有人在门口的走道里讲话。说话声不算大,但已经对我造成了很大的影响。我从床上起身,披了一件外套就朝门口走去。离门越近,声音就越清晰。

"我和你说过多少次了,真的没办法!"听声线感觉是个男的。"如果你要这么做,我也没办法,只能随便你了。"

他的口气听上去很不愉快。

我很好奇他为何不回房间,而是在宾馆的走道里打电话。

"你再逼我,我只能去死了!"

简直可以用暴跳如雷来形容。

我推开房门,探出头去张望。发现离我房门不远处,站着一个陌生的男人,这人我和陈燏都没见过。那个男人见身后有声音,也转过头来,看面相年龄在四十左右。这人披着白色浴袍,目测身高有一米八以上,体格壮实。不过令我印象最深的,是他那油光锃亮的脑门。没错,这个男人头上"寸草不生",是个标准的大光头。

他恶狠狠地瞪着我,让我有些害怕。

"不好意思,您能不能小声一点。"

不过我还是说出了自己的诉求。

"对不起。"他自知理亏,不情不愿地向我道了歉。

听他的语气,倒像我做错了事。

他的手机还是贴在耳边,朝走道的另一头走去。

"请问,您是曹仲健教授吗?"我随口一问。

光头男回过头说:"我是曹仲健,您是哪位?"

"我叫韩晋,是耿书明的大学同学,幸会!"我冲他笑笑,希望能缓解刚才紧张的情绪。说完,我自然地伸出手去,意图以握手这一传统而友好的方式,进一步拉近彼此的距离。然而,出乎意料的是,曹教授却以左手回应了我的右手,这一细微的举动让我微微一愣,但很快我便调整过来,也伸出左手,两人的手在空中轻轻交握。

曹仲健显然对我兴趣不大,冲我点点头,淡淡说了句"久仰",随后便轻轻放开我的手,转身继续他之前被打断的通话。走道不长,没几步路他就回到了房间。关上门后,宾馆的走道里又恢复了宁静。

对于他这样冷淡的态度,我倒不怎么在意。这种人和事,我遇到过太多。

回到房间后,困意再次袭来。我缓缓走到床边,身体不由自主地沉入柔软的被褥之中,我迷迷糊糊地坠入了梦乡,那是一种深沉而又略带疲惫的睡眠。

昨日一整天舟车劳顿,我确实是累了。

不知过了多久,一阵清脆而又略显嘈杂的鸟鸣声穿透了梦境的壁垒,悄悄地在耳边响起。这声音时而高亢,时而低回,忽远忽近。

我睁开双眼,感觉眼皮沉重,浑身上下,每一个关节都像是被重物压过一般,酸痛难忍。明明休息了一个晚上,为什么感觉比睡之前更劳累呢?这种情况并非首次出现,特别是在参与剧烈运动之后,似乎成了我身体的一个固定反应。用陈燨的话来说,这是因为大量的乳酸堆积造成的。

我拿起手机,发现有四个未接来电,除了一个陌生号码,其余都是陈燏打来的。打开微信,发现他给我留言说自己先去楼下餐厅吃饭。

简单而必要的洗漱后,我换上了一件整洁的衬衫,衣物的清新仿佛也为我的精神带来了一丝振奋。我轻轻拍了拍衣角,确认一切妥当后,便步入了宾馆一楼的餐厅。空荡荡的餐厅里只有陈燏和耿书明两个人。他们面对面坐着,桌上放着两只空碗,看来早已用餐完毕。耿书明似乎对我的到来并不感到意外,他迅速从椅子上站起身,对我道:"昨天睡得好吗?"

还没等我说话,陈燏就抢先道:"肯定睡得好啊。这家伙一沾枕头就能打呼,就算户外打雷也不会吵醒他的。"

不损我两句,他可能会死。

我不理会陈燏,对耿书明说:"昨晚睡得很香,估计是太累了。"

"休息好最重要,今天我们就要去刀岗村了。从这儿过去,估计得四五十公里路程。总之先吃饭吧!"耿书明替我搬来一张椅子,"你要吃点什么?"

"你们吃得是什么?"我好奇地望了一眼桌上的空碗。

"米线。你要不要?"耿书明问我。

纠结半天,最后我也要了一碗和他们一样的米线。

用餐时耿书明也没闲着,不停和我们讨论进入刀岗村后的调查计划。首先,作为案发现场的神木庙一定会去,但要掩人耳目才行。耿道成的案子发生后,当地村民对外来者都保持着警惕,直接说调查案件,一定会遭遇许多阻拦,必须有个幌子。

"我打算冒充导演,以拍纪录片为借口,潜入刀岗村,暗暗调查大伯的案件。"

"纪录片？"我惊得放下了筷子，"难不成你还带了摄像机？"

"小型的手持摄像机，体积也不大，可以回放录像，这样对我们调查是很有帮助的。不过还要委屈你和陈教授，伪装成我的助手。你们觉得怎么样？"

我觉得他疯了。

"很不错。"我嘴上附和道，"你怎么会想到用这种办法？"

"你还记得丁瑶吗？"耿书明问我。

"中国农业大学的昆虫学家？"我当然记得。

"对，这个办法就是她想出来的。她是刀岗村人，对当地村民还是有一定了解的。如果是拍摄纪录片，那么大家就会放松警惕，使我们的调查工作顺利进行。"

"那你还得用化名吧？"

不然一听他也姓"耿"，岂不立刻露馅？

"当然！我现在的名字叫黄书明。"耿书明似乎对自己的化名非常得意。

"黄书……明？"我喃喃道。

"怎么样？"

"是个好名字！"陈燨在边上拍手，"很有艺术家的气质。"

"现在互联网这么发达，如果他们上网一查，发现根本没有这号导演呢？"我还是放心不下，可能和我性格有关，对撒谎的事总是惴惴不安。

"放心啦，我扮演的又不是知名大导演，网上查不到信息也很正常吧？"

看他的样子是完全不怕被人拆穿。

"那身份证登记呢？"

"我们是以丁瑶朋友的身份入住，所以没有关系啦！"

耿书明可以毫无愧疚地做一些他认为正确的事情,哪怕这件事在公众眼中并不那么"正确"。喜欢不按常理出牌,在这点上,他和陈燔倒是很像。

"汪教授他们已经出发了吗?"我这才想起来考察团的事。

"天还没亮他们就出发了,我只是迷迷糊糊听到车子发动的声音。波金栗把车也开走了,我又在这里租了一辆,下午让司机把我们送去刀岗村。"

"他们打算考察多久?"

"因为高谦平教授留下的地图标记出了十分准确的地点,所以我相信他找到那里并不难。这次行动也非考古发掘行为,仅仅是考察而已,只要发现遗迹就返回广南县,随后才会向上级通报。这次是个人行为,如果擅自发掘的话是不合规矩的!"

我理解耿书明的意思。汪教授率领赤山考察队的行为,和我们刀岗村调查队的行为,倒是有几分相似。

吃完午饭,我们回到各自的房间休息。

趁着空闲,我给在川东大学就读的表妹发去一条微信,大致内容就是询问一下她知不知道汪敬贤这号人物,以及他在学校里知名与否。对于表妹能否给予我重要的信息,说实话,我并没有抱很大的希望。消息发完后,我便将这件事抛诸脑后了。

下午两点左右,我们在乐悦宾馆门口集合。我和陈燔的行李不多,耿书明则提了两个巨大的行李箱,身上还背了个双肩包,看上去无比滑稽。我猜里面摄影设备占了大多数。等了几分钟,一辆白色比亚迪六人座商务车停到宾馆门前,我和陈燔一起帮忙把耿书明的行李搬上车。比亚迪的司机是广南县本地人,很是沉默的一个人。在旅行中我最爱这样的司机,话不多,也不打扰你。

现在回想起来,那天的天气并不太好,湿润的空气里总有一层雾气,像是给整个世界加了一层诡异的滤镜。后来才知道,原来我们驶入了一大片雾区。商务车在广那高速上快速行驶,两边的近景不停往后倒退,远处静谧的群山峰峦叠嶂,在薄纱般雾气环绕下影影绰绰,如同一卷充满鬼魅色彩的水墨画。厚实的云层与浓稠的雾气屏蔽了午阳,乏力的光线让远处的世界都变得灰暗起来。

在经过了一段杳无人烟的地区后,公路边上开始出现田地,旷野上也开始出现稀稀拉拉的简陋土坯房。这些土坯房和茅草屋可能是让村民们轮流值守,以保护庄稼时暂住的。偶尔也能看见有一两个少数民族打扮的人在旷野上漫步。渐渐地,出现在公路两侧的房子越来越现代,新造的三层小楼也越来越密,最后汇成了大片的聚落。半小时后,我们把车开进了旧莫乡的一处村寨。显然这位住在县城的司机也对刀岗村非常陌生,他询问了好几个当地的村民,终于找到一位热心的壮族村民愿意带我们前往刀岗村。

根据他的指示,走大路到不了刀岗村,必须从村子南面一条破败的山间小路走才行。泥泞崎岖的山路让司机望而却步,如果不是耿书明表示自己可以加钱,恐怕这位司机早就打退堂鼓了。在那位壮族村民的指引下,商务车沿着小路朝南驶去。从副驾驶的视角向前望去,迎面而来的就是远处那巍峨的群山,冲着我们张牙舞爪。

离开村寨后四下又变得异常安静,唯有汽车引擎的轰鸣声在山间回响。与高速公路不同,山间小路所展现的是山林的另一种面貌。两边的植被非常茂密,叶子与枝丫密密丛丛,我们仿佛坠入了一片深绿色的植物迷宫。这条望不到尽头的泥泞小路，好像是在指引我们走向一条没有尽头的不归路。在这片植物迷宫内，竖立着陡峭的岩壁悬崖，旅者若不小心，掉下来就会粉身碎骨。随着海拔变高，我们离雾云也越来越近。被灌木丛包裹全身的山峰在雾云中若隐若现，宛如一头沉睡的巨兽。重重的树影、虬结的藤蔓、厚厚的苔藓，给人一种宁静而神秘的感觉，让人仿佛置身一个古老而神秘的世界。

商务车在林间小路又行驶了十来分钟，我最先注意到的是路边开垦出的土地和散养的家畜，山间则盘旋着如阶梯般的梯田，层层叠叠，错落有致。偶尔，几只散养的家畜悠闲地漫步其间，为这幅田园画卷添上了几分生机与和谐。不久，一座被群山温柔环抱的古朴村寨悄然出现在我们眼前，那便是传说中的刀岗村。村寨的轮廓在郁郁葱葱的山林中若隐若现，宛如世外桃源般宁静而神秘。

司机稳稳地将车停靠在村寨入口，完成了他此行的使命。我们一行人带着对未知的好奇缓缓下车。临走前，热情带路的壮族大哥与耿书明依依不舍地告别，两人互加微信。耿书明对壮族大哥的帮助表示了深深的感激，言辞间满是真诚与敬意。而壮族大哥则显得非常朴实，他认为这不过是举手之劳，不值得如此重谢，挥手间便随司机踏上了归途，那份豁达与豪爽令人印象深刻。

2

道别司机和壮族大哥后，我们三人提着行李，步入了刀岗村。

云雾缭绕的山坡上，一栋栋苗族风格的房屋若隐若现，木质建筑显得十分破败陈旧,能看出时光留下的痕迹,也显出了这座村落的悠久历史。村里人烟稀少,偶尔才能见到几个人。整个村寨弥漫着一种枯败冷落的感觉,在我的印象里,除了河南的弇山村外,很少有村落会给我这种感觉。在这里,偶尔能见到几个少数民族打扮的老人,三五成群坐在路边晒太阳,经过他们身边时,你甚至能感觉到他们的目光随着你移动。你分不清这种目光带着恶意还是好奇。也许像刀岗村这种不常与外界往来的地方,外来人对于他们来说非常新鲜,也非常排斥。

耿书明向一位路过的中年男性村民询问"蝴蝶庄"的所在。那村民指了一个方向,用口音很重的普通话告诉我们,沿着那条路一直走,五分钟就能到了。我们谢过村民,随后继续往前走。但奇怪的是,那位替我们指路的村民却停下了脚步,我用余光去瞥,发现他的视线一直追随着我们三人。正如我前文所述,你无法分辨这种凝视是善意还是恶意,因为你从他空洞的眼神中寻找不到任何情绪。

蝴蝶庄是刀岗村仅有的一家民宿,也是我们这些天要长住的地方。说来也巧,这家民宿目前由昆虫学家丁瑶的母亲经营。因刀岗村地理位置荒僻,导航都寻不到,所以蝴蝶庄的生意很一般。偶尔在旅游旺季,会有一些资深旅者来村寨度假,蝴蝶庄才能赚到一点钱。幸好丁瑶一家的主要收入并不仰赖这家民宿。

我们朝村民所指的方向走了五六分钟,果然看见远处有一栋灰砖黑瓦的三层楼建筑,门口的牌匾上题着"蝴蝶庄"三个汉字。蝴蝶庄大门敞开,似在欢迎访客的到来。这家民宿由一座古朴的民居改造而成,既保留着原有的苗寨传统风格,又用现代建筑工艺做了加固。屋外的院子很大,种满了各种花花草草，其中许多植物的种类我都没有见过。

跨入蝴蝶庄大门，里面是一间宽敞明亮的大厅。

屋内设计简约大方，细腻而精致，却又不失苗疆风味。屋檐上挂着华丽的彩灯，苗绣的窗帘隐隐透着阳光，黑檀木制成的架子上，摆满了苗族传统的工艺品。左侧是供客人休息的区域，长木椅边的茶几上，还摆放着一套茶具。房间的另一边放置着柜台，柜台的台面是一块巨大的实木板，看上去有年头了。

站在柜台后的是一位五十来岁的妇女，应该就是这里的老板娘。

老板娘穿着一件淡蓝色衬衫，烫卷的头发盘在头顶，不知道是不是为了欢迎房客，甫见我们，一张胖胖的圆脸上便立刻绽开灿烂的笑容。

"您好，我们是丁瑶的朋友……"

耿书明话没讲完，就被这位老板娘把话抢了过去。

"我知道。你们是瑶瑶的朋友，来这里拍纪录片，是吧？"老板娘态度十分热情地对我们说道，"我叫欧秀金，是瑶瑶的妈妈，你们喊我金姐就行。住在我这里，就当自己家，包你们满意，需要什么尽管和我讲。对了，你们谁是导演？"

耿书明先是一愣，连忙指了指自己。"我……我是导演。"

"导演，您叫什么名字？"

"我叫黄书明，叫我小黄就可以了。"

"黄导！"

欧秀金离开柜台，走近耿书明后，一把攥住他的双手，饱含激情地说道："我们终于把您盼来了！拜托您一定要好好宣传我们美丽的家乡，让更多人知道刀岗村，让更多人来这里旅游，这样我的蝴蝶庄也能很好地经营下去了,您说对吗?"

原来如此。现在全国各地都在搞文旅项目,像刀岗村这种偏僻地区,更需要流量和社会的关注度。正如欧秀金所言,刀岗村的文旅产业起来了,作为村里唯一的民宿,蝴蝶庄自然会赚得盆满钵满,难怪她对我们如此热情。

知道事实真相的我内心倒有点愧疚,觉得对不住她。

"我们一定尽力!"耿书明拍着胸脯满口答应。

说实话,我很佩服这种人,可以面不改色地说谎,此刻的我只想在地上挖个洞钻进去。而陈燔则一副事不关己的样子,在厅堂里走来走去,欣赏着架子上的各种工艺品。

欧秀金见耿书明向她做了保证,笑得嘴都咧到腮帮子了,抓着他的手道:"黄导,您和瑶瑶是什么关系?你们不会在谈恋爱吧?"

老板娘的胡言乱语吓得耿书明直摆手:"我们只是普通朋友!"

"不是普通朋友也没关系,金姐我很开明的。你是不是喜欢我女儿?不然你跑这鬼……世外桃源的地方来拍纪录片?"欧秀金拍了拍耿书明的肩膀。

这里人说话都如此直白的吗?

我听了都脸红。

"拍纪录片是因为这里生态好,而且我听丁瑶老师说有许多稀有的昆虫,很有研究和艺术价值。"耿书明声情并茂,说得怕是他自己都要信了。

可能是耿书明态度过于诚恳,欧秀金如川剧变脸似的沉下脸来,用一种与刚才高昂语调完全不同的语气道:"就来拍虫子?"

"令爱是位非常优秀的昆虫学家,能在她的带领下完成拍摄,是我的荣幸。"

生怕欧秀金误会,耿书明的用词越来越官方。

他的回答让欧秀金非常失望,刚才的热情仿佛被一盆水浇灭,整个人立马变得无精打采。她回到柜台后,帮我们办理了入住手续。但即使知道耿书明不是丁瑶的男友,欧秀金还是保持了一位民宿老板娘的职业操守,脸上依旧保持着笑容。只是笑容的灿烂程度有所下降,如同晌午的烈阳变为迟暮的夕阳。

我们拿到了自己房间的钥匙,在欧秀金的带领下上了二楼,给我们分配了房间。

与乐悦宾馆相比,蝴蝶庄的房间略显逼仄,每个房间约莫十来平米,一张床就占去大半。不过幸好屋里有独立的卫浴间,不过面积更小,坐便器边上就是淋浴房。麻雀虽小,五脏俱全,反正我们来此地也不是为了玩耍,能睡觉就成。

安顿好行李后,我看了一眼挂在墙上的时钟,正好是下午四点。随后,我和陈燨来到耿书明的房间,商量接下来的计划。

我们要先联系上丁瑶。可以说她是整个调查工作的灵魂人物,若不是她在网络上表达了对耿道成被杀案的疑惑,我们根本不可能来到这里。由于房间太小,我和陈燨都坐在床上。按下拨打键后,耿书明将手机贴近耳边,同时在我们面前走来走去。这个行为,可以从侧面反映出他内心的焦虑。可惜信号太差,过了好久才接通。

"她说马上过来,请我们等一等她。"挂了电话,耿书明这才坐下。

"需要多久?"我问道。

"她没说。"耿书明有点心不在焉,"可能几分钟吧。"

我们又等了二十分钟，丁瑶还是没来。耿书明不停地坐下又站起，似乎在担心什么。不过每当我问他时，他又摇摇头不肯说。陈燨气定神闲地躺在床上，将双臂枕在脑后，闭目养神。这与在屋内来回踱步的耿书明形成了鲜明的对比。

就在耿书明沉不住气，打算再给丁瑶打去电话时，忽然传来了一阵清脆的敲门声。

耿书明猛地转过身，朝门口冲了过去，陈燨闻声睁开眼睛，我也从床上站起。我们三人几乎同时做出了反应。

当我走到门口时，耿书明已经打开了门，所以我能很清楚地看清站在门外的情况。

此时站在门外的是一位身材偏瘦的女子，看上去二十来岁，容貌清秀，留着一头及肩黑发，戴着一副细边眼镜，这让她看上去给人一种知性的感觉。至于她当时穿了什么衣服，我已经完全记不起来了。

熟悉和讨厌我的读者都知道，此时此刻的我，已经开始心跳加速了。

"不好意思，让大家久等了。"戴眼镜的女子赧然道，"我是丁瑶，哪位是耿书明先生？"

"我是耿书明。"耿书明将身子侧过来介绍我们，"这两位是韩晋和陈燨。"

陈燨冲丁瑶点头，我却鬼使神差地向丁瑶鞠躬。这大概是条件反射吧。

丁瑶进屋后，顺手将房门关上。随后她走到窗边，掀开窗帘的一角，朝外探了探，确定没人后，又将窗户合上。她这一系列行为使我不由自主地变得紧张起来。

或许是我的目光一直停留在丁瑶身上，让陈燨发现了端倪。

于是，陈燨又开始了他不顾场合胡言乱语的老毛病。

"韩晋，你又犯花痴了吗？"

陈燨拍了拍我的肩膀，用一种五十米外都能听见的声音对我说道。

他绝对是故意的。以我对他的了解，如果有扩音机，他会更快乐。为了让我下不了台，陈燨可谓煞费苦心。

"你……你别胡说！"我忙对丁瑶解释道，"我朋友就爱乱开玩笑，哈哈，不要在意。"

可丁瑶仿佛没有听见这句话似的，转过头对耿书明道："我妈有没有问你什么事？"

"金姐吗？问了一些，比如我们来这里的目的。"耿书明如实答道。

"你怎么说的？"丁瑶又问。

"拍摄纪录片。"耿书明道。

丁瑶点点头，随后又问道："你觉得我妈相信吗？"

"我觉得她没理由怀疑啊。"

耿书明说这句话，可能觉得自己身上有导演的气质。倒也不能怪他，陈燨常说，大部分人对自己总是缺乏认识。

丁瑶询问了一圈，认定自己母亲没有怀疑，这才定下心来。她说："我们调查你大伯命案这件事，千万不能让我妈知道，否则我就有麻烦了。"

陈燨问丁瑶道："丁老师，命案发生的时候，你在刀岗村吗？"

丁瑶道："发现耿教授尸体的时候，我还在昆明的昆虫研究所。"

陈燨又问："那是谁告诉你现场的情况呢？我的意思是，村民闯入神木庙时,案发现场呈'密室'状态,这件事你是怎么知道的?"

丁瑶沉默了几秒,似是在考虑该不该说出来。也许是被我们远道而来的诚意打动,她还是把真相讲了出来。

"是希希告诉我的。她是我的闺密,我们从小一块儿长大。"

"我们能不能见她?"陈燔提出了要求。

"恐怕不能。"丁瑶拒绝道,"我向她保证过,这件事不会告诉任何人。"

此时,我的手机铃声不合时宜地响起,打断了我们的对话。而这通电话,就是川东大学的表妹打来的。没想到她的效率这么快。让我更没想到的是,她带来的并不是什么好消息,而是一个令人心里发毛的恐怖故事。

3

为了让我们的"拍摄"显得更像那么回事儿,丁瑶打算陪我们在刀岗村逛一逛。不过她有言在先,案发现场神木庙要明天才去,否则第一天就去调查,容易被人怀疑。我们三人没有异议,一切都按她的安排进行。离开蝴蝶庄时,我发现欧秀金并不在柜台前,可能去忙别的事了。这家民宿平日里没什么客人,并不需要店主时时刻刻都守在店里。

在丁瑶的带领下,我们漫步在刀岗村的建筑群中,村子里一栋栋朴拙的老屋静静地矗立着,白墙黛瓦的苗族特色民居,别有一番古韵静美之态。丁瑶像是导游般在向我们介绍这里的情况。她告诉我们,从前这里房屋都很破旧,不过现在大部分都进行了外墙改造,变得非常漂亮。

村里各建筑基本保存完好，多为土木结构，有强烈的少数民族文化特色。刀岗村依山而建，村中央有一条青石板铺成的路，以这条路为主轴，两边有多条小巷，形成鱼骨状的街巷格局。外来人若稍不留神，便会迷路。

村民见到我们，态度都很热情，会很主动地向我们问好。村里人大部分互相认识，丁瑶在此地长大，所以也都非常熟悉。只是他们说的是本地方言，我们也听不懂。我们在村里见到的大多是老人，据说年轻人都出外打工了，混得好的，还把父母也都接出去，不再回来。

"刀岗村相对比较闭塞，外来人不多，所以村民对你们都很有兴趣。"丁瑶指着青石板路的前方，对我们说道，"往这边笔直走，穿过树林，就能看见神木庙了。"

——神木庙。

那里就是耿道成殒命的地方。

我感觉自己的脚步都变得沉重起来。

耿书明提议道："我看也别等明天了，现在就去看看吧？这儿走过去并不远吧？"

丁瑶有些犹豫，这要求和她原本的计划有矛盾。她静默了片刻，最后还是同意了，不过她嘱咐道："天色不早了，我带你们去看一眼就回去。停留时间太久，容易被发现。"

正如丁瑶之前所言，除她之外，刀岗村村民集体对耿道成的案件噤若寒蝉，没人愿意谈论，也很反感外人谈论。关于耿道成的一切话题，在这里都是不受欢迎的。

我们三人跟随在丁瑶身后步入树林，朝神木庙的方向走去。

此刻，夕阳的余晖被厚重的云层遮挡，仅有几缕微弱的光线穿过云层，投射在树林的泥地上，形成斑驳且扭曲的阴影，仿佛是毒虫的爪牙在黑暗中舞动。树林深处，还不时传来阵阵低沉而怪异的声响，仿佛是某种远古而邪恶的生物在低声吟唱。不知道是不是我的错觉，昆虫的鸣叫声也忽然变得尖锐刺耳起来，似乎在和那种怪声互相呼应，营造出一种紧张而恐怖的氛围。树叶在晚风的吹拂下，发出刺耳的摩擦声，如同鬼魂在耳边低语。

我推了推陈燨，在他耳边道："你有没有感觉不对劲？"

陈燨打了个哈气，对我道："是指你的大脑吗？"

我恼道："这个时候，你说话能不能正经一点？我觉得这片树林有点吓人。"

陈燨冷笑一声，不再理我，朝前走去。我只能加快脚步跟上他。

进入树林深处后，四周的空气仿佛凝固了一般，带着一种难以名状的沉重气息。不时吹过的微风带来阵阵凉意，伴随着远处树木枝叶碰撞的诡异声响，仿佛有什么东西正目不转睛地在黑暗中窥视着我们的行踪。树木在暮色中显得更加扭曲和诡异，它们的枝干扭曲成各种奇怪的形状，仿佛是怪物的触手在黑暗中伸展。叶子在微弱的光线下呈现出一种阴森的颜色，如同被黑暗侵蚀了一般。

不过除了我之外，他们三人似乎都没太大反应，为了不在丁瑶面前丢了面子，我也只能硬着头皮，跟在后面走。对我来说，这片诡异的树林充满了未知和危险。在这里，我感到恐惧和不安，仿佛被一股无形的力量紧紧束缚，无法逃脱。

我们又走了十来分钟，小径的尽头突兀地出现了一座木屋。这座木屋由粗大的圆木搭建而成，外观却透着一股说不出的恐怖气息。

"这就是神木庙了。"丁瑶指着木屋对我们说道。

"啊？"我瞪大眼睛，不敢相信。

原本以为刀岗村村民供奉"神木"的庙宇会很精致恢宏，却没想到是这么一座普通的木屋，简直和普通民宅没多大区别。细看之下，我发现木屋的墙体由整齐的圆木竖排围成，圆木因岁月的侵蚀而显得黯淡无光，但表面还是显得很干净，几乎没有裂痕，想来应该是村民常来这里给神木庙刷清漆、做保养。尽管如此，木头上还是布满了青苔。屋顶覆盖着厚厚的瓦片，这些瓦片已经发黄，部分也已经腐朽脱落，露出下面斑驳的木板。

这座神木庙四下里弥漫着一种诡异的气氛，周围的树木，似乎都在有意无意地避开它，于是，神木庙周遭形成了一个奇怪的空旷地带。树梢被风吹拂发出沙沙的声响，但神木庙附近却仿佛被一股无形的力量阻挡，异常宁静。

"我大伯就是在这里被杀的吗？"

尽管耿书明极力控制情绪，但明显能感觉到他的声线起了变化。目睹亲人死去的现场，究竟是何种感觉，恐怕我一辈子都无法理解。

"是的。"丁瑶的回答很简短。

这时，又几只怪鸟在树枝上叫唤，声音凄厉刺耳。

陈燨走上前，伸手推开了神木庙的对开门。丁瑶原本想阻止，却没料到陈燨的动作如此之快。当她喊出"别开门"时，陈燨已经步入神木庙内了。

我也紧跟着陈燨走了进去。

甫进庙中，就有一股阴冷的气息扑面而来。此时已近日落，庙内十分昏暗，仅有几缕微弱的光线从屋顶的窗户缝隙中勉强透入。天窗呈正方形,长宽目测只有五六十厘米。这座庙也不大,内部面积估计只有十几平方米。为了采光,木屋屋顶开了一扇一米见方的玻璃窗。那扇窗的插销从内锁死,窗框上爬满了藤蔓和苔藓,现出一种深褐色。尽管窗户关得很牢,但总感觉有一股阴冷的气息,从窗缝中溢出,让人感到不寒而栗。神木庙的地面是用青石板铺就,其中不少已产生裂痕,略有些陈旧,但地面清扫得还算干净。

在昏暗中,我们看见了供奉在庙中央的那段黑色木头。这段黑木长约一米,直径不过四十厘米,两头圆形的横截面呈深褐色。不过,不知是不是供奉在祭坛上的缘故,这块看上去快要腐烂的黑木,却隐隐散发着一股神秘的气息,仿佛蕴含着某种神性。它的表面布满了岁月的痕迹,木纹交错,似在诉说一段古老的故事。

祭坛由两部分组成,放置黑木的方形木质底座,和黑木前面一米长的香案。在祭坛周围,摆放着一些简陋的供品,有水果、香烛和鲜花。这些供品虽然简陋,却体现了村民虔诚的敬意。然而,在这昏暗而恐怖的氛围中,这些供品也显得诡异而阴森。庙内弥漫着一种令人不安的寂静,只有偶尔传来的昆虫爬行声打破了这份沉寂。这些黑色的小虫子在昏暗的角落中穿梭,发出微弱的声响。它们仿佛是庙的守护者,守护着这块神秘且蹊跷的黑木。

"为什么要供奉这块木头呢?"我实在好奇,忍不住询问身后的丁瑶。

"这是刀岗村的传统,我生下来后,这里的人就一直祭拜它。不过关于神木,祖祖辈辈居住在此地的苗人之间,倒是流传着一段传说。"丁瑶如实答道。

"什么传说?"

我很好奇,一块烂木头,会有怎样的故事,使得这么多村民世代供奉它?

正在观察庙宇墙面的陈燸,和站在庙内怀念大伯的耿书明,也都被这个话题吸引,纷纷投来目光。

丁瑶见我们对此都很有兴趣,就简短地讲述了关于这段黑木的故事。

"相传很久很久以前,我们所在的村落遭受了一场前所未有的灾难。连年的干旱让土地龟裂,庄稼枯萎,村民们生活在水深火热之中。就在大家束手无策、绝望无助之际,一棵位于村子中央名为'告乎'的神树,在一个风雨交加的夜晚突然散发出耀眼的光芒。这些光芒,吸引了无数的昆虫飞舞前来。

"这些昆虫并不是普通的虫类,而是神树召唤来的守护使者,唤作'虫侍'。它们围绕着神树飞舞,发出阵阵悦耳的声音,仿佛在诉说着什么。村民们被眼前的景象惊呆了,纷纷跪拜在神树前,祈求神树能够拯救他们的家园。神树仿佛听到了村民们的祈祷,它轻轻地摇曳着枝叶,释放出一股神奇的力量。这股力量滋润了干涸的土地,让庄稼重新焕发生机。

"然而,灾难并没有就此结束。不久之后,一群凶猛的野兽入侵了村落,企图伤害村民。村民们惊慌失措,再次向神树祈祷。就在这时,神树又显灵了。它再次散发出耀眼的光芒,召唤出更多的'虫侍'。这些昆虫在神树的指引下,向野兽发起了猛烈的攻击。它们虽小,但数量众多,团结一心,最终成功地将野兽击退。

"村民们欢呼雀跃,他们感谢'告乎'神树的庇护和'虫侍'的帮助。可惜,过了几年,这棵枝叶繁茂神树在一个夜里,被人恶意纵火焚烧，只留下了这段被烧焦的黑木。村民们为了纪念这棵神树，为它建立了这座庙宇，世代供奉这段黑木，算是纪念神树，而且每年都会举行盛大的祭祀活动来感谢神树的恩赐。

"没人知道这块黑木传了几代人，也没人知道它的历史多么悠久。"

或许对于这里的村民，这段传说故事非常感人，但对于我来说，这些传说大部分都是故事。一棵树怎么可能救人于水火之中，我相信最后战胜干旱和猛兽的，一定是勤劳的村民自己，而那棵所谓的神树"告乎"，或许是某个首领的名字，大家借由神树来托喻此人，随着时间流逝，神话故事也随之变化，成了如今这副模样。

就在我们还来不及对这段神话发表看法之际，庙宇外忽然传来一阵咒骂声。

"谁在里面，给我滚出来！"

是个男人的声音。

我朝丁瑶望去，发现她表情凝重，面色变得十分难看。

看来我们遇到麻烦了。

4

神木庙外站着五个男青年。为首那人二十来岁，理了个寸头，身材异常魁梧，身上套着一件白色汗衫，透过汗衫，还能隐约看出他那如同层叠山峦般的胸肌，如同两条盘虬的巨蟒的双臂垂在身子两旁，看起来就很不好惹。他瞪大眼睛，恶狠狠地盯着我们四人，仿佛随时会把我们生吞活剥。他身后几个男青年手持棍棒，想必是有备而来。

丁瑶倒是不惧，对着为首那壮汉喊道："田骏豪，你在这里大呼小叫什么？"

从丁瑶对待那位名叫"田骏豪"的男人的态度来看，他们不仅认识，似乎还挺熟悉。

田骏豪高声道："神木庙是我们刀岗村的圣地，外来人不经过村委会同意，是不能随便进入的。丁瑶，这个规矩你难道不知道吗？之前发生的事情，难道你都忘了吗？"

"不愧是村主任的儿子，好大的官威啊！还搬出村委会来压我。怎么，这座神木庙是你家私产不成？"丁瑶也毫不示弱。

没想到她一个文弱女生，面对这么一个虎背熊腰的壮汉，竟毫不畏惧，气势上丝毫不弱。这让我对她又多了一份好感。

"哼，别以为你是蛊药婆的外孙女，就可以在村里为所欲为！"

——蛊药婆？

这个名词我倒是头一次听到。

丁瑶冷笑道："我劝你少管闲事。没有哪条法律规定刀岗村之外的人不能参观神木庙。要批评我，也是你村主任爸爸来批评，还轮不到你。还有，你领着这群小喽啰吓唬谁呢！这些是来拍摄刀岗村纪录片的摄制组，你敢动他们一下试试？"

"我们只是来参观一下，没有恶意。"

见双方剑拔弩张，我忙出言调和，言语态度十分克制。我生怕田骏豪被丁瑶的话激怒，真对我们动起手来。论打架，陈燧是个废物，而我比陈燧更废物，看耿书明的身板，应该是废物中的废物。不论怎么看，我们的下场都会很惨。此时，我暗暗做了决定，好汉不吃眼前亏，他们要真上前动手，我就求饶。

可是，他们要是敢动丁瑶一根手指，那我就和他们拼命。

"是啊，主要是我们坏了规矩，对不起，我们现在就离开，行吗？"耿书明也在一旁附和，看来他与我英雄所见略同。

我们是文明人，不和这种莽夫计较。

陈爔没说话，还在悠闲地踱步，边观察神木庙的外墙，边哼着小曲，一副事不关己的样子。听见他嘴里还在哼曲子，我顿时有些恼怒。如果田骏豪这帮人能够在不伤害我们的情况下揍陈爔一顿就好了。

"你们识相的话，最好快点离开这里。神木庙是我们村的圣地，是不容许外人随意践踏的。"田骏豪看向丁瑶，意有所指道，"包括一些自认不算刀岗村村民的人，我们也不欢迎。有多远，滚多远。"他话刚说完，身后的一群男青年也开始起哄驱赶我们。

耿书明怕丁瑶再多话，伸手扯了扯她的袖子，低声在她耳边道："丁老师，多一事不如少一事，等没人的时候我们再来也行。"

丁瑶给了田骏豪一个白眼，然后随我们一起离开了神木庙。而田骏豪一行人则立在原地，用一种十分凶狠的眼神，目送我们离开。

随着日暮降临，天色变得非常暗，仿佛被一块巨大的深色绸布缓缓覆盖。在幽深的树林中，我们四人悄然行走，每一步都伴随着脚下落叶的细碎声响。远处的山峦在夜色中若隐若现，只留下一抹模糊的轮廓。偶尔传来几声鸟叫或虫鸣，短暂地打破了夜晚的寂静，又迅速淹没在黑暗之中。

在确定我们已经远离田骏豪他们后，我开口询问丁瑶："他们是些什么人？"

我只知道为首那位"田骏豪"是村主任的儿子，但其余几位青年又是怎么回事？毕竟进入刀岗村以来，我们所见的大多是老人和小孩，年轻人并不多。

"一群无业游民而已。整天在村子里游手好闲，不仅不帮忙建设村子，还尽添乱。和邻村打架斗殴也是常事。他父亲平日里也很忙，没好好教育这个孩子，所以在刀岗村，田骏豪可以用无法无天来形容。"丁瑶道。

"我看他对你很不友善。"陈燏说了一句废话。

只要有一双健全的眼睛，任谁都能看出，田骏豪对丁瑶很不友善。

丁瑶淡然一笑，对陈燏道："说出来也不怕你笑话。其实早些年，田骏豪家还向我们家提过亲。嫁给村主任的儿子，对于刀岗村的女青年来说，算得上一件有面子的事情。这事儿还得多谢我妈，她没有逼迫我结婚，给予我最大的自由，让我自己选择。我当然不会这么早就步入婚姻，原因有二：首先我对田骏豪一点兴趣也没有，甚至谈得上厌恶；其次，我还想继续学术研究这条路，嫁到田家，就必须辞去昆明的工作。对我来说，这简直是天方夜谭。"

"所以他认为你不识好歹，便处处针对你们家？"陈燏顺着她的话说了下去。

"是啊，但那又怎么样？别人怕他家，我可不怕。"

寥寥数语，便可知丁瑶看似柔弱的外表下，有一个刚毅的灵魂。

走出树林，我们回到了刀岗村。夜幕低垂，刀岗村的房屋错落有致地分布在山坡上，灯火从窗户透出，星星点点，像是散落在山间的明珠。脚下是凹凸不平的石板路，两旁是古老的木屋，我们四人踏着疲惫的步伐，朝蝴蝶庄的方向走去。

丁瑶告诉我们，田骏豪今天发现我们去了神木庙，一定会有所警惕，所以明天最好不要再去那边。可以先拍摄几组视频，装装样子。大家都表示同意。

回到民宿，欧秀金非常热情地接待了我们，也许是怕母亲担心，丁瑶隐瞒了我们去神木庙遭遇田骏豪的事，只是说带我们在村子里四处逛逛，看看在哪里取景拍摄比较好。

欧秀金已备好了饭餐。在一楼的餐厅中间，有一张圆形的木桌，桌上摆满了苗族的传统美食。我们围坐在桌边，享受着欧秀金为我们准备的美食盛宴。让我印象最深刻的是那道苗家腊肉。腊肉经过长时间的腌制和熏烤，肉质紧实而富有弹性，咬一口便能感受到浓郁的肉香和独特的熏烤风味。而耿书明则对一道酸汤鱼赞不绝口。除了这两道主菜，桌上还有刀岗村特色的糯米饭。糯米饭颗粒饱满，口感软糯，散发着淡淡的米香。

在品尝这些美食的过程中，我们不时会发出赞叹声。

夜色渐深，窗外虫鸣声声，屋内却灯火通明，温馨而惬意，整个蝴蝶庄弥漫着欢声笑语以及食物的香气。

用完餐后，耿书明表示自己累了，便早早上二楼房间休息。欧秀金和丁瑶母女则留在餐厅准备"打扫战场"。我和陈燨提议搭把手，却被欧秀金断然拒绝，理由是我们已经付过住宿费和餐饮费，对于民宿来说照顾好顾客是应该的，哪里还能让顾客收拾碗筷。如果我们坚持帮忙，那她就要把住宿费都退给我们，见状我们只得作罢。

我和陈燨闲来无事，便每人拿了一张木椅，坐在蝴蝶庄门口的大院子里。

"对了，有件事我想和你说一下。"我拍了拍自己的脑袋，

"你还记得吗？丁瑶来找我们的时候，我表妹给我打了个电话。"

"记得，你出门接了电话，但进屋之后就再也没提起过。"陈燔表示有印象。

"关于汪敬贤教授，川东大学很多人都知道他的事。"

"什么事？"

"在他身上发生过许多怪事，以至于很多学生认为他这人不太正常。"

我表妹的原话就是如此。

"不太正常？"陈燔直起身子，"怎么不正常了？"

"他时常会做一些诡异的事情。"我回忆了一下表妹的表述，继续说道，"比如有位学生亲眼看到他在房间里和'不存在的人'交谈，情绪非常激动！所以，学校里的同学都认为……"

讲到此处，我顿了一顿，脑中开始搜索适合的词汇。

"认为什么？你倒是说呀！"陈燔催促道。

"认为他被'魔鬼'附身了，所以才会做出这么多奇怪的举动。"

"胡言乱语吗？感觉确实很像被魔鬼附体呢！"陈燔虽这么说，但能看得出他在强忍笑意。面对无稽之谈，他总是这副表情。

"还有一个学校怪谈呢！不过这个确实有点扯。"我试图引起陈燔的注意。

"什么怪谈？"

"有位同学在某个雨夜，在学校教学楼的楼道里看见了汪教授。那时汪教授正背对着他，当他喊汪教授名字的时候，你猜怎么了？"

"猜不到。"陈燔打了个哈欠。

"你真笨!当汪教授转过身来的时候,整张脸竟然全被头发覆盖住了。那个同学吓得连滚带爬地逃出了教学楼。不过这件事也是学生们口口相传的,并没有被证实。"

"这不就是'辫子姑娘'的故事嘛!韩晋,你不会连这个故事都没听过吧?"陈燔用鄙视的眼神看着我。随后,他就把这个故事讲给我听。

这则怪谈起源于香港的一所大学,盛行于七十年代。讲述的是一名男生在校园漫步时,偶遇一位梳着麻花辫的女子,正暗自垂泪。男生心生怜悯,上前询问其哭泣的缘由。女子低声回应,称无人愿与她交朋友。男生闻言,温柔地鼓励道,那不如你转过身来,我愿意与你交朋友。女子却迟疑地说,若你见到我的面容,恐怕会心生恐惧。男生自信满满,以为女子只是过于羞怯,便慷慨地保证,自己的胆量足以应对一切,劝慰她无须忧虑。于是,女子缓缓转身,令人震惊的是,她的脸庞上竟也如同头发一般,编着一条麻花辫。

"那你怎么看汪教授的这个故事?"我问陈燔。

"怎么看?"陈燔对着漫天繁星伸了个大大的懒腰,"都是道听途说来的奇谈怪论,对此我没有任何看法。韩晋,我有点累了,我们回房间吧!"

我俩起身将木椅放回原处,正准备进屋时,忽然,陈燔停下了脚步,伸手在裤兜里掏着什么。

"怎么了?"我问陈燔。

他面色变得铁青,好一会儿才开口道:"虫符不见了。"

第四章　神木庙

李甲之妇黄氏，容姿甚丽好，自幼端洁，年未三十而孀居。一日，见一贵介少年挑之，遂避入。俄而少年径入寝榻之前，黄氏且骂且拒。少年笑曰："吾乃东晚，磐胡孙也，与卿有凤缘，慎无间阻。"即升榻共偶。黄氏见其风仪俊雅，不知是妖魅也，遂与通焉，欢洽之际，无异世人。平晓，东晚自窗中跳出，其行如烟，霍然不见。平居凡有所欲，随心而至，或空中下之。如此数月，黄氏精神怳惚，形如黄叶，日食大枣三枚，以杯水下之，更不进余物。一日晨起，梳妆甚整，命女奴卷帘曰："窗外一簇蜂蝶来也。"女奴曰："娘子病狂耶？青天白日，何有此事？"逡巡又曰："儿化蝶去也。"端坐而卒。

——宋　范樵《菴舍琐语·东晚》

1

第二天起床时已近中午。

昨夜，一场突如其来的暴雨降临刀岗村，雨点猛烈地敲击着窗户,如同战鼓般轰鸣不绝,雷鸣声生生地将我从甜美的梦境中惊醒。伴随着雨声的节奏,我的心情慢慢平复,眼皮也再次变得沉重。不知不觉中,我又一次沉入了梦乡。至于那场暴雨何时停歇,我全然不知。

陈燔一直在念叨着那枚虫符。这不能怪我,昨夜陪陈燔寻找他丢失的虫符,几乎把房间和行李箱都翻遍了,还是没能找到。起初我以为他误将虫符放在了房间里,但陈燔一口咬定将虫符放置在了外套口袋中。那么只有两种可能性,要么被人拿了,要么自己掉了。毕竟昨天在村里逛了一圈,还去了神木庙,我认为后者的可能性更大。

待我洗漱完毕,走到一楼时,听见客厅里很是喧闹,走过去一看,发现是来了位客人。

不过,这位"客人"并不是来住店的。这个男人看上去六十来岁,脸庞宽阔而红润,身材微微发福,灰白色的头发往后梳成了大背头,露出的额头上,皱纹显得十分深刻,皮肤可能是因常年的户外劳作而显得黝黑。厅里没见到丁瑶,陈燔和耿书明则和大叔站在一起,而我的出现则打断了他们之间的交流。

"这位是韩老师,也是摄制组的成员。"欧金秀一把将我拖到大叔面前,向他介绍起我来。当然,大部分职业履历都是耿书明临时"编造"的。

欧秀金指着大叔,向我道:"这位是刀岗村的村主任。"

"哎,什么村主任,我叫田育民,叫我老田就行啦!"田育民向韩晋伸手,"韩先生,欢迎来到刀岗村。"

"您好!"我与他握手。

他的手掌感觉很厚很软,没有老茧。

"您来之前,我正和黄先生和陈先生聊刀岗村的建设呢!刚才说到，村里不少房屋正在进行外立面改造，关于这件事，村民参与积极性很高，因为这里打造好了，变漂亮了，游客会更多，也利于村民自己做点儿生意，提高收入，您说对吧？当然，响应国家保护传统村落的政策，不仅要关注建筑风貌，更要聚焦群众的生活质量。所以，发展特色的经济产业很重要，比如昆虫养殖产业和食品加工产业。"

"昆虫的养殖和食品加工？"我好奇地附和了一句。

"昆虫相关产业的前景还是很广阔的。昆虫富含蛋白质、脂肪、矿物质和维生素等营养成分，其蛋白质含量甚至高于肉类。因此，昆虫产品在营养价值上具有较高的优势，可以作为动物的优质蛋白质来源。"

"动物饲料吗？"

"是啊，比如像三虫粉，就是用蝇蛆、黄粉虫、蝗虫为原料，按科学的配方和比例加工而成的。"田育民越说越起劲，完全停不下来，"不仅仅是动物饲料，具有极高营养价值的昆虫，为什么不能作为人类的常用食物呢？没错，现代人惧怕昆虫，认为昆虫肮脏恶心，这都是心理因素，是一种偏见！其实养殖的昆虫也可以非常卫生，加上高温烹饪，端上餐桌完全没有问题。我最近就打算在刀岗村开一家这样的餐厅，推广属于刀岗村的昆虫餐饮文化——全虫宴。"

食用昆虫这种行为其实并不算罕见，比如我在东北餐厅见过蚕蛹，还在连云港市吃过一种叫"灌云豆丹"的名菜，其实就是用一种大青虫做的。但这种昆虫菜并不算常规菜系，只能说是某个地方的特色。我对有特点的菜肴并不排斥，况且人类食虫的历史也由来已久，我乐于去尝试，但田育民口中的"全虫宴"着实吓到我了。

"刀岗村难道有食虫的传统吗?"陈燔问道。

欧秀金吐了吐舌头。"当然没有。"

用一款高性价比地域美食加一场山洪式的传播来博取流量,提高地方经济,是目前惯用的营销手段。淄博烧烤,天水麻辣烫,都属此类。利用这种手段,加上昆虫餐饮这种极具争议的话题,说不定能赚一波热度,没想到这位村主任还挺有营销头脑的。

"菜单我都拟好了,你们听听合不合胃口?"田育民清了清嗓子,开始报菜名,"酸拌蚂蚁卵、酱拌蟋蟀、油炸桂花蝉、炒肉芽、包烧蜘蛛、姜丝炒王蜂蛹、油炸椰子虫、椒盐竹蛆、清水蚕蛹汤……"

"听下来似乎只有炒肉芽可以入口。"我低声对陈燔道。

"你确定吗?"陈燔坏笑。

"怎么了?"

"所谓肉芽,即腐肉所生之蛆。"

"食蛆?"

想到一团又一团蛆虫在蠕动,我就觉得胃内一阵翻滚。

总觉得田育民口中的全虫宴与其说是美味,似乎猎奇的成分更多一点。不过陈燔也批评了我这种看法。他又引用作家汪曾祺的一句话,说一个人的口味要宽一点、杂一点,南甜北咸东辣西酸,都去尝尝。对食物如此,对文化也应该这样。

田育民讲完他的"商业计划"之后,开始关心我们的"拍摄进度"。

"你们打算先去哪里拍?是想拍风土人情,还先是采访一些对村子比较了解的人?我觉得找一位了解刀岗村的人聊聊比较好。"

我感觉他在毛遂自荐。

耿书明也听出了他的弦外之音,于是道:"肯定要采访啊,而且必须采访村主任您啊!"

田育民摆了摆手,用力地"唉"了一声:"我不重要啦!"

"村主任谦虚了!"耿书明接着道,"不过我们打算把采访您的段落,放在整个节目最后,这样才能起到点题的作用。之前我们还是先拍拍刀岗村的风景和生态吧!"

论"捣糨糊①"耿书明排第二没人敢排第一。

田育民听了之后,满面笑容,看来他对耿书明的提议很是满意。

"对了,田骏豪是不是令郎?"

陈爔这提问让我想起了昨天的冲突。对啊,那个叫田骏豪的家伙,不就是村主任的儿子吗?不过这父子两人气质真的完全不同。

田育民收起笑意,把脸一沉,问道:"臭小子是不是又惹事了?"

陈爔道:"您过虑了。我们只是有过一面之缘。"

"没有就好。这臭小子整天给我惹是生非,我不知上辈子造了什么孽,摊上这么个废物!"田育民把脸转向耿书明,"黄导,犬子要是阻碍了你的拍摄任务,尽管来找我,看我不打断他的狗腿!妈的,天天和一群不三不四的人混在一起,一事无成!"

"年轻人嘛,都这样。"欧秀金在一旁劝道。

"岁数不小了,再过两年,都三十了!"谈及儿子,田育民愁容满面,和刚才的态度简直一百八十度大转变,"他要是像你

---

①上海方言,意为愚弄别人。

家瑶瑶这样有出息就好了。"

"哎,哪有什么出息,一样不让人省心!"

欧秀金装出一副很谦虚的样子,其实脸上的笑容比院子里的花还灿烂。

这时,门口有人呼唤田育民的名字。

田育民对我们道:"我还有点事要处理,这刀岗村巴掌大的地方,事情也真不少,不论大事小事,都要我来操心。对不住啊,我先告辞了。"

我们纷纷表示理解,并高度肯定了他对刀岗村的贡献,陈熠还浮夸地竖起了大拇指。带着我们虚伪的赞誉,田育民高高兴兴地离开了蝴蝶庄。

田育民离开后,丁瑶才悄悄下楼。

"走了吗?"她站在楼梯边上探头探脑。

"走了!"欧秀金白了她一眼,"每次村主任来你都躲,怎么,你欠他钱啊?"

"不想见这人,反胃。"丁瑶道。

欧秀金不再理她,去了后厨。

丁瑶快步走到我们面前。"田育民说了什么?"

"他说要开一家主打全虫宴的餐厅。"我回答道。

"神经病。"

"我觉得他人还行啊,至少比他儿子强。"

想起田骏豪对我们强横霸道的样子,喜眉笑眼的田育民显得温和多了。

丁瑶冷笑一声,说道:"这个田育民也不是什么好人。他家是做中药材生意的,不过随着社会的发展,这些年村里有人得病,也不去他们家抓药了,都去县里的医院看病。田家药材生意变差后,就开始动歪脑筋,一直想着怎么开拓一条新路。田育民当上村主任后,并没有把心思放在建设刀岗村上,而是打着建设新农村的旗号,专出一些没有可行性的馊主意。"

我问道:"刀岗村除了他们家,还有别的地方抓药吗?"

丁瑶如实答道:"我外婆也是个药师。全村就我们两家是做药材生意的。"

"怪不得田骏豪处处针对你呢!同行是冤家嘛!"我恍然大悟。

"对了,今天我们去哪里?"耿书明打断了我们的对话。

"先和一个了解你伯父案件的人聊聊。"丁瑶道。

"是你口中的好朋友希希吗?"

我脑海中唯一能想到的就是这个和她从小一起长大的朋友。

丁瑶却摇了摇头。"她见到你们,什么都不会说的。"

"那是谁呢?"我问。

"盛岳峰。"

从丁瑶口中说出的人名,我们完全没有印象。

"盛岳峰是谁?"

"广南县公安局刑事侦查大队的大队长。"丁瑶将视线投向耿书明,"也就是负责你伯父案件的刑警。他可是个不得了的人物!"

丁瑶说完,就手机递给了我。陈燨和耿书明同时把头凑过来一起看。

手机屏幕显示的是一篇网络报道。

报道介绍了这位名叫盛岳峰的刑侦大队大队长,以顽强拼搏的精神和实际行动,勇往直前,破获了一批大案、要案,曾荣立个人二等功一次、个人三等功两次。文章还指出,在盛岳峰的带领下，刑侦队各项业务工作都取得长足进步。

"他在刀岗村？"我对这位警队中的"神探"十分好奇。

"怎么可能。"

"那我们怎么见？"

丁瑶从口袋里取出手机，在我面前晃了晃。

"视频聊天。"她说。

2

丁瑶竟然早就和公安局的人通过气，这是我没想到的，我原本只以为她在网上发帖求助，也只联系了耿书明而已。耿道成死亡之后，希希将神木庙原本是密室的情况告诉了丁瑶，丁瑶立刻联系了公安局。但口说无凭，希希又不愿意出来作证，在没有证据的情况下，警方不会听信她的一面之词。正当丁瑶无计可施之际，盛岳峰主动联系了她。

他们最初是在昆明市北京路的一家星巴克见的面。盛岳峰耐心听完了丁瑶的叙述，了解了整个情况后，他才表达了自己对案件的看法。盛岳峰告诉丁瑶，耿道成案件中确实存在许多疑点，可是并没有实际的证据作为支持。如果她能够发现新的证据，物证和人证都可以，那么警方一定会立刻采取措施，调整调查方向。最后，盛岳峰表达了个人的看法，尽管并没有下断论，但认为耿道成案件，并不是一起单纯的枪击抢劫案。

简而言之，盛岳峰私下没明说支不支持丁瑶的观点，却也没有反对，丁瑶认为他可能因为职务在身，每句话都必须负责，所以没证据的情况下不能断言。既然有了刑警的支持，她更有自信了。联系到耿书明后，她将此事向盛岳峰进行了汇报。但盛岳峰对她招来耿道成侄子这件事持反对态度。毕竟耿书明只是个律师，在案件调查方面完全是门外汉，而且自己原本的意思是让丁瑶寻找人证，谁知她竟扮起了名侦探。

盛岳峰思来想去，觉得还是放心不下，于是便告诉丁瑶，自己要和耿书明聊一聊。他手头的案子也很多，工作也十分繁忙，为了这件事专程跑一趟刀岗村不现实，便提议视频会面。丁瑶很爽快就答应了，这才出现了刚刚那一幕。

我们来到了耿书明的房间，丁瑶拖来一张茶几，将自拍架放置在上面，架上她的手机。我们在手机屏幕前坐成一排，然后由丁瑶拨通了盛岳峰的视频电话。

很快，屏幕上出现了一张四十来岁中年男性的面孔。他理了一头短发，脸庞刚毅且线条分明，两条浓眉下的眼睛不大，却藏着一股力量，给我的感觉像是经过无数次风雨洗礼的山石，笃定，稳定。

"丁老师，你好！大家好！"视频里的男人热情地向我们挥着手打招呼。

"盛队，你好！"丁瑶礼貌而迅速地回应道。

盛岳峰的目光迅速扫过屏幕前的我们，随后，他直截了当地问道："你们谁是耿书明？"

耿书明毫不犹豫地举起手："我是！"

"你就是耿道成的侄子？"

"是的。"

"来刀岗村查你伯父的案子吗？"

"是的。"

盛岳峰凝视着镜头，沉默片刻后，缓缓吐出几个字："回去吧。"

这句话让我们所有人都感到意外。

耿书明更是愣了一下,以为自己听错了,疑惑地重复道:"回去?"

"盛队,什么意思啊?"丁瑶也在追问。

盛岳峰的神色变得严肃起来。

"很多事情我不能讲太明白,总之你们这些人,赶紧离开刀岗村。这是我的忠告,你们可别把我的话当耳旁风。"

盛岳峰话里有话,只有陈爔听明白了。

"果然,警方也没闲着啊……"陈爔突然道。

盛岳峰看向陈爔。"你是哪位?"

"我叫陈爔,很高兴认识您。"

"陈爔……原来是你啊!"盛岳峰笑起来,"我听过你的事迹。在美国的时候很出风头,回国之后,在上海得到宋队的支持,也参与过几起案件的侦破,对吧?"

"不敢当。"陈爔难得谦虚。

"这里可不是上海,不适合玩侦探游戏。"盛岳峰这话,让现场的气氛变得有些紧张,"刀岗村的案子,可没你们想象中那么简单。所以听我一句,赶快买票回去,别来刀岗村没事找事。还有你,叫耿书明是吧?你伯父的事情,我们很遗憾,不过我们也没放弃,凶手迟早会抓到。破案的事情,还是要交给警方,明白吗?"

"我猜现在警方即便掌握了刀岗村的一些秘密,也不会告诉我们吧?"陈爔道。

"无可奉告。我只是出于我的职业操守,对你们进行警告和规劝。"

"可你们并没有解决问题。"

也许是陈燧的进一步逼问惹怒了盛岳峰。他的面孔开始涨得通红，双眼也瞪得更圆了。

"我再说一次，这座村寨没有你们想象中那么简单。别说你们，哪怕是生在刀岗村的丁瑶都未必了解这里。总之，收拾行李，立刻离开刀岗村。至于耿道成的案子，要相信我们警方，案件一旦有了进展，我们一定会通知家属。"

与盛岳峰的交流令我们非常失望。原本以为可以从刑警这里套出点线索，结果直接被劝退。这点就连丁瑶也没料到。

"盛队的态度，和之前我们见面时，确实有了一百八十度的转变。"

挂掉视频电话后，丁瑶歪着头回忆道。

"你说的转变是指什么？"我问道。

"很奇怪。最初感觉他并没有那么抵触我们去查这个案子，现在却非常坚定地让我们远离刀岗村，更别去触碰神木庙。我觉得好奇怪。"丁瑶答道。

陈燧笑了一声，说道："没什么奇怪的。"

我们把目光投向他。

陈燧接着道："说明案件调查又有了突破。"

"突破？"我问道，"你的意思是他们查到了凶手的身份吗？"

"不，不是的。韩晋，你没听见他刚才说了一句'这座村寨没有你们想象中那么简单'吗？他甚至认为'哪怕是生在刀岗村的丁瑶都未必了解这里'。这两句话联系起来，会让你想到什么？"陈燧看着我的眼睛问道。

"刀岗村藏有秘密？"

我战战兢兢地说出这句话，仿佛是在课堂上被老师喊起回答问题的小学生。

陈熵点了点头。"你还不算太迟钝。"

"丁老师,你认为盛队口中的'秘密'是什么?"耿书明突然发问,"会不会是藏在神木庙中呢?"

"你为什么这么想?"

"直觉吧,毕竟我的伯父死在一个'完全密室'之中。而造成密室的原因,会不会就是神木庙的秘密呢?"说到这里,耿书明终于绷不住,笑了起来,"好了,你们就当我胡说八道吧!眼下警方不想让我们插手伯父的案件,你们几个有什么想法?"

"要不还是回去吧,不听警察的劝阻,我总觉得很危险……"

我话还没讲完,就被耿书明粗暴打断。

"韩晋,你和念书时一样,还是那么软弱啊!警察不允许的事情,难道我们就不能去做吗?要等他们来破案的话,不知道要等到猴年马月呢!"

"可是……"

"别可是了,你如果害怕的话,可以回上海。"耿书明说这句话时,还瞥了一眼陈熵,眼神中有些激将法的意味,"就算你们都走了,我还是会留下来。来都来了,随随便便一句话,就让我们前功尽弃吗?"

面对他这么强硬的态度,我也无计可施,于是看向陈熵。

陈熵没啥反应,就是淡淡地说道:"既来之,则安之,就算查不出什么问题,也没关系,就当来这边旅游咯。"

看来他是和耿书明一路的。

丁瑶低着头,似在思考着什么心事。

陈熵注意到她的异常,出言问道:"丁老师,你怎么了?"

"啊?"丁瑶有些慌张,"没什么。"

"那我可以问你几个问题吗?"

"当然可以。"

"你家里就你一个独生女吗?"

陈燏提出这个问题,我不懂他的动机是什么。

"是的。"丁瑶点头。

"你母亲是苗族?"

"是的。"

"父亲是汉族,对吧?"

"没错。"丁瑶又补充了一句,"不过他很早就去世了。"

"你家里还有别人吗?"

丁瑶没有立刻回答,而是停顿了好久,才开口道:"还有我的外祖母。"

我突然领会到了陈燏提出这些问题的原因。

——哼,别以为你是蛊药婆的外孙女,就可以在村里为所欲为!

当时,村主任之子田骏豪在神木庙确实对丁瑶说了这句话。可自从我们进入蝴蝶庄后,只见过丁瑶的母亲欧秀金,而田骏豪口中的"蛊药婆"却连人影都看不到。除此之外,丁瑶似乎对这位"蛊药婆"也多有避讳,从未主动提及。陈燏肯定是意识到了这个问题,便假意询问丁瑶家人,实则探询"蛊药婆"的消息。

"你外祖母也住在蝴蝶庄吗?"陈燏又问。

"是的。"丁瑶承认道,"不过她不爱见陌生人。"

"为什么当时田骏豪喊你外祖母叫'蛊药婆'?这是她的名字吗?"

"当然不是!"丁瑶一听这三个字,登时柳眉倒竖,怒道,"她有自己的名字,她叫尼久莫,不是什么'蛊药婆'!"

或许是意识到自己有些失态，说完话后，她又低声对陈燔说了句抱歉。

陈燔当然不以为意，继续道："那他们为什么用这种名称去形容一个老人家。"

"因为迷信。"

"迷信什么？"

丁瑶苦笑道："也不怕你笑话，其实我外祖母是村寨的巫媪。"

"村寨里就她一个巫媪吗？"

"是的。村子里不能同时拥有多个巫媪，只有在巫媪去世之后，另一个人才能接替她的位置。因为村寨的巫媪是唯一能与神对话的人。"

"与神对话？是与供奉在神木庙里那块木头对话吗？"

"不是神木，而是真正的神。"

"我不明白。"

陈燔用装糊涂的方法，引得丁瑶继续说下去。

"神木庙中的黑木，是保护我们整座村寨的神灵。但与巫媪对话的神，却是掌管整个寰宇的神！在平时生活中，巫媪负责传达神谕给村民。"

"现在还有人相信这一套吗？"陈燔问道。

丁瑶勉强一笑，不置可否。

"外祖母已经有二十年没传达过神谕了。"她说，"所以村寨里许多人认为，神已经抛弃了巫媪。而且随着科技的进步，许多村民已经不相信怪力乱神的事了。对于巫媪传达神谕的兴趣，也一年比一年弱。"

"那为什么会有人喊她'蛊药婆'呢？在我听来，这词是带有贬义的。"

"因为巫媪带来的并不全是好消息,更多的是死亡预告。"

"什么样的死亡预告?"

"比如某人会在几月几日几时去世之类的,算得非常准。尽管我受过现代自然科学的教育,但有些神谕我还是无法解释。其中有不少,都是我年幼时的亲身经历。"

"明白了,之所以有人讨厌巫媪,是因为她的预言会带来灾难和病痛。"陈燔点点头,继续问道,"那最近一段时间,您外祖母有没有'神谕'传达呢?"

丁瑶听了这话,面色一变,用极为紧张的语调说:"也没什么……"

"没关系,我们都是相信科学的人,对怪力乱神的预言,大多一笑置之。"陈燔这话无疑是在诱导丁瑶。

丁瑶表情为难地道:"说了你们可别害怕,也别放在心上。"

在女生面前总不能露怯,我拍着胸脯道:"保证不怕!"

"外来者死。"

3

为了巧妙地隐藏我们的真实意图,避免引起不必要的注意,过晌之后,我们这支队伍不得不佯装在村寨中捕捉一些风景的空镜头,以此作为掩护。陈燔没有加入我们,而是在房间里睡觉。在丁瑶的带领下,我们的足迹几乎遍及古朴村落的每一个角落。她不仅熟悉这里的每一条小径,更深知每一处风景背后的故事,给我们的"拍摄"之旅平添了几分探索的乐趣。

然而,在这看似悠闲的漫步中,我却敏锐地察觉到耿书明的心思并未完全沉浸在这份伪装的任务之中,他的眼神偶尔游离,透露出内心的焦虑与不安。据说田骏豪为了确保我们的行动不会触及神木庙,特意动员了村里的几位青年,让他们在神木庙周围轮番值守。这让耿书明很是头疼。

拍摄持续了一个小时后,大家都感觉有些疲劳,我们找了块大岩石坐下歇脚。

我从包里拿出饼干给大家分食。吃的时候,有一些饼干屑掉在地上,当时我并不在意,谁知没过多久,脚下就出现了许多黑色的蚂蚁。它们不知道从哪里突然冒了出来,不一会儿就聚拢了一大片。蚂蚁们先是围绕着饼干屑转了几圈,仿佛在评估重量和形状。随后,蚂蚁数量越来越多,浩浩荡荡,在饼干屑的周围形成了一个紧密的圆圈。一些蚂蚁负责用夹住饼干屑的边缘,一些蚂蚁则站在下方,用它们的身体撑起饼干屑。

随着越来越多的蚂蚁加入,饼干屑开始慢慢地移动起来。在搬运的过程中,饼干屑被不断地切割和分配,以便让更多的蚂蚁能够分担重量。蚂蚁们在地上形成一条"黑色长龙",将背负的食物运往洞穴。过不了几分钟,地上的饼干屑消失了,与其一同消失的是黑色蚂蚁。

泥土上空空如也,仿佛从未存在过什么。

"它们总会把食物隐藏起来。"丁瑶察觉到我在观察蚂蚁,对我说道,"这是它们的天性,也是它们的生存之道,深埋于它们的基因里面。"

"在这点上,人类和蚂蚁很像。"我感慨道。

"我们可不如蚂蚁。人类永远不可能像它们这样同心协力。人类的想法太多了。"

我觉得丁瑶的说法太过悲观:"我不这么认为。世界上那些灿烂的文明，难道不是人类同心协力的结果吗？"

"文明？"丁瑶冷笑道，"难道不是因为谎言吗？"

"文明和谎言，又有什么关系？"我不理解。

"要使人类同心协力去办成一件事，就需要一个理由。于是传说和神话诞生了，而所谓传说和神话就是奴役、操纵人类的谎言罢了。所以我说人类的文明是建立在谎言之上。我们离不开谎言，且迷恋谎言。但蚂蚁不需要传说和神话。"

"那是因为蚂蚁的智能太低。"我反驳道。

"傲慢的人类才这么想，昆虫的'智能'远远超过你的想象。"

坐在一旁的耿书明轻咳两声，打断了我和丁瑶的对话。

"你们聊得太深奥了，能不能换个话题？"他说，"眼下我们没法接近神木庙，就不可能掌握我伯父被害的线索，调查也无法进行。今天田骏豪能找人看守，明天就不能了吗？这样下去，我们可耗不过他。丁瑶，你有没有其他办法？"

"我也没想到田骏豪对这件事反应如此之大。"她叹道。

耿书明沉思片刻，突然有了主意。

"不如我们夜里去神木庙吧？"

"夜里？"我问道，"你是说深夜吗？"

他点点头："没错，他田骏豪总不见得二十四小时找人在那边守着吧？他们总得睡觉吧？我们夜里偷偷溜进去，神不知，鬼不觉。"

"不行。"丁瑶一口拒绝。

"为什么？"耿书明不解。

"神木庙夜里不能进入。"丁瑶吞吞吐吐地说道，似有难言之隐，"这是祖上留下的规矩，即便是刀岗村的村民也不能进入。"

这话从丁瑶口中说出就很奇怪,因为从她以往的表现来看,她并不是那种会相信怪力乱神的人,也不是一个墨守成规的人。用"祖上留下的规矩"这种说辞,未免太没说服力了。

"是不是有更深层的原因呢?"我看着丁瑶的眼睛问道。

丁瑶略有些尴尬。她扶了一下眼镜框,回答道:"这是规矩。"

"那如果有人不守规矩呢?"

耿书明这句话略有些挑衅的意味。

丁瑶把脸转向他,说道:"我劝你最好别这么做。我知道你们在想什么,你们在想我这个受过科学教育的学者,不应该这么迂腐。可是,我害怕的并不是所谓'诅咒'或者'降灾',而是'危险'。有时候规矩就是遵从某种规律,规律代表着安全,而破坏规律,则会引发很多不可知的危险。这是我的想法。"

"是不是在伯父被害之前,神木庙还出过其他事?"

丁瑶低下头,放弃挣扎似的点了点头。

在我们不断地追问下,丁瑶才勉为其难地开口,为我们讲述这段令人胆寒的往事。

二十世纪六十年代,一批热血青年怀揣理想,来到了刀岗村这片土地。其中就有一位名叫许明的男孩。许明人高马大,年轻气盛,也乐于助人,干活总抢在别人之前,所以当地村民都很喜欢他。不过他这人也有缺点,就是对任何事物,都充满了好奇心。有好奇心固然是好事,但对不应该知道的事情有一探究竟的欲望,恐怕也会给自己招来很多麻烦。

初到刀岗村,他就听当地村民说起神木庙的传说,心里很是向往。他多次向村民询问神木庙的往事,但村民们也发现这小伙子别有所图,便开始避而不谈,只是告诫他神木庙是刀岗村的圣地，外人最好别轻易前往拜祭，弄不好会适得其反。而他这人的性格就是越不让他做，就偏要做。于是他开始盘算着如何瞒着村民，偷偷前往神木庙一游。

许明胆子极大，从小就不怕鬼，不信邪，走夜路更是家常便饭。当他听说神木庙夜里不允许进入的规矩后，就更来劲了，和几位朋友吹嘘自己一定要在深夜前往神木庙一探究竟。尽管很多人都劝他不要这么做，但他哪里听得进去。有的人就是这样，你越劝他，他越人来疯。原本无所谓的事，最后倒变得非做不可了。

一天晚上，许明趁着夜色悄悄潜入了神木庙。

至于那天许明在神木庙里经历了什么，恐怕再也不会有人知道了。第二天一早，村民发现许明躺在神木庙的门前，昏迷不醒。神木庙大门洞开，好似一张刚吐出猎物骸骨的深渊巨口。村民将许明带回住处，同时也愤怒地责备他的不敬之举。四天之后，许明才悠悠醒转，但对于那天晚上的事情，他完全不记得了。

但从那天起，许明言行举止就像变了一个人似的。他整日精神恍惚地说着一些常人无法理解的言语，还在夜里发出惊恐的尖叫，指着空无一人的角落怒骂。不仅如此，他还可以一两天不吃一口饭，不喝一口水。村民们虽然同情他的遭遇，但也无法理解他所经历的恐惧。当然，也有人认为许明是为了不干农活，在那儿装疯卖傻。村里的赤脚医生则认为他得了癔症，普通的药物对其症状全然无效，自己也无能为力。过不了多久，许明的健康状况开始变得糟糕。也许是长期不进食导致营养不良，他的身体非常虚弱，走路都变得非常吃力。

终于，在夜闯神木庙的一个月后，许明去世了。而许明的故事，成了刀岗村中一个永恒的谜团，同时也成了一种警示，告诫经过刀岗村的游客，要对这片土地心存敬畏。

丁瑶的故事刚讲完，耿书明就哈哈大笑起来。

"这是你为了吓唬我现编的吧？"他完全不信。

"信不信随你。"丁瑶也懒得和他解释。

"我看是那个知青本来就有精神病，和神木庙没有半毛钱关系。"

耿书明的话引起了丁瑶的警觉，她察觉到了耿书明话语中隐藏的真实意图。

"你答应过我，来到刀岗村后都听我的安排。这话到底算不算数？"

"当然算数。"

连我都听出耿书明的回答十分随意，显然没把当初的承诺当回事。

丁瑶正色道："如果你违背承诺的话，我就不帮你调查耿教授的案子了。你听明白了吗？我没有和你开玩笑！"

耿书明也看出了丁瑶的不悦，便道："我知道了，都听你的，好吧。不过你也得帮忙想想办法，田骏豪那帮人天天在神木庙门口站岗，我们怎么办？"

"你放心，这件事交给我。"丁瑶深吸一口气，随后道，"实在不行，我就去找田育民。"

"对啊，田骏豪不把我们放在眼里，难道还不把他爹放在眼里吗？"

"你还真说对了。"丁瑶苦笑，"他还真不把他爹放在眼里。从小到大，田骏豪就没一件事如田育民的愿。不过谁让田育民只有一个孩子呢，就算田骏豪是一坨扶不上墙的烂泥，田育民也没得选。"

"你打算怎么说服田育民?"我问丁瑶。

"这得让我回去好好想想。田育民这个人,没有原则,没有道德,只对眼前的利益有兴趣,你和他谈其他的都没用。所以对付他,就得利诱。"丁瑶分析道。

"贿赂他?我们也没钱啊!"耿书明双手往两边一摊。

"哎,具体怎么办,我也没想好。"丁瑶抬头望了一眼天上的太阳,"时间不早了,我们回去吧!今天的拍摄任务就到此为止。"

明明什么都没拍。

要是真按我们这种进度拍摄纪录片,恐怕拍摄周期得有个十年以上。

临走前,我发现裤腿上一圈呈灰白色的印迹,于是便弯下腰,用手轻轻掸去上面的灰尘。

就在这个时候,我听见耿书明在一旁小声嘟哝道:"明明这么简单的事情,偏要搞得如此复杂。"似在埋怨丁瑶。

当时的我并没有在意。

4

幽深的山洞内光线昏暗而斑驳,空气中弥漫着潮湿的泥土气味,耳边除了我自己的脚步声外,什么都听不见。我小心翼翼地沿着曲折的洞穴蜿蜒前行,心跳随着脚下的回音越来越快。必须承认,我迷路了,徘徊在这如同迷宫般的洞穴之中,已找不到来时的路。

突然间,我听到了一阵低沉的嗡鸣声,像是某种膜翅震动时发出的声响。

我硬着头皮继续向前走,怪声开始变得越发响亮,这让我感到一种强烈的压迫感。我紧张地环顾四周,试图找到声音的来源。就在这时,我看到了一个巨大的黑影在前方晃动。我凝神细看,那团黑影在我的注目下逐渐变得清晰起来。待它离我足够近时,我惊恐地发现,那是一只体型巨大的昆虫。它的身躯比我要大上好几倍,前后足加起来足足有数十对,张开的膜翅宛如戏曲中武将的靠旗,威风地竖在身后。

它的一对复眼闪烁着幽绿的光芒,仿佛能穿透我的灵魂。

更让我惊恐的是,它竟然对我说话了。可是,我无法听清楚它在说什么,因为它所使用的语言,已经超出了我理解的范围。那种音调极为奇怪,不像是存在于这个星球上的语调,如果一定要形容,就像有人潜在水里,用腹腔在说话,低沉而威严。尽管我无法明白它想表达的内容,只能呆呆地看着它。它缓缓地向我逼近,每一步都让我感到地面在颤抖。

我想立刻逃离此地,但双腿却像被钉住了一般,无法动弹。身体仿佛已经无法接受大脑的指令,原来人恐惧到了极点,外表看上去也会显得十分平静。它开始迫近我,我已经能闻到它身上散发出来的腥臭味,那种混沌的语言在耳边渐渐变得模糊,甚至有那么一个瞬间,我突然能够听明白它想表达的内容——它是这里的神明,主宰着一切!

就在我即将绝望的时候,我听到了一个熟悉的声音在耳边响起。

是陈燏的声音。

"韩晋,醒一醒!"

我猛地睁开眼睛,发现自己竟躺在床上,汗水早已湿透了我的睡衣。我看了一眼挂钟，正值清晨七点。陈燨立在床边，面色显得十分凝重。原来是一场梦啊，我不由松了口气。不知道我发梦时有没有讲梦话，要是说了什么蠢话，恐怕要被陈燨嘲笑好几个月。

"你怎么在这里？"我从床上坐起，揉了揉发酸的眼角。

"别睡了，快起床，出大事了。"陈燨板着脸，不像在开玩笑。

我突然有种不祥的预感。

"出什么事了？"我张望了一圈，发现房间里只有陈燨，"耿书明呢？"

"他死了。"

陈燨的回答过于简短，以至于我以为自己听错了。

"谁？谁死了？"我忙追问道，希望是自己耳背。

"耿书明已经死了。"

——外来者死。

我忽然想起了"蛊药婆"的死亡预言。

"怎……怎么会这样？！"我慌了神，不知该说什么。

"大约一小时前，在神木庙中发现了他的尸体，和他伯父一样，中了一弹，当场死亡。不仅如此，耿书明被杀的现场，也是呈密室状态。"

"发现尸体的人是谁？"我用颤抖的声音问道。

"一个名叫翁构的苗族青年，这人是田骏豪的小跟班，今早是他负责值守神木庙。他到后发现庙门竟然被人从内闩住，无法推开，于是便起了疑心。翁构小心翼翼地爬上了神木庙的屋顶，借由屋顶的天窗，观察神木庙内部的情况。翁构发现耿书明躺在庙里面，他并没想到这时人已经死了，还以为他在庙里呼呼大睡呢！于是就喊着让他出来。耿书明当然没有反应，气急败坏的翁构就喊来三四个同伴，一起将神木庙的大门撞开，闩木都被撞裂了。进去后发现，耿书明已经没气了，人躺在地上，血流了一地。"

"你去过现场了吗？"

"没有。是丁瑶告诉我的，她已经过去了，警察正在赶来的路上。田育民正在组织村民保护案发现场。怎么样，你要不要和我一起去现场看看。"

我还没有从震惊中缓过神来，只是机械般地点头。昨天还和我们有说有笑的耿书明，和我在学校羽毛球队并肩作战的同学耿书明，此时已经变成一具冰冷的尸体了。尽管这不是我第一次面对死亡，但我还是有点难以接受。吊诡的是，他的死亡方式，竟然与他的伯父如出一辙。如此一来，更证明了耿道成的死，不是简单的意外。

不过，此时我的内心还有一个疑问。

"耿书明怎么会跑到神木庙去的？他昨晚应该在蝴蝶庄啊！"

"或许是昨天丁瑶的故事没有震慑到他，不信邪的耿书明就趁着夜色偷偷溜进了神木庙；又或者有人在蝴蝶庄杀死了他，把他的尸体带了过去。目前我们没去看过现场，所有的一切也不过是臆测而已。不过我更倾向于前一种可能。"陈燔耸了耸肩，"好了，趁警察赶到之前，我们先去神木庙看一看吧！"

和我不同，对于耿书明的死，他似乎没有太多悲伤的情绪。

我顾不上洗脸刷牙，披上外套就和陈燔出了门。

出门前，我们向站在柜台前的欧秀金打了招呼，她让我们节哀，其余并没有多说什么，只是她看我们的眼神中，也多了几分警惕。当然，这也可能是我的错觉。

我和陈燨两人一路小跑，赶到神木庙时，发现庙宇四周围了许多村民，大家都在交头接耳地谈论着什么。丁瑶面色凝重地把守在门口，不让闲杂人等入内。田骏豪站在她面前骂骂咧咧，似乎对丁瑶的行为十分不满。他身后那群跟班也随之一起叫骂。

见到我们后，丁瑶冲我们招了招手。

"警察还没到，你们要进去看一眼吗？"丁瑶问我们。

"谢谢。"陈燨道。

丁瑶侧过身，让出一条通道，让我和陈燨能进入神木庙内。

田骏豪见状，怒不可遏地说："他们为什么可以进去？说不定他们就是凶手！"说着就要闯进去。丁瑶立马伸手拦住。不知何故，田骏豪对丁瑶总有几分忌惮，见她如此，也不敢硬闯，虽然嘴上还在叫喊，脚步却不再移动。

刚进屋我就闻到了一股血腥味，即便早晨的阳光透过屋顶的窗户，斑驳地洒在这满是尘埃的地面上，却也难以驱散这里的压抑感。

供奉"神木"的祭坛前，俯卧着的那具冰冷的尸体，正是耿书明本人。耿书明脸色苍白如纸，双目紧闭，仿佛陷入了永恒的沉睡。也许是头发上沾满了灰尘的缘故，死相显得异常凄惨。最令人触目惊心的是他的背后，有一摊被鲜血染红的印记。从位置看，应该是被子弹贯穿了肺部。扯开衣服可以看见，此时伤口处的鲜血已经变黑，周围的皮肤因子弹的冲击而血肉模糊。血液在他的背后留下痕迹，仿佛一道干涸的黑色河道。他双手无力地向身体两边伸展，左手握拳，右手手指微微弯曲，仿佛想要抓住什么，却又无能为力。

此时，庙外传来了阵阵虫鸣，仿佛是一曲赠予死者的往生咒。

跟随陈爔这些年,这种场面我已经见识过太多太多,导致我现在直面死亡,已经没有从前那种震撼的感觉了。不过对于耿书明这样的老熟人,内心总还是会有些悸动。

敞开的庙门边上有两截闩木,从裂口处可以看出是被暴力折断的。这很符合庙门是被人从外部撞开的描述。在外力的冲击下,这根两寸粗的闩木被折断了。

陈爔站立在由青石板铺就的地面上,环顾四周,我的视线也跟随着移动。

整个神木庙内部除了供奉黑木的祭台外,空空如也,根本无法藏人。屋顶窗户的插销也锁着,除了光线外,恐怕连一只苍蝇都飞不进来。有一件事非常奇怪,我发现神木祭坛放置黑木的方形木质底座和香案似乎都被人移动过,被摆成了"八"字形,但夹角很小,不仔细看的话,并不容易发现。青石板上的灰尘,证明了我的观点。此外,我正对祭坛右手边的墙面上,离地一米五左右,有两块相互平行的腐烂痕迹,上前仔细观察,会发现凹面坑坑洼洼,像是被虫蛀过一般,而且这块虫蛀的痕迹高度也一致,十分古怪。(见图1)

"这是'告乎'神树的昆虫守护者。"丁瑶不知何时走到了我的身后,看着墙壁上的蛀痕,对我说道,"你还记得那个关于'告乎'的神话吗?"

"每当村子遇到困难,神树都会召唤昆虫来帮助村民。"我回答道。

"没错,这或许就是那些'虫侍'留下的痕迹。"

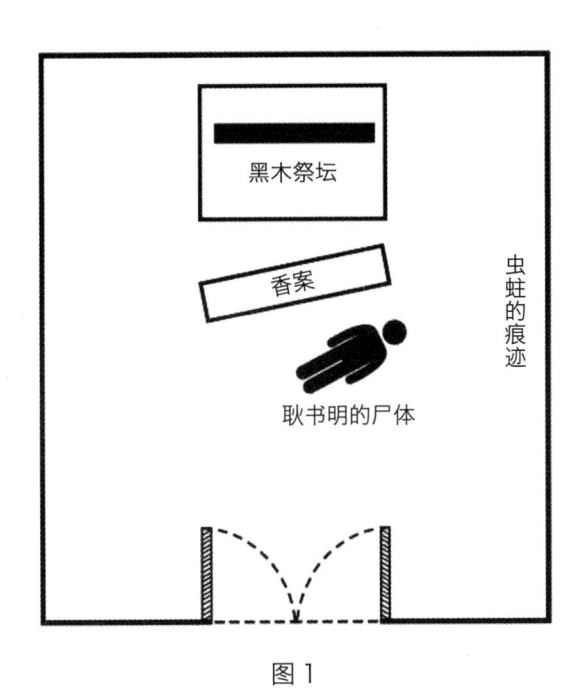

```
┌─────────────────────────────┐
│      ▬▬▬▬▬▬▬               │
│     ┌───────┐              │
│     │黑木祭坛│              │
│     └───────┘              │
│                          虫 │
│      ┌──────┐            蛀 │
│       │ 香案 │             的 │
│        └──────┘           痕 │
│         🚶                迹 │
│      耿书明的尸体           │
│                            │
│                            │
│        ╱╲                  │
│      ╱    ╲                │
└─────┘      └───────────────┘
```

图1

也许这话过于荒谬，刚才说完，丁瑶就自己笑了起来。但随后她意识到场合不对，面容顷刻间又恢复了凝重。她告诉我们，这就是被昆虫啃噬过的印记，至于是哪种昆虫，她暂时也无法确定。毕竟在云南，有这种习性的昆虫少说也有上百种。

陈燔伸手抚摸这些坑坑洼洼的蛀痕，随后转过头对我说："韩晋，张一下嘴。"

我好奇地"啊"了一声，陈燔迅速将抚摸过蛀痕的手指塞进我的嘴里。

"呸！呸！"我连啐两口，愤怒道，"你把什么塞我嘴里了？"

"什么味道？"陈燔从口袋里掏出纸巾，擦拭手指。

“你有病啊！我会中毒的！”我狠狠地跺脚，气他不把我的健康当回事。

“我问你什么味道？”陈爝只是重复他的问题。

虽然生气，但我还是咂巴了两下嘴，回答道：“好像没有味道。”

随后，我们发现这种蛀痕在屋内多达十几处，非常古怪，每一处，陈爝都细细做了观察。为了防止陈爝再将没洗过的手塞进我的嘴里，我一直紧闭嘴巴，尽量少说话。

我将目光再次落在耿书明身上，发现他握拳的那只手，在阳光的照射下，微微闪着亮光。反射的光线将我吸引过去，蹲在了他的遗体边上。

“咦？”

也许是我的疑惑引起了他们的注意，丁瑶和陈爝都把头凑了过来。

我轻轻掰开手指，找到了闪光的原因——耿书明左手手心里，藏着一枚金光闪闪的虫符徽章，而且正是陈爝遗失的那枚。

“原来在他这里。”陈爝喃喃道。

我看向陈爝，发现他的表情没有太大变化，眼神中似有一丝愤慨。

丁瑶对我们说道：“我们最好出去，不要破坏现场。盛队马上就要到了。”

她话刚说完，庙门之外就响起了警笛声。由于通往神木庙的道路太窄且泥泞不堪，无法行车，所以在我们听到警笛声后过了十多分钟，才望见一队身着警察制服的刑警从远处步行而来。为首的人正是我们在视频中见过的盛岳峰队长。

此时我们三人已经退出了神木庙，同村民们一起站在庙外等待。

四周的喧哗声也渐渐安静下来。

"你们都在啊!"盛岳峰走到我们面前,扫视一圈后继续道,"什么都不要说了,都跟我回趟警局吧!"说话间,他身后的刑警与法医轻车熟路地进入了案发现场。毕竟就在几个月前,同样的死亡方式,耿书明的伯父耿道成教授,也以同样的方式在此殒命。当时负责调查此案的,正是同一批刑警。

面对盛岳峰的"邀请",我们没有拒绝的理由。

就在此时,我瞥见陈燔将一枚金灿灿的虫符徽章,悄悄地塞进了他的口袋里。而那枚徽章,原本应该被耿书明攥在手里才对。

他的动作十分隐蔽,除我之外,没有任何人发现。

第五章　蛊药婆之谶

广南府有庾姓家，累世为蛊。邻佑有妇王氏异之，见庾家人咸出，遂入其舍。忽见屋中匿偶像，形若金蝉，长身多足，能言，自号巴弄。王氏惊怪而走，归家得疾，狂言曰："食吾蛊者，乃巴弄也。"及庾家人归，闻王氏吐血几死而往视之，曰："汝与巴弄言语否？"王氏具白其事，乃屑蘘荷根以饮之，吐虫卵而愈。

——唐　佚名《集异记·蛊神巴弄》

1

询问室里的灯光柔和而明亮，营造出一种冷静而专业的氛围，墙上挂着庄严的警徽，象征着法律的威严和公正。房间中央摆放着一张宽大的木质询问桌，桌面干净整洁，上面摆放着录音设备和纸张，以备记录口供之用。也许是为了保护询问过程的私密性、减少外界噪声的干扰，询问室四周的墙上都使用了浅灰色的隔音材料。

偶尔，从门外的走廊还会传来匆忙的脚步声和交谈声，但很快又恢复平静。

此时，我正坐在询问桌边，对面是一位名叫段云翔的刑警。这位段云翔警官长了一张国字脸，戴着无框眼镜，看起来很温和斯文。他的身材很瘦，从袖管里伸出的手臂可以看出，几乎没有肌肉的线条。粗看之下，不像是从事犯罪侦查工作的警察，更像是一个文艺爱好者，平时在公立图书馆工作的那种职员。

"所以说……"段警官把目光从笔录上移开，投到了我的脸上，"他来刀岗村的目的，是为了调查耿道成教授的死亡原因？你们是来帮忙的，对吧？"

"是的。"我用力点头，尽量让自己显得真诚一些，好像这样就可以让自己少一点麻烦。

我原本以为他会笑，但段警官只是低下头，继续把笔录的内容看了一遍。警察果然是受过特殊的训练，再好笑的事情，都能忍住不笑。在不了解情况的人眼中，我和陈爔这种无业游民跑来帮忙破案，简直是天大的笑话。

"对于耿道成的案件，你们了解多少？"

"不太了解。我只是从耿书明发给我的邮件中，得知了事情大致的情况。细节还没来得及打听，他就出事了。"我如实回答。

"你们知不知道，调查案件是警方的工作？"段警官的言辞中颇有些责备的意味。

"我知道错了。"

"警方还没赶到，你们就进入案发现场，这样会把很多线索污染，甚至还可能成为犯罪嫌疑人。你们这点常识都没有吗？"

看来盛岳峰没把陈爔和我的故事讲给这位段警官听，以至于他如此惊讶。确实，普通人见到尸体避之不及，哪还敢凑上去看呢？

"对不起，下次不会了。"除了道歉之外，我不知道还能说什么。

段警官叹了口气。

"耿道成教授被害的现场，也是密室状态吧？"

"什么？"段警官抬起头，似乎没听清。

"就是门从内闩上了，从外边打不开。第一批到达现场的村民都能作证。"

"你从哪里听来的？"段警官皱起眉头，不知是因为惊讶还是不耐烦。

"网络上。"

"网络上有对这件案子的讨论？"

"当然，毕竟耿道成教授也算是半个网红。他提出的'滇南虫国'，还上过社交媒体的热搜呢！"见段警官流露出了不安的神情，我继续说道，"这次他侄子耿书明又遇害，死亡的情况和他伯父一模一样，恐怕就不能再用抢劫来解释了吧？"

"对不起，关于这两起案件，我只能说无可奉告。"

"如果不快点解决，媒体一定会蜂拥而至。到时候你们也会很麻烦！"

"你想说什么？"段警官察觉到了我的言外之意。

"我希望尽快破案。"

"这也是我们所希望的。"

"或许我有办法帮到你们。"

"什么办法？"

"门外的那个家伙，名字叫陈爔，虽然是个不入流的数学家，但脑子却很灵活。"我压低声线，尽量让自己的声音显得厚重一些，"他曾经协助上海警方破获不少案件，不信的话，你可以致电上海公安，询问一下刑侦队的宋伯雄队长，我说的话是否属实。或者，也可以直接问你们的盛队。陈燨的事迹，我相信他也有所耳闻。如果你们让陈燨帮忙的话，我相信案件的真相很快就能调查清楚了。"

"你疯了吗？"段警官看我的表情，像是在看一部十足的烂片，"让普通人参与凶杀案的调查，你以为在演犯罪电影吗？侦探小说读傻了吧你？"

"您怎么知道我经常读侦探小说，不仅如此，我还自己写侦探小说，在圈内还小有名气，如果你喜欢的话，我可以寄……"

"打住！打住！案子的侦破工作，交给警方就行，你们只要配合做好笔录就行，明白吗？"

我失望地点了点头。看来他是一点都没把我的话听进去。

"基本没什么问题了。如果还有问题的话，我会再联系您。"段警官叹了口气，脸上的表情变得轻松不少。

"辛苦您啦！"我起身向段警官鞠躬，他也点头向我回礼。

推开询问室的大门，看见陈燨和丁瑶正坐在走廊边的长椅上，看来笔录已先于我做好。见我走出询问室，他们两人同时站起。与浑身充满松弛感的陈燨不同，丁瑶的面色阴郁，耿书明的死亡，似乎对她造成了极大的打击。我也能理解她的感受，时隔数月，在家乡发生了两起恶性凶杀案，恐怕换谁都高兴不起来。

段警官在我之后走出询问室，临离开前说道："我还是希望你们相信警方。耿道成也好，耿书明也好，他们的案子总会水落石出。"

我知道，他这话是说给我们三个人听的。

直到离开警局，我们都没再见到盛岳峰。

回到刀岗村时，差不多已是傍晚时分。夕阳的余晖洒在村寨的石板路上，映出斑驳的光影。我们三人没有立刻回蝴蝶庄，而是找了一处僻静之地。正巧路边有一排石凳子，我们便坐下歇脚。石凳表面已经被岁月磨砺得十分光滑，石质在长久的日晒雨淋下，呈现出一种深沉的灰色，上面还布满了细小的裂纹。

此时的神木庙已经被警方用警戒线封锁起来，无关人等不能接近。村民们当然不会把这座经常死人的庙宇当成不祥之地，而是把一切都归罪于不守规矩的外来者。

其中也包括我和陈燔。

"你们觉得杀害耿道成和杀害耿书明的会是同一个人吗？"

虽然同时问了丁瑶和陈燔，但我主要是想听一下陈燔的意见。

"犯案手法高度相似，案发地点也一样，我感觉很像是同一个人所为。凶手用枪射杀他们后，又将现场布置成密室，如果是有两个凶手的话，有点说不过去。"

"我不知道。"陈燔直接投降。

"对哦，凶手是如何完成这起不可能犯罪的呢？如果是在神木庙内部枪杀耿书明的话，他离开后，又怎么将门闩上？如果是从神木庙之外射击，那为何庙宇墙壁上没有弹孔？实在是匪夷所思！"我在空地上来回踱步，脑子里一点思路都没有。

"盛队当时不愿意将耿道成教授的案件定性为密室杀人，恐怕还有一层顾虑。"丁瑶突然插嘴道。

"什么顾虑？"我忙问。

"密室杀人属于超自然事件，且还发生在神木庙这种地方，很难不让村民联想到神树'告乎'的神力。这不仅会增强村民对神木庙的信仰，同时也会增加今后侦破工作的难度。要知道，信仰的力量是很可怕的，它可以让人类无所畏惧。"丁瑶接着说道。

"凶手多数也是这个想法。"我认同道。

"现在他的目的达到了，两个擅自闯入神木庙的人，都得到了惩罚，而且还是以一种超自然的方式被杀。今后恐怕再也没有外人敢闯进去了。"

丁瑶的话中尽是无奈。

陈燔站起身，拍了拍裤子上的灰尘。"在这里讨论没结果的，要想知道凶手制造密室的手法，还得去现场看看。"

"可是神木庙已经被警方封锁了啊！你有没有在听我们说话？"我生气道。

"我知道，可又没派人二十四小时值班。白天去不成，可以夜里去。"

"你想偷偷溜进去？"我不由得高声质问陈燔，"难道你忘记耿书明的下场了？万一凶手埋伏在现场袭击你怎么办？你别忘了，凶手可是有枪的！"

陈燔耸了耸肩，满不在乎道："不去现场就没法破解密室杀人的真相。"

"你不要命了？"

"韩晋，你总是那么紧张。"陈燔伸手拍了拍我的肩膀，"放轻松！凶手刚杀死耿书明，不会那么快就行动的！最近一段时间，凶手会远离神木庙，他也害怕被警察逮到，没理由整天埋伏在神木庙周围。总之我决定了，今晚我们就去神木庙仔细勘查一下现场。"

"我们？"

"是的，我们。你，我，还有丁瑶老师。"陈燔慢条斯理地说。

虽然丁瑶没有明确表示反对,但脸上也露出了担忧的神色。

我气愤地起身怒斥道:"谁说我要和你一起去?有没有经过我的同意?"

"好了,我们先回蝴蝶庄,好好休息一下,等到天黑再出发!"

陈燨说完,伸了个大大的懒腰。他似乎将我的话都当成了耳旁风,可以说是毫不在意。

"我不去!我死也不去!"我对着陈燨的背影抗议。

"你会去的。"他淡淡道。

"不去!"我的语气更坚决了。

陈燨冷笑一声,自顾自朝着蝴蝶庄的方向走去。"肚子饿了,先回去吃饭吧!"

丁瑶看了一眼走远的陈燨,又回望了一眼站在原地的我,最后还是选择跟着陈燨离开。

我看着他们两人渐渐远去的身影,声嘶力竭地冲他们喊道:"我不会去的!陈燨,别以为什么我都听你的,你就死了这条心吧!我要是去,我就是你孙子!"

2

"好黑啊,感觉像在拍恐怖片。"

我紧握着手中的手电筒,微弱光束在黑暗的树林中摇曳,如同一只孤独的萤火虫在无尽的黑洞中挣扎。手电筒的光芒在浓密的树影间跳跃,时而被茂密的枝叶切割成斑驳的光斑,时而又在潮湿的空气中弥散,形成朦胧的光晕。此时,我的手心因紧张而冒汗,感觉手电筒的把手还有点打滑。

丁瑶在我身后低声嘱咐:"说话小声一点。"言语中,似乎还有些斥责的意味。

她的担忧不无道理,杀死耿书明的家伙很可能还没离开,况且我们这次的行动,完全违背了警方的意思,要是被发现,那可不得了。陈燏紧紧跟在我和丁瑶的身后,进入树林之后,几乎没有讲过一句话。深夜的林中,倒也不是完全寂静无声。我们踩下的每一步,都伴随着脚下枯枝的断裂声和远处昆虫的嘶鸣。我的呼吸变得急促,不知道是不是错觉,我感觉自己的心跳声在寂静的夜里格外清晰。

与无边无际的黑暗相比,手电筒的光芒很是微弱。但对我来说,却是唯一的慰藉。我紧紧盯着那束光,生怕它突然熄灭,似乎没有了这道光,我们将会被彻底抛入无边的暗海之中。不过,即使有了这束微光,我仍然感到恐惧如潮水般涌来,将我紧紧包围。

或许是由于昆虫的趋光性,光线所及之处,小虫肆意飞舞,数量之多,令人头皮发麻。行进过程中,我的手臂不可避免地被飞虫叮咬,红肿发痒。我尽量不去理会它们的侵扰,只是紧握着手电筒,继续前行。我没想到同样走这条林间小径,白天和黑夜会如此不同。就在我内心想打退堂鼓之际,手电筒的光芒突然在前方投射出一座庙宇的轮廓。神木庙,静静地矗立在黑暗中,仿佛一座林中孤岛。

"我们到了。"我又忍不住说道。

陈燏快步越过我,走近神木庙门前。我抬起头,望着庙宇的轮廓在手电筒的光芒中若隐若现,心中涌起一股莫名的恐惧感。是的,这座奇怪的庙宇,给我带来的感受并不是敬畏,而是深深的恐惧感。

由于断裂的木闩被警方带走，目前没有换上新的，所以神木庙的门没有锁上，只是在门口处简单地横拉了一条警戒线。我们三人矮着身子，从警戒线下方钻了进去。这时，丁瑶和陈燏也都打开了手电。三束手电筒的光线在神木庙内交叉穿梭，如同探险者们在未知的迷宫中探寻宝藏，光束照亮了一个角落，却又在下一刻被黑暗吞噬。

在这忽明忽暗的光影中，庙宇内的气氛愈发诡异。陈燏手中的光束在神木庙内不断变化角度，时而射向地面，照亮了由青石板铺就而成的地面；时而射向墙壁，映照出圆木墙上的木纹和虫蛀的痕迹。光束随着陈燏的目光缓缓移动，不放过任何一个细节。突然，光束停留在了庙宇顶部的天窗上，不再离开。

"怎么了？"我好奇地问道。

"韩晋，你仔细看这扇天窗，然后告诉我你发现了什么？"陈燏回答道。

天窗的边缘也是木质的，历经岁月的洗礼，木料已经变得暗黄而斑驳，表面布满了岁月的痕迹。窗户从内反锁着，金属插销在昏黄的光线下闪烁着冰冷的光泽。随后，我注意到天窗上覆盖着一层薄薄的蜘蛛网。蜘蛛网在黑暗中如同一张巨大的幕布，将天窗紧紧包裹。若不是光束集中照耀，这层蛛网不会被我们发现。

不过，蛛网上却没见到蜘蛛。

"天窗上有蜘蛛网！"我高声回答道。

"是的，覆盖了一层蛛网。"陈燏对丁瑶说道，"您是昆虫专家，所以我想请问您，这张蛛网的形态和尺寸，有没有可能是在耿书明死后形成的？"

"不可能。"丁瑶否定道,"你们第一次进入这里时,这张蜘蛛网就已经存在了。我当时观察过天窗,所以有印象。"

"换言之,我们基本上可以肯定,这层蛛网是在耿书明潜入神木庙之前就已经存在了,是吧?"陈燔问道。

"没错。"丁瑶道。

"那现在的问题就是,目前看来这座庙宇唯一能通往外面的通道——天窗,不仅从内反锁,而且还覆盖了一层蛛网。即便凶手使用某种诡计,在不影响插销的情况下,打开天窗,并且用枪从外部向庙内射击。那么,射击子弹形成的冲击波也会将蛛网撕得粉碎。"陈燔说出了他的观察,"唯一的通道也向我们关闭了。"

"双重密室!"我紧接着说道。

"什么?"丁瑶表示听不懂。

"这是推理小说中的一种谜面,这样说吧,相当于一个密室杀人案的现场,有两扇门同时被反锁了。而凶手要穿过这两扇反锁的大门,才能进入现场行凶。这就叫作'双重密室'。我看见天窗不仅被插销锁住,还覆盖了一层蛛网,于是就想到了这个词。"

"原来如此,你这么一说,果然是'双重密室'呢!"丁瑶若有所思地道,过不多时,她又抬起头道,"那么,有没有可能,凶手使用了某种手法,在天窗上动了手脚呢?"

"也不是完全没有可能,毕竟我和陈燔也遇到过不少这种离奇古怪的案子。"

我看向陈燔,本想寻求他的回应,却发现他已放弃观察天窗,走近了黑木祭坛。

我之前觉得,方形木质底座和香案被人移动过,形成"八"

字形，看来这点陈燨也很在意。如果这是耿书明所为，那么他这么做的目的又是什么呢？

"会不会是死亡留言？"我突发奇想道。

"耿书明是被一枪打死，应该来不及布置现场吧？"丁瑶说道。

看来她对"死亡留言"还是了解的。

陈燨没有发表意见。他蹲下身子，用手电筒细细地照了一遍地上的石板。除了布满灰尘之外，我看不出有什么特别的地方。

"会不会是耿书明被枪击后摔倒时撞到的呢？"我提出了新的看法。

我曾看过某些视频，有人被枪击中后，并不会立刻死去，而是会走几步再倒下。那么就很有可能带到黑木祭坛，使得香案的位置发生变化。

"任何可能性都存在。"陈燨起身，用手指轻轻弹去了裤子上的灰尘，"我们能用肉眼所见的情况，大致就是这样。更进一步的线索，就需要警方提供了。不过我看盛队不太希望我们参与这个案子，他那边的线索，大概率是不会给我们看到的。"

"就是不信任我们。"我有些生气。

"很正常，警察查案子，本就不应该让我们这些局外人知道。更何况我们还无法证明自己的清白，说不定耿书明就是我们杀死的。"

"我和耿书明是大学同学，我为什么要杀他？"

"你不知道大部分的谋杀案都是熟人犯罪吗？在警方眼中，我和你的嫌疑是最大的。所以他们又怎么会把案件的细节透露给我们呢？"

陈燨说得也有道理，我无奈道："好吧，那只有等案件破获之后，才能还我们清白了。"

"韩晋，去庙外看看吧！"

我跟随陈燨来到了神木庙外。可能是因为深夜湿气重的关系，神木庙四周被一层雾气所环绕，空气中弥漫着一种古老而略带霉湿的气息，那是一种混合着腐败树叶和腥臭泥土的气味。我们踩着枯叶，围绕由圆木组成的神庙走了一圈，试图发现一些新的线索。

由于案发现场保护不周，庙宇四周充斥着杂乱的脚印，如果试图从这方面去查找凶手，恐怕会很困难。神木庙周围的泥地被夜晚的露水浸润得异常柔软，当然还没到泥泞的程度，但我和陈燨的鞋底已沾满了泥土。陈燨边走边用手电筒的光线去照射这些潮湿而裸露的泥土，似乎在寻找什么。之前我说过，神木庙周围好几米都没有任何植物，这种不自然的现象，应该是人为保养的结果。神木庙外立面下的泥土，几乎都是被枯叶覆盖的烂泥。

"我们现在是不是该回去了？"丁瑶四下张望，不知是担心村民还是凶手。

我觉得这半夜里的神木庙瘆得慌，于是立刻同意道："是啊，既然没啥线索可查，不如早点回蝴蝶庄吧？待太久被村民发现就不好了！"

嘴上虽这么说，其实心里更怕埋伏在暗处的凶手。倒不是我胆小，对方手里有枪，正面对起来，还来不及换手就被崩了。

陈燨突然对丁瑶说道："丁老师，我有个不情之请。"

他这话一说，丁瑶有点蒙，反问道："什么事？"

"我想见一见您的外祖母。"

陈燨说这句话时,语调十分平静,但内容却出乎我的意料。

丁瑶的外祖母,不就是预言"外来者死"的"蛊药婆"吗?

果然,陈燨对她的死亡预言也很在意。

面对陈燨的见面请求,丁瑶显得非常犹豫。

"我知道你为什么想见她。"丁瑶踌躇好久才开口说道,"但我总觉得是巧合而已。我外祖母身体不好,而且行动不便……"

丁瑶的外祖母好像在很年轻的时候,就遭遇了一场突如其来的意外,导致双腿残疾。

"丁老师,您别多虑,只是聊聊而已。如果他老人家不想见我们,那这件事就作罢。我只是对巫媪很感兴趣。"陈燨温言安抚道。

丁瑶叹道:"好吧,我去和外祖母说一声,但我不能向你保证她一定愿意见你们。"

"绝不勉强。"陈燨笑着答应道。

3

屋内弥漫着一股淡淡的松香与中草药的味道。

或许是厚重的窗帘阻挡了外界的光线,屋内显得格外昏暗,仿佛被一层淡淡的黑雾所笼罩。屋内的陈设也相当朴素。一张老旧的木桌占据了房间的一角,桌面坑洼不平,放置着尚未收拾的碗碟和茶壶,桌子两边放着木椅,从外表上看已经严重磨损。桌子边上立着一个大药柜,目测有一米高,药材的气味就是从这里传出来的。药柜斜对面是一张靠墙角的床。这张床在屋子里显得格外宽大,床上铺着柔软的棉被,边缘微微隆起,一位苗族老太太正坐在上面。她就是丁瑶的外祖母尼久莫,村民口中的"蛊药婆"。

昨天夜里,陈燨向丁瑶提出想见蛊药婆的请求,没想到丁瑶今天中午就把我们带到了她外祖母的房间。外祖母也住在蝴蝶庄内,只是和其他客房有些距离,所以普通的客人不会察觉到这个房间。

蛊药婆双手交叠放在膝盖上。她身上穿着的是苗族传统服饰,色彩斑斓,绣满了繁复精细的图案,每一件衣物都像是艺术品,在她身旁,还摆放着几件手工编织的竹篮或是绣着精美图案的枕头。丁瑶并没有说谎,从她的样子来判断,老人家的身体确实不佳。她的脸形窄小,布满了皱纹,高颧骨下是微微凹陷的面颊。她的眼睛略显浑浊,眼角下垂。但与其老态的相貌形成鲜明对比的,是她那头花白却被细心编成辫子的发型。由于双腿的残疾,她的双脚被细心地包裹在特制的布鞋中,静静地置于床沿,尽管身体受限,但她的脊梁依旧挺得笔直。

由于老人说的都是当地土话,我和陈燨完全听不懂,所以整个对话均由丁瑶翻译。面对我们的来访,蛊药婆并没有显得十分排斥,但也说不上客气。为什么会有这种感觉呢?因为从踏进老人家房间后,就没见她笑过。或许她的性格就是如此。

刚坐下没多久,陈燨就向老人家发问道:"奶奶,发生在神木庙的事情,您知道吗?"

蛊药婆点了点头,轻声道:"知道。"

陈燨又问道:"您怎么看待这件事呢?"

"这是咎由自取。"老人家的表情没有任何变化,轻描淡写的语调,似乎在点评一道菜可不可口一般,"未经允许擅闯神木庙,所以才会遭到报应。"

"难道这座庙只能由刀岗村的村民供奉吗?外人供奉的话,

会遭到不测？"

蛊药婆没有正面回答陈燏的问题，而是对他说："你们两个也是，早点离开刀岗村，对你们都好。外人来到这里，总没有好结果。"

"您不希望外面的人来到村子里？是有什么顾虑吗？"

"因为神明只护佑刀岗村的人。"

"神明？"陈燏似乎对这个话题很感兴趣，"哪位神明？神树'告乎'吗？"

"你的问题太多了。"蛊药婆面色不悦。

"村主任田育民想让更多游客来刀岗村，发展村里的经济，对此您怎么看？"

"简直胡闹！"蛊药婆的声音如同被压抑已久的火山突然爆发，每一个字都蕴含着不可遏制的怒火，"他这是害人害己！"

说完，她的嘴角紧抿成一条直线，透露出她此刻极度的不悦与愤慨。看来他对田育民这位村主任的行为十分不满。

"给村民带来财富不好吗？像您女儿开的民宿，也会有不错的效益。"

"刀岗村也会因此而消失。"

"为什么？"

"因为它没有继续存在的意义了。"

"为什么您会有这种担忧呢？实际上，现在的刀岗村也并不是封闭的村落，外人还是可以来到这里的。即便您不愿意，这里迟早有一天还是会拥入很多外人。在不久的将来，这一切一定会发生，这是不可逆的趋势啊。"

蛊药婆听了这话，没有立即回答，她的面容仿佛凝固了一般，眼神中闪过一抹复杂难辨的情绪。或许她自己也没有答案。

"我听丁老师说,您能和神明对话,这是真的吗?"

听陈燨这么一说,我确实吓了一跳,没料到他会将"巫媪"的话题搬上台面。我偷瞥丁瑶,她果然也表现出了为难的神情。不过迟疑片刻,她还是将陈燨的话翻译给了外祖母听。

蛊药婆听完,竟毫不犹豫地说道:"没错,我可以和神明对话。"

"所以村民都会来找你卜筮占卦,是不是?"陈燨问道。

"是的。不过每年占算的数额有限,也并不是有求必应。"丁瑶在旁补充道。

"那我能不能向你外祖母求个签,看看我的运势如何?"

陈燨说这句话时,露出了一抹不易察觉的微笑。只有熟悉他的人才明白,对他来说,这算是一种挑衅的表现。我不知道他这个行为背后是什么目的。他根本不信占卜,现在却求一位"巫媪"占算吉凶,实在离谱。

我原本以为蛊药婆会立刻拒绝,谁知她的目光竟紧紧锁定在陈燨的脸上,那双眼眸深邃而复杂,仿佛能洞察人心最深处的秘密。片刻之后,空气中突然响起了一阵令人脊背发凉、毛发悚立的怪笑声,那声音如同尖锐的指甲划过黑板,又似夜风中飘荡的幽灵低语,让人不由自主地打了个寒战。

喀喀喀喀喀喀——

这怪笑声,既是对陈燨行为的一种回应,又似乎蕴含着某种难以言喻的深意,让原本就扑朔迷离的场面更添了几分诡异与不安。

笑声渐止,蛊药婆对陈燨道:"你不怕吗?"

"怕什么?"陈燨脸上挂着自信的笑容。

"不怕最好。不过,我还是要劝劝你,有的事情,还是得及时收手。年轻人天不怕地不怕，有这种勇气很好。但往后你就知道，人啊，不过是湖中浮萍，往哪儿飘，根本不是自己能把握的。有些事情超出了你的能力，你应该明白我在说什么。"

陈燨的面色在那一刻仿佛经历了季节的更迭，由春日的明媚逐渐转入了秋日的萧瑟。他的嘴角也不再挂着以往那轻松自信的微笑，取而代之的是一种难以言喻的沉重。他的眼神开始变得深邃而复杂，眉宇间不自觉地蹙起了一抹忧虑的纹路。这是我从未见过的场面。

"对不起，我不明白。"尽管如此，陈燨还是选择了他一贯的回答方式，"所以，我会有什么样的后果呢？"

"如果不放手的话，你很快就会消失。"

蛊药婆这番话令我大吃一惊！

以往我也接触过不少算命先生，大部分给的判词都是含糊不清，一般会在吉凶间找个模棱两可的说法，很少会像她这么武断。丁瑶磕磕绊绊地将这段话翻译过来，眼神中也是充满了不理解，看来外祖母的说法也超出了她的意料。转念一想，或许这也算蛊药婆的一种威胁，她厌恶刀岗村外的人，所以让陈燨停止调查神木庙的案件。

"我会消失？是因为我在调查刀岗村的案件吗？"陈燨和我想到了一块。

他很快恢复了往日的姿态，刚才眉宇间的忧虑转瞬即逝。

蛊药婆深深地吸了一口气，缓缓闭上了双眼，那双眼眸中原本翻涌的情绪仿佛随着眼帘的闭合而被彻底封存。这一次，她没有回答陈燨，那未出口的言语似乎化作了一缕轻烟，消散在空气之中。随后，她仿佛进入了一种自我封闭的状态，嘴唇紧抿，再未吐露半个字。

屋内的氛围因她的沉默而变得更加凝重。我望向蛊药婆紧闭的双眼和沉默不语的身影，明白了她的意思——今天的对话到此为止，她不会再多说一个字了。

离开蛊药婆的房间，陈燔就向丁瑶询问起了她外祖母双腿残疾的原因。

丁瑶说，外祖母年轻时是一位"赤脚医生"，为了找寻草药，常常会和另外几位乡村医生一起去村外的山里进行采集，以造福乡邻，解除病痛。村外的群山是一片人迹罕至的神秘之地，据说生长着许多世间罕见的珍贵草药。

然而，命运的转折总在不经意间悄然降临。

与她同去的伙伴们，一个接一个地消失在群山之间，仿佛被无形的力量吞噬，再也没有回来。关于他们的遭遇，村里流传着各种惊悚的猜测，似乎在那片古老的山脉中，隐藏着极为恐怖的秘密或是不为人知的神秘力量。

唯有外祖母，奇迹般地逃脱了这场劫难。

她回到村中时已是一身伤痕，尤其是双腿，伤势尤为严重，骨头都断了，显然是从极高的地方坠落所致。最后，她是用双手爬回刀岗村的。回到村寨时，她的眼神中既有劫后余生的庆幸，也有难以言喻的沉重与恐惧。

面对村民们的关切询问，外祖母却选择了沉默。不久之后，她开始受到噩梦的侵袭，整个人也陷入了谵妄，日夜胡言乱语，说自己受到了神的呼唤。家人将她送去了县里的医院，那边的医生也无计可施，最后，家人决定寻找村里的蛊药婆，来救治外祖母。

蛊药婆是刀岗村著名的巫媪，这位老妪以求签问卜闻名，能制作各种奇异药物。外祖母康复之后，希望能从她那里学到更多，并继承巫媪这份既危险又充满力量的职业。在外祖母表达了自己的诉求后，两人展开了一场深夜里的密谈，烛光摇曳中，她们的身影显得格外神秘而庄重。谈话的内容无人知晓，自那夜后，外祖母便正式成为蛊药婆的传人，开始学习那些古老而复杂的占卜与医术。而那段关于群山的秘密，她再也没有提起过。

"我也很好奇她遇到了什么，但以她的个性，恐怕到死都不会告诉我们。"

丁瑶轻轻地叹了口气，眼神中闪过一丝不易察觉的黯淡。

就在这时，丁瑶的手机铃声响起。

她接起电话，将手机贴近耳边。起初她只是静静地听着，眉头渐渐紧锁，眼神中透露出不解与疑惑。随着对话的深入，她的表情开始发生显著的变化，由最初的不解逐渐转变为难以置信，直至最后的完全震惊。她的嘴唇微张，眼中满是错愕与惊讶，仿佛听到了什么完全出乎预料、难以置信的消息。

对方的话语如同连珠炮般不断涌出，信息量之大让丁瑶一时之间难以消化。她只能不时地发出低沉而机械的"嗯"声，作为对对方话语的回应。电话那头的声音终于停歇，她握着手机的手依然没有放下，仿佛还沉浸在刚才的对话中，久久回不过神来。

挂断电话的那一刻，我和陈燏几乎同时察觉到了丁瑶情绪的异样，不约而同地望向她。她站在那里，整个人显得有些呆滞，脸上的表情依旧停留在震惊之中。

我轻轻地开口，声音里带着几分关切地问道："怎么了？出什么事了吗？"

陈燏也凑上前来，眼神中满是疑惑。

丁瑶似乎还沉浸在刚才的震惊之中，没有立刻回答我们的问题。过了好一会儿，她才缓缓回过神来，目光渐渐聚焦，看向我们。

"是盛队打来的电话。"

"发生了什么事？"陈燔察觉出了异样，语调略显急迫。

"汪敬贤教授带领的考察队出事了。"尽管丁瑶勉强地回应了我们的询问，声音里却难掩一丝不易察觉的颤抖，"去了五个人，只有一个人活着回来。"

"怎么会这样！"这句话我几乎是脱口而出的。

丁瑶的眉头紧紧锁起，形成了一道深深的沟壑。

"他们似乎遇到了非常恐怖的事情。"

4

在接到盛岳峰那通急促而严肃的电话之后，我们便决定立刻动身，赶往广南县公安局刑侦大队。时间在这一刻仿佛被按下了快进键，每一秒都显得格外珍贵。

丁瑶向好友希希的父亲借了一辆金杯，载着我和陈燔，驱车前往广南县。

在路上，我们从丁瑶这里，详细了解了整个事件的情况。考察队的行动，她曾听耿书明谈起过，但和汪敬贤教授私下却没多少联系。盛岳峰将此事告知丁瑶，主要还是想看看从她这里能否得到一些线索。自汪敬贤考察队出事后，山地救援队立刻出发，根据唯一生还者描述，进入深山进行救援。目前情况如何，还不得而知。而那位唯一的生还者，名叫席静。提到席静这个名字，丁瑶的语气中多了几分复杂的情绪。我们可以感受到,她对于这位生还者的经历既感到同情,又充满了疑惑。

此刻,我脑海中立刻浮现出身材高挑、精神饱满的短发女孩的模样。

据说在考察队集体遇难后,席静以她非凡的毅力,从深山中逃出生天。当她衣衫褴褛、满身伤痕地出现在山路边时,被善良的村民发现了。这些淳朴的村民没有丝毫犹豫,立即将她送往医院接受治疗。在医院里,医生发现席静身上有多处受伤,包括手指骨折和遍布全身的擦伤,幸运的是,她的头脑依旧清醒。她向赶来的救援队详细而准确地描述了考察队遇难的地点,使得救援队能够立刻采取行动。

目前救援队的情况我们还不得而知,毕竟事情发生到现在,也不过几个小时而已。

当我们抵达广南县公安局刑侦大队时,时间已经悄然到了下午三点。午后的阳光斜洒在公安局的大门上,给这座庄严的建筑镀上了一层金色的光辉。盛岳峰的身影,在门口那块空地上显得格外醒目。他站在那里,手中夹着一支未燃尽的香烟,眉头紧锁,似乎在思考着什么沉重的问题。然而,当我们那辆金杯车缓缓驶入他的视线时,他迅速地将手中的香烟丢在地上,用脚尖轻轻踩灭,然后小跑着迎了上来。

"你们来啦!"

盛岳峰挥手示意我们停车,并亲自上前为丁瑶指引方向。在他的指挥下,金杯车稳稳地停在了两辆警车的中间。

车门打开,我们三人相继下车。盛岳峰的眼神在我们身上扫过,在确认了我们的状态后,他轻轻点了点头,对我们说:"跟我来。"然后领着我们向办公楼走去。

"盛队,情况怎么样了?"丁瑶率先打破了沉默,她急切地想要了解事件的最新进展。

盛岳峰的脚步微微一顿，然后沉声说道："还在等救援队的消息。好在席静的身体并无大碍，我们将她从医院接了回来，目前她正在接受我们的询问。我们希望能从她那里得到更多的线索。"

听到这里，我的心不由得一紧。

席静的证词将揭示考察队遇难前的经历。

我们加快了脚步，紧跟在盛岳峰的身后，向着他办公室的方向走去。一路上，盛岳峰简单地向我们介绍了目前的情况。他说，自从考察队遇难的消息传出后，公安局就立即行动起来，全力以赴地展开搜救行动。然而，由于事发地点偏远且环境复杂，给救援工作带来了极大的困难。不过，警方并没有放弃，他们正通过各种手段收集线索，这次把我们找来，是希望能够从我们这里，多了解一点考察队的情况。

丁瑶自不用说，在组织这次刀岗村之行前，她和耿书明就开始做了计划，警方认为，除了耿书明外，她是最了解这次考察行动的人。而我和陈燨，因为在广南县与他们有过一面之缘，可以说是非常重要的当事人。

来到盛岳峰的办公室后，我们分别落座，开始交代我们所知道的一切。

当我们把各自所了解的情况详细地向盛岳峰汇报时，他始终保持着专注的神情，认真倾听每一个细节。然而，当我提到"虫符"这个词汇时，他的反应却出乎意料地强烈。他的眼睛瞬间瞪大，仿佛被某种神秘的力量所吸引，闪烁着好奇与探究的光芒。

"那玩意儿现在在哪里？"

盛岳峰的话语中带着不容置疑的紧迫，他的话语刚落，整个房间似乎都因这份急迫而凝固了一瞬。他的上半身不自觉地向前探出，椅子被这股力量带动得微微后移，发出细微而刺耳的声响，整个人仿佛即将一跃而起，直扑那未知的答案而去。

坐在对面的陈燸，敏锐地捕捉到了盛岳峰这细微的变化，便试图以轻松的语气缓解这略显紧张的氛围，问道："看来盛队对这个东西很有兴趣啊！"

盛岳峰闻言，迅速调整了自己的状态，仿佛刚才的失态只是一场短暂的幻觉。他轻轻叹了口气，重新将身体稳稳地落回座椅中，目光恢复了往日的冷静与锐利。

"我们调查案件，不能放过任何线索，哪怕只是一枚小小的徽章。"盛岳峰的话语变得沉稳而有力，"如果你们知道的话，请务必告诉我，希望你们配合警方的调查。"

"想知道'虫符'的下落也不难，可否答应我一个条件。"陈燸微笑着说道，语气中带着一丝不易察觉的狡黠。

我惊讶地看向陈燸，心想他难道疯了，竟然在公安局同刑警讨价还价？

盛岳峰闻言，表情瞬间变得复杂起来，眉头紧锁，眼神中既有疑惑也有几分怒意，仿佛是在质疑自己是否听错了什么。

"条件？"他重复了一遍，声音里夹杂着一丝难以置信，"你在和我谈条件？"

他从未想过，在如此严肃的调查过程中，会有人以这样的方式回应警察的询问。因此，陈燸的提议让他感到既荒谬又愤怒，仿佛自己的专业和权威受到了挑战。然而，盛岳峰深知自己不能意气用事。他迅速调整情绪，努力让自己保持冷静和理智。他深吸一口气，目光如炬地盯着陈燸。

"什么条件？"

"我想知道考察队在深山中，发生了什么。"陈燔缓缓说道。

"目前确实不能告诉你太多细节，毕竟案件还在紧锣密鼓的调查之中。"盛岳峰停顿了一下，语气稍微缓和了一些，"不过你放心，回头等案件有了实质性的进展，或者至少告一段落之后，我们可以找个合适的时间，坐下来详细聊聊。当然，这一切都要在不泄露案件机密、不妨碍我们警方调查工作和遵守职业道德的前提下进行。"

然而，陈燔似乎并不满足于这个回答，他轻轻摇了摇头，嘴角勾起一抹淡笑，目光直视着盛岳峰。

"不，我不是这个意思。"陈燔进一步解释道，"我想现在就和席静聊一聊。"

盛岳峰脸色瞬间变得严肃起来，几乎不假思索地回答道："你应该明白，在案件调查期间，所有涉案人员都需要接受警方的保护和管理，不得随意与外界接触，以防干扰案件进程或泄露敏感信息。这是我们的规定，也是保护每个人权益的必要措施。所以，我不能答应你现在就见席静的要求。"

说完，盛岳峰的眼神中闪过一丝不容置疑的坚定，似乎在告诫陈燔不要试图挑战警方的权威和规则。

"作为席静最亲近的朋友，我们在这个艰难的时刻，难道连最基本的关心都无法传达给她吗？"陈燔的语气中带着一丝不易察觉的恳求，他深知与盛岳峰正面冲突于事无补，于是巧妙地转换了策略，试图用感情牌来打动对方，"我们只是希望能亲眼看到她安好，哪怕只是匆匆一面，给予她一些外界的支持与温暖，之后立即离开，绝不给警方添任何麻烦，这样也不行吗？"

盛岳峰目光在陈燔和我们之间来回扫视，那份最初的坚决被一丝犹豫所取代。

"你们是她的朋友？"他重复了一遍，声音里多了几分探究。

陈燏见状，立刻抓住机会，轻轻拍了拍我的肩膀，带着几分戏谑却又不失真诚的语调说道："可不只是朋友那么简单。在广南县的那段日子，这位韩晋先生可是对席静心生爱慕之情，虽然最终没有成为恋人，但那份情感早已超越了普通朋友的界限，是友情的升华，是即将触碰爱情边缘的微妙存在，对吧，韩晋？"他边说边向我投来一个充满默契的眼神，暗示我配合他的说辞。

我虽然心中五味杂陈，对这样的"诬陷"感到既好气又好笑，但面对当前的局面，也只能强颜欢笑，顺着陈燏的话往下说："是……是的，盛警官，我们真的很担心席静，只想确认她是否安好。"

盛岳峰看着我们，沉默了几秒，似乎在权衡利弊。最终，他做出了决定，从椅子上站起身，语气中带着一丝不容置疑的决断："好吧，但时间必须严格控制。十五分钟，从你们见到她开始计时，之后必须立刻离开。"

陈燏眼中闪过一丝喜色，但随即又据理力争道："盛队，十五分钟实在太仓促了，我们有很多话想对席静说，而且她可能也需要我们的安慰和支持。三十分钟，就三十分钟，可以吗？"

盛岳峰摇了摇头，态度坚决但语气已有所缓和。"十五分钟已经是我能争取到的最大限度了，希望你们能理解。记住，时间一到，无论情况如何，你们都必须离开。"

见盛岳峰如此坚持，陈燏也只好无奈地接受了这一条件，点了点头表示同意。

五分钟后，我们被引领至询问室，那里的氛围显得格外凝重。室内光线柔和,似乎是为了减轻即将到来的沉重话题所带来的压力。席静被安排坐在一张特制的、看似极为舒适的椅子上,椅背微微倾斜,仿佛是为她脆弱的身体量身定制。她的身影在昏黄的灯光下显得格外单薄,脸庞上有一条结痂的疤痕。她比初见时消瘦了许多,眼神中失去了往日的光彩,取而代之的是一种难以言喻的疲惫与虚弱。

当我们踏入房间,她的目光瞬间捕捉到了我们,她认出了我和陈燨,眼神中带着一丝不易察觉的惊讶,紧接着,情绪如决堤的洪水般失控,泪水毫无征兆地滑落,她双手掩面,泣不成声。我立刻上前,轻声细语地安慰着她,试图驱散她心中的阴霾。

"对不起……"席静接过我递去的纸巾,擦拭着眼角的泪水。与此同时,她又将视线投向丁瑶。对她来说,丁瑶是陌生的。

就在这个时候,我的目光不经意间落在了席静那双张开又握紧的手上。

我惊讶地发现,她的双手手掌上,布满了错综复杂的细小伤痕。这些伤痕宛如细密的网,密密麻麻地在她的五指与掌心间纵横交错,我无法想象她到底经历了什么,会导致这双手掌上出现如此触目惊心的创伤。

"你好,我叫丁瑶。是……是耿书明的朋友。"丁瑶自我介绍道。

"你好。"席静冲她点了点头。

待席静的情绪稍稍平复,我们才小心翼翼地引导话题转向她在深山考察队中的经历。

谈及此事,席静的眼神瞬间变得空洞而深邃,仿佛被某种无形的力量牵引,再次回到了那个让她心有余悸的地方。她的脸色因恐惧而苍白，双唇紧抿，身体不自觉地颤抖着，每一个细微的动作都透露出她内心深处的恐惧与不安。

在我们的鼓励下，席静终于鼓起勇气，决定开口向我们讲述这段恐怖的经历。然而，就在我们满怀期待，准备倾听每一个细节之时，席静却突然停下了即将开启的叙述，转而提出了一个让在场所有人都感到意外且深思的问题。

她说话的声音虽小，可那句疑问，却清晰地回响在询问室的每一个角落，这突如其来的问题，让我们三人面面相觑，不知如何去答。

"你们相信世界上有神吗？"

在那一刻，空气中似乎弥漫起了一种难以言喻的凝重氛围。

第六章　洞穴奇案

　　滇南虫神山有石窟，冥冥然幽邃难测。近村有徐生者，与其友共谋入探之。是夕，持灯以进，未行几步，洞稍狭，友人心怯欲退，刘某夺爝哂之，独身蛇行而进。顶石参差，两壁嶙峋，过隘处顿高阔，立行百步，忽见壁开石室，其中石像，面人而立，蜂首蝉身蚰尾，利齿狞恶，舒臂张爪，欲扑人状。徐生强入之。观石像间，即又旁瞩，东隅见女尸，骇极。少顷，胆乃稍壮，趋近烛之，仪容秀美，异香竟体，貌犹类生者。徐生近拽之，臂腻如脂，热香喷溢，使其骨节欲酥。狎抱之，女尸忽开目云："狂生何为！"瓠犀启，须臾，绿粉弥散，群蛾渐集，灯顿灭。徐生益骇，疑为鬼，急走。未及洞口，坠石笋上，贯胸而死。

　　　　　　　　　　——明　张少岩《奇国杂记·磐胡洞》

1

　　（为了方便读者阅读，笔者特别将席静的口述，整理成了以下文字。内容完全忠实于席静的讲述，除讲述人视角不同外，并无增添删减。）

与我们道别之后,在向导波金栗的带领下,汪敬贤教授一行人便离开了广南县,根据高谦平教授留下的记录,进入了荒无人迹的赤山之中。随行的还有副教授曹仲健、博士生曲欣妍和探险家席静。每个人都背着笨重的设备,步行上山。

进入深山之后,他们发现路况愈加艰难。茂密的灌木丛与各种繁复的植物交织在一起,填满了所有可能的去路,仿佛大自然在这里设下了重重障碍。波金栗一马当先,他手中紧握着锋利的开山刀,熟练地割断阻挡在前方的坚韧植被,为队伍开辟出一条前行的道路。其余人则紧紧跟在他的身后,小心翼翼地缓步向前。

随着他们的深入,脚下的山路开始逐渐向上延伸,四周的山势也随之变得更加陡峭。然而,在这艰难的行进过程中,他们还发现了一个令人振奋的迹象:地上偶尔能见到一些人工铺陈的碎石,年代十分久远。这些看似不起眼的痕迹,在汪敬贤教授的眼中却充满了意义。他兴奋地指出,这代表着有人曾在这片荒凉的山区中行动过,这无疑更加坚定了他寻找虫神遗迹的决心。

随着地势的不断升高,原本粗壮的树木开始变得稀疏,而高山灌木则越来越多,它们顽强地生长在这片恶劣的环境中。此时,两边的巍峨山峦如同密不透风的高墙般竖起,将原本广阔的天空挤成了一条狭长的蓝色长廊。

山谷间雾气缭绕,时隐时现,给这原本就荒凉的地方增添了几分神秘与不安。山间偶尔传来的奇异声响,如同某种未知生物的低吟,在耳边回响,宛如远古的呼唤,让人心生敬畏。

抬头仰望，只见山峰直插云霄，显得如此宏伟壮观，相比之下，人类显得如此渺小与脆弱。这种感觉如此强烈，以至于每一个踏入这片群山之人，都会不由自主地开始相信，那些古老的传说与神话，或许并非全然虚构。

在波金栗引导下，他们来到一处空地。太阳渐渐偏西，无力地照耀在这片荒芜的地面上，此刻大家也已筋疲力尽，准备在此安营扎寨，待明日继续前进。

大家忙碌地在空旷的平地上支起帐篷，用带来的工具迅速固定好支架，展开篷布，确保每一根绳索都紧紧绷直。同时，有人开始收集周围的干柴，小心翼翼地燃起一堆熊熊的篝火。波金栗自不用说，他生于这片山野，长于这片山野，对于在深山中生存的技巧和知识，自然有着比常人更丰富的经验，无论是寻找水源还是辨认方向，他都游刃有余。身为业余探险家的席静也不逊色，她干起活来手脚利索，搭建帐篷、生火做饭，样样精通，展现出了不凡的野外生存能力。其余几人虽然也有过田野考察的经验，但进入如此荒芜、未知的深山还是头一遭，面对这茫茫林海和未知的挑战，他们心中既充满好奇，又难免有些忐忑。因此，不少事情还是得听从向导波金栗的指挥，他沉稳的态度和丰富的经验让大家感到安心。

天黑之前，营地已经安置得妥妥当当。帐篷们像一座座小堡垒，稳稳地扎营在这片空地上。此刻太阳已经悄然落到连绵起伏的山峦之后，天边残阳渐渐褪去余晖，大地逐渐被一层厚重的黑暗所吞没。营地里篝火熊熊燃烧，火光跳跃，他们围坐在篝火旁，享受着一天中难得的休息时刻。铝锅在营火三脚架上烤，里面的水已经沸腾，席静将他们带来的罐头食品轻轻放入其中。

"如果高谦平教授的记录没有错的话，那么我们离滇南虫国的遗迹，应该还有半天的路程。明天清晨出发，中午时分就能到达。"

汪敬贤搓了搓双手，眼神闪烁着光芒，语气中充满了难以掩饰的兴奋。

距离向世界证明滇南虫国的存在仅剩半天的时间，汪敬贤心中的激动难以言表。他深知，一旦成功，他将在国内外的学术界一举成名，这对于一位考古学教授来说，无疑是职业生涯的巅峰时刻。尽管他嘴上并不承认，但从席静的观察来看，他之所以愿意花那么多精力在滇南虫国的研究上，更多的是为了名利，而非纯粹的学术追求。在这点上，他与高谦平教授的区别很大。

席静把目光投向一旁的波金栗，询问他的意见。

波金栗相对于汪敬贤的满腔热情，显得更为谨慎和保守。他缓缓开口，说了几句模棱两可的话，大意是，如果一切顺利，没有发生任何意外的话，他们应该能够到达笔记中所标注的那个地点。但是，至于那里是否真的存在遗迹，波金栗则表示不敢确定，他认为这是各位考古学家需要亲自去探索和验证的事情。他的态度显得更为理性和务实。

"总之，大家能一路相伴，也是缘分，我们就以水代酒，一起干杯吧！"席静举起手里的水壶，对众人说道。除了曹仲健外，其余人纷纷响应。

对于这位曹副教授，席静的第一印象并不太好，她觉得这人表情管理有问题，总是沉着脸，眼神阴鸷，让人不寒而栗。席静暗自庆幸曹仲健也不爱说话，在队伍里也只和汪敬贤做一些简单的交流。

吃完饭后，波金栗抹了抹嘴角，眼神中带着几分警觉。他提议道："咱们轮流睡觉吧，这样既能保证大家有足够的休息，又能确保安全。毕竟这深山之中危机四伏，毒虫猛兽时有出没，得有人时刻提防着，以便及时提醒大家。"他的话语中带着不容置疑的坚定，众人听后，纷纷点头表示赞同。

毕竟在这未知的山野之中，保持警惕确实是最为重要的。

"头一班岗由我来值班吧！"波金栗主动站了出来，他的身影在微弱的火光下显得格外挺拔，"大家先好好休息，养足精神，接下来的路还长着呢。"

大家对此都无异议，各自回到帐篷里休息。而波金栗则坐在火堆旁，手握着一把开山刀，警惕地注视着四周的动静。

深山之中陷入了一片死寂，只有偶尔传来的风吹草动声。四周黑漆漆的，仿佛被一层厚重的墨色帷幕所笼罩，连月光也无法穿透这浓郁的黑暗。

不知是对明天行动的担忧还是期待，席静躺在帐篷里，辗转反侧，怎么也睡不着。她尝试着闭上眼睛，深呼吸，但心中的焦虑却如同潮水般汹涌而来，让她无法平静。终于，她意识到这样浪费时间下去并不是办法。她想，与其这样浪费时间，不如让波金栗先休息一会儿，待自己累了之后再换他。想到这里，席静果断地起身，披上衣服，轻轻地走出了帐篷。外面的空气冷冽而清新，让她忍不住深吸了一口。她看到波金栗坐在火堆旁，身影显得有些孤独。

席静轻轻地走到他身边，低声说道："你先去休息一会儿吧，我来替你放哨。"

波金栗抬起头，有些惊讶地看着她道："没事，我不累。"

席静轻轻地笑了笑，劝道："你可是我们的核心，明天寻找虫国遗迹还得靠你呢！如果你现在不休息，明天怎么有精神带我们前进？而且我也不是第一次干这活儿，你就放心好啦！我现在失眠，躺在帐篷里也是睁眼数羊，还不如在外面坐一会儿，等累了再去睡，是不是？"

波金栗的表情有些为难，他明白席静的担忧和关心，也知道她说得有道理。他站起身，拍了拍身上的土，对席静道："如果有事，请第一时间叫醒我。"说完，他把手里的开山刀递给了席静，让她防身。

正当波金栗与席静交接完毕，准备进入帐篷休息时，一道耀眼的闪电划破夜空，照亮了四周的一切，将群山的轮廓映得清晰可见。紧接着，一阵暴雷的声音在天空中炸响，那声音如此之大，让席静心脏都忍不住猛地一颤。

"糟糕！"波金栗面色一变，对席静喊道，"要下暴雨了！"

"出来之前都不看天气预报吗？"席静觉得荒谬至极。

"我们这里属于云南东南部，天气状况复杂，天气预报也不准，区域性暴雨更是常有的事！好了，不多废话了，让大家快点起床，加固帐篷，否则容易被风雨掀翻。"波金栗急切地说道。

他话音未落，汪敬贤便匆匆从帐篷里探出头来，一脸惊慌地问道："怎么回事？"

"向导说可能要下暴雨，让我们做好准备！"席静焦急地回答道。

汪敬贤闻言，立马将曲欣妍和曹仲健叫醒，并吩咐大家穿上雨衣，收拾好周围的物品，以应对即将到来的暴雨。

过不多时，天边隐隐传来一阵低沉的雷声，随之而来的是天空中猛然落下的密集雨滴，携着不可阻挡之势，狠狠地砸向大地。雨势之大，远远超出了所有人的想象，仿佛天际裂开了一道口子，将整个世界都笼罩在一片朦胧的水幕之中。

帐篷在暴雨的肆虐下摇摇欲坠，帆布被雨水打得啪啪作响。席静只听得耳边传来了好几声尖叫，但在雨声中她无法辨认出是谁的声音。在这样的风雨交加之中，视线变得模糊，耳朵则被连续不断的轰鸣水声填满。大家用手紧紧抓住帐篷的支柱，生怕被风掀翻。但雨势不仅没有变弱，反而有越来越强之感。营地中的帐篷在这狂风骤雨之下，宛如风中之烛，东倒西歪，摇摇欲坠，眼见就要坍塌。

波金栗见状，从席静手里拿过开山刀，冲着众人吼道："先离开营地吧！大家不要慌，带上东西，跟着我走，前面应该有洞穴，可以躲雨！"他这番话与席静心头所想不谋而合，在这样的暴风雨中，弃营离开才是最佳选择，否则还会遇到更大的麻烦。

众人闻言连忙背负辎重，随着波金栗朝深山里走去。大雨如注，将脚下的土地变成了泥泞的沼泽，每一步都似陷入无底深渊，鞋子深深地被泥浆吸附，拔步维艰，行走间更是伴随着"扑哧扑哧"的声响。他们手中的照明灯，在这风雨交加的夜幕中，光线显得格外微弱，时而被狂风吹得摇曳不定，忽明忽暗，仿佛随时就要湮灭。他们顶着风雨在黑暗中艰难前行，这深山中到处是植被，席静的手臂已经被划出好几道血口子，但她知道此时不能停下脚步。

向导波金栗一马当先，坚定地走在队伍的最前面，他手里紧握着那把锋利的开山刀，魁梧的背影在风雨中如同一位英勇的战士。汪敬贤教授则紧随其后，但他一路上骂骂咧咧，不满的情绪如同这暴雨一般倾泻而出。他似乎在责怪波金栗计划不周,连天气都没有预先判断准确,导致他们现在身处如此恶劣的环境之中。他的声音在风雨中显得有些模糊,但那份不满和焦虑却清晰地传递给了每一个人。曲欣妍紧紧跟随着导师的脚步,她的脸上已经分不清是泪水还是雨水,两者混在了一起,顺着她的脸颊滑落。她的眼神中透露出深深的恐惧,看来这狂风暴雨已然击垮了她内心的防线。副教授曹仲健则默默地走在队伍的最后,由于披着雨衣,席静无法看清他脸上的表情。

然而,就在这个时候,席静突然感觉脚下的泥地仿佛失去了支撑,猛地向下沉去。她的身子瞬间失去了平衡,仿佛被一股无形的力量拽了下去。就在这电光火石之际,她的脑海中闪过了一种恐怖的可能性——地面塌陷!

他们所在的山区属于典型的喀斯特地貌,地下多发育有溶洞、暗河等复杂的地质结构。当地下水位骤然下降时,顶部的土层很容易被掏空,形成空洞。而此刻,他们又遭遇了如此大量的降水,雨水无情地冲刷着地面,渗透进土层,加剧了地面的不稳定。这样的条件下,发生地面塌陷的事故极有可能。

然而,还来不及细想,席静就听见身边起伏的尖叫声,其中自然也包括她自己惊恐的呼喊声。她感到自己的身体在不断地下坠,失重感让她心跳加速,呼吸变得困难。紧接着,她双眼一黑,便失去了知觉。

2

不知过了多久,席静才从昏迷中悠悠醒转。四周死寂,静得让人心生寒意。她勉强撑起身子,四下观察了一番,很快确认了自己的判断——由于山地的突然塌陷,他们不幸掉入了这个隐藏在山中的神秘洞穴之内。她看了一眼手表,凌晨三点,距离他们从山上掉落,已经过了好几个小时了。

空气中弥漫着一股潮湿的土腥气。

站起身来后,席静发现这个溶洞出乎意料地宽敞,大约有两百平,足以容纳他们一行人。然而,当她抬头朝上望去时,只见一片漆黑,仿佛无尽的深渊在吞噬着所有的光线,虽然无法判断他们究竟是从多高的地方掉下来的,但绝对是他们无法逾越的高度。

从这里攀爬上去,即便是对于她这个经验丰富的攀岩高手来说,也是一项极为艰巨的挑战。她虽是个攀岩高手,但要带领众人一起逃出生天,恐怕是力有不逮。她试图用手机来求救,却发现手机完全没有信号。

席静定了定神,她明白当务之急,是先将失散的同伴找到,并确认他们是否还活着。她最先找到的是波金栗,他躺在席静不远处,双眼紧闭,纹丝不动。席静连忙呼喊他的名字,波金栗轻哼一声,这才悠悠醒转。席静连忙检查他的伤势,发现他左手拇指骨折,肿胀得厉害,但其余部位倒无大碍。

就在席静替波金栗做简单的固定处理时,一阵哀号声突然传来。她立刻循声找去,发现汪敬贤躺在五六米远的地方。他蜷缩着身体,发出阵阵痛苦的呻吟。挨在汪敬贤身边的,是副教授曹仲健。他脸上有些擦伤,但神志还算清醒。席静一一询问了他们的伤势,得知他们除了皮外伤外,并没有受致命伤。可能是他们掉落时,被某些缓冲物阻挡了一下,才侥幸捡回了一条命。不过每个人的衣服都或多或少有所破损,比如波金栗,几乎整条胳膊都赤裸裸地垂在了衣服外,衣服上的袖子已不知去向。

"曲欣妍呢?"汪敬贤发现这位博士生不见了。

他们所在的洞穴内,并没有发现曲欣妍的身影,四人起身寻找了许久,还是一无所获。不过奇怪的是,曲欣妍所背负的辎重倒都还在。

波金栗提议继续往前走,因为洞穴只有一个出口,或许是曲欣妍醒来后先行离开了。目前也只剩下这种可能性了,大家对此均无异议。决定之后,他们迅速行动起来,背起地上散落的装备和食物,朝着洞穴深处走去。岩洞向下延伸,仿佛是个深渊,永远走不到底。不过洞穴始终都很宽敞,丝毫没有收拢变窄的趋势,仿佛是特意为他们开辟的一条通道。

"等等!"为首的波金栗忽然停下脚步,大声说道,"这里有一块石碑!"

"石碑?"汪敬贤听到这两个字,登时精神焕发,立刻上前查探。

石碑的表面已是裂纹纵横,上面还爬满了苔藓,显得斑驳且古朴。石碑的底座有一尊巨大的虫怪石雕,其姿态宛如正奋力背负着这块沉重的石碑。不过这石雕略显粗糙,不少地方早已剥落损坏。石碑之上,镌刻着一篇繁复难辨的文字,碑上的文字已经磨损严重,只能勉强辨识。文字的笔画曲折交织,宛如迷宫,显然是古篆之体。

上面刻道:

天地伊始,鸿蒙肇判,厎有清浊,分为二仪,清者上为天,浊者下为地,有虫神名曰磐胡,与天地同生,长有四目,铜头铁额,能食沙石。

磐胡继天而王,有圣德。其时裸虫与鳞毛羽甲杂处,

> 夏巢冬穴，无宫室之制，茹毛饮血，无百谷之食。任其自然，遂其天真。

汪敬贤伸手抚摸着碑上的文字，语音亢奋，整个人散发出狂喜的情绪，颤声道："找到了！终于找到了！'裸虫'应该就是指的人，果然，在他们的神话中，万物都是由虫脱胎变化而来。"

石碑上那繁复难辨的古篆文字，如同某种神秘的召唤，让他们瞬间感受到了前所未有的兴奋与惊喜。这种强烈的情感冲击，使得他们的注意力完全被石碑所吸引，唯有这块古老的石碑，才是他心中独一无二的焦点。石碑上的古篆文字，也预示着这里的西南古文化曾与中原地区的文明有过交流。

欣喜的情绪弥漫开来，而曲欣妍的下落则暂时被他们抛诸脑后。

"滇南虫国果然存在！这就是铁证啊！"汪敬贤用手轻轻拍打着石碑，语气中充满了兴奋，"这趟考察没有白来，我们继续朝前走，我有预感，这洞穴深处，一定有我们需要的证据！有了滇南虫国存在的证据，名扬天下，指日可待！"

从不搭腔的曹仲健此时也附和道："汉代娄甄的《南异录》曾有'虫民之国，穴居也'的记载。古人诚不欺我！"

汪敬贤极其兴奋地说道："不过这里究竟是祭祀的场所还是生活的地方，还不好说，既然能见到这块石碑，绝对还有其他文物等着我们发现！"

与曹仲健和汪敬贤的反应不同，波金栗的注意力仿佛被石碑牢牢吸引，无法移开。他伸手抚摸着石碑，就像石碑对他施加了某种神秘的法术。可以明显感觉出，他对这块古老的石碑也充满了难以言喻的兴趣。

唯有席静没有将全部的注意力放在这块石碑上,而是试图在这幽暗的洞穴中寻找更多的线索。就在这时,她发现这条洞穴的前方似乎隐藏着一条不易察觉的岔路。

就在其他人围绕在石碑周围,对那繁复难辨的古篆文字发出阵阵惊叹声的同时,席静决定独自走向那条神秘的岔路。她小心翼翼地侧身而入,前进了五六米之后,面前的空间变得豁然开朗。里面竟然是一间极为宽敞的天然洞室。

然而,令席静感到惊愕至极的是,在天然洞室的中间,竟然躺着一个女人。她身上一丝不挂,仰面躺在泥地上,四肢无力地散开。

席静朝那人走去,却又发现了一件极为古怪的事情。

她踩在湿润的泥土上,每一步都会让鞋底凹陷进泥土,从而清晰地留下鞋印。可除此之外,她却没看见其他脚印。

这意味着,在她到来之前,没有人可以靠近洞室中间躺着的人。

席静来到女子身边,赫然发现她正是失踪的女学生曲欣妍!

"曲小姐,你还好吗?"尽管席静内心已有了不好的预感,但她还是竭力朝着曲欣妍大喊,可惜后者并未给她回复。

曲欣妍双眼紧闭,嘴角挂着一丝血迹,更可怕的是,她的头骨凹陷严重。

汪敬贤、曹仲健和波金栗闻声赶来。来到曲欣妍身边后,波金栗迅速将自己贴身的汗衫脱下,轻轻地盖在她的身上。随后,他用手去探曲欣妍的颈部动脉,希望能感受到一丝生命的脉动。席静心里暗暗祈祷这位女学生千万不要出事,但现实却往往残酷无情。

波金栗重重地叹了口气,用低沉的声音对他们道:"曲小姐死了。"

"怎……怎么会这样?"汪敬贤冲着波金栗大喊,他的声音中充满了震惊和不解,仿佛这一切都是波金栗的责任。

波金栗并不理会汪敬贤,稍作检查后便宣布,曲欣妍可能是头顶遭遇重击,致使她头骨碎裂而亡。说话间,波金栗将落在曲欣妍尸体边上的石雕拿在手里,仔细研究起来。那石雕的外观呈现出一种不规则的三角形,如同一条盘踞的毒蛇,只是那蛇头的部位却是一个深深的凹陷,洞口周围布满了一圈尖锐如刃的牙齿,既诡异又令人感到强烈的不适。同时,石雕上明显有着浓稠的血液。那么,这一切都再简单不过了——有人用这块怪虫石雕,狠狠地将曲欣妍的头骨砸碎,导致了她的死亡。

"这究竟是谁干的?!"汪敬贤的语气中带着明显的质问与不满,仿佛他认定波金栗应该知道些什么。

波金栗的声音冷漠而疏离:"我怎么知道?"

汪敬贤语气坚定地说:"这里除了我们四个之外,根本没有其他人。所以,那个杀死曲欣妍的凶手,肯定就在我们四个人之中!"他的结论显得如此肯定,仿佛已经掌握了确凿的证据。

然而,波金栗却提出了一个令人不寒而栗的可能性。

"也有可能,这并不是人干的。"

这句话并非波金栗在危言耸听。事实上,曲欣妍的遇害现场确实没有留下任何人为接近的痕迹。无论是凶手在这里直接杀害了她,还是在其他地方杀死后再将尸体移到这里,都不可避免地会留下脚印或其他线索。但现场却异常干净。因此,波金栗的这句话中蕴含的深意,让席静不禁心头一紧,感到了一种莫名的恐惧。

沉默片刻后，波金栗又低声补充了一句："或许，我们根本就不该来到这个地方。"

他的声音中带着一丝悔意和不安。

这句话彻底惹恼了汪敬贤，他怒不可遏，冲着波金栗怒斥道："你身为我们的向导，本应该负责保护好每一个人的安全，但你却失职了！现在你竟然还编出这种荒谬的鬼话来糊弄我们，企图掩盖真相！我看，杀死小曲的凶手就是你吧！"

波金栗也被激怒了，回嘴道："汪教授，我一直敬你是位有学识的知识分子，但没想到你竟然会说出这种毫无根据、不负责任的话来！你说是我杀死了曲小姐，那么请问，我是如何做到在不留下任何脚印的情况下，隔空杀死她的呢？难道我会法术吗？"

一旁的曹仲健冷笑一声，插嘴道："这可不一定需要法术。你完全可以把曲欣妍骗到洞室的中央，然后通过精准地抛掷石雕的方法，从远处砸死她啊！我知道在现实中实施起来的难度很大，需要极高的技巧和准确性，但这也是目前唯一能够说得通的手法。"

波金栗气得声音都变了，反问道："那我又是如何在不留下任何痕迹的情况下，将她的衣服全部脱掉并带走的呢？难道我也是用法术做到的吗？"

曹仲健继续为难他，言辞更加犀利："说不定是你用花言巧语，将她哄骗到洞室中去的。至于你说了什么，让她自愿脱掉衣服，那我们可就不知道了！"

他这话不仅侮辱了波金栗，还对死者曲欣妍极为不敬。席静在一旁再也忍不住了，破口骂道："曹仲健，你给我闭嘴！说这种话，你还是不是人？简直不配当一个学者！"

曹仲健似乎更加兴奋,正准备继续发表他的高见,却被汪敬贤及时拦了下来。

汪敬贤沉声道:"关于小曲是谁杀的这个问题,我想我们在这里讨论到明天,恐怕都讨论不清楚。现在,我们不应该把时间和精力浪费在无休止的争论上。我建议大家先把这件事暂时放一放,等我们出去之后立刻报警,让警察来调查这个案子。我相信以现在的刑侦手段,凶手一定跑不了。而我们现在要做的,就是保护好现场,不要破坏或污染任何可能的证据。好了,我们现在就一起离开这里吧!"

席静听后有些难以接受:"就让她一直躺在这里吗?我们就这样丢下她不管吗?"

汪敬贤叹了口气,温言说道:"不然呢?难道我们要背着小曲的尸体,继续往山洞里走吗?那样不仅会耽误我们的行程,也会破坏更多的现场证据。我们这次的任务如果能够顺利完成,我相信小曲在天之灵也会感到欣慰的。她一定会理解我们的决定。"

虽然汪敬贤这番话讲得冠冕堂皇,但却难以掩盖他的私心。在发掘滇南虫国遗迹这个伟大目标之前,任何事都得让道,哪怕是有人为此失去生命。

尽管不情愿,但席静对此也毫无办法。她虽经历过许多次野外探险,但眼见同伴在面前死去,而且是以这种诡异的方式,这还是头一遭。对于她来说,带来的打击可想而知,是非常巨大的。

临走之前,席静听见汪敬贤的背包传来一阵轻微的摩擦声,原来他将砸死曲欣妍的凶器——那座怪虫石雕,偷偷藏进了他的背包,嘴里还不住喃喃自语:

"虫三太子……沙不隆啊……"

3

四人继续朝山洞深处走去，岩洞的通道宛如一条幽暗的巨蟒，蜿蜒曲折，不断向下延伸。可能是因为曲欣妍被害的关系，席静心中像被一块无形的巨石压着，憋闷得几乎无法呼吸。她一路上只是默默地走着，什么话也没说。

相比之下，汪敬贤却显得格外兴奋，也难怪，多年来的梦想，此刻就触手可及。滇南虫国的遗址，终于就要展现在他的面前了。汪敬贤的每一步都显得那么迫不及待，仿佛全身的血液都在为这一刻沸腾，完全不顾及周围那令人心悸的气氛。而洞穴深处，似有什么不可名状的存在，在这黑暗与寂静中默默地注视着他们的一举一动。

大约走了十分钟，通道开始变得不再陡峭，更趋向于水平。通道两边像是被人工打磨过一般，非常平整，即便是席静这样的门外汉也明白，这绝对不是自然形成的。

他们四人穿过通道，尽头出现一个洞口，洞前有一段陡峭的石道。他们沿着石道向上走，来到了一处洞穴大厅。他们脚下的地面平坦而坚实，铺满了碎石，有人工夯实过的痕迹。汪敬贤冲着半空喊了一声，回音久久不散。

"这是什么？"曹仲健在好奇心的驱使下，走近岩壁，伸手在上面抚摸起来。

曹仲健的话吸引了汪敬贤注意。

他们发现在岩脉上有人工雕刻的痕迹，细细检查之下发现，确实是大面积的岩画群！

洞穴大厅石壁上的岩画可能有两米多高，长度可达四五十米，如同连环画般，在他们面前展开。从工程量来计算的话，应该是有多人参与作业。席静不由感叹起古人的智慧和毅力，能在这种恶劣的环境下，做出这等宏伟的艺术品。岩画涵盖了丰富多样的场景且具有连续性，其过渡与衔接展现得极为自然流畅，使得整幅壁画观之如同一幅连贯无缝的艺术画卷。不过，毕竟是上古时期的产物，岩画的技法自不能与后世艺术家相媲美，整体的风格还是如同史前岩画般质朴，构图上也多有不合理之处。四人驻足在岩壁前静静欣赏，在汪敬贤教授激情洋溢地解读下，配上石壁上的古篆文字，他们也渐渐厘清了岩画想表达的内容。

岩画以生动而神秘的笔触，讲述了一群部族在这片土地上繁衍生息的故事。在这座幽深而古老的洞穴之中，他们遭遇了具有无上威能的神明磐胡。这位名为磐胡的神明，以它那超乎想象的力量和深不可测的智慧，感召并帮助着这群部族的人民。在它的庇护与指引下，部族在这片土地上扎根生长，繁衍生息，建立起了滇南虫国，并逐渐发展壮大。

然而，岩画中所描绘的内容并非全然祥和与美好。其中固然有不少关于神明的神奇与伟力的描绘，但也夹杂着一些怪力乱神、令人心悸的画面。那些残暴和血腥的场景，如同历史的暗流，在岩画的每一个细节中涌动，让人无法忽视。

席静在伸手抚摸这些岩画，内心感到十分不安。

根据岩画所描绘的内容，他们得知，在这片土地上，起初存在着众多小型部落，它们均归属于西南夷这一族群。这些部落并未被同时代的句町古国所统治或纳入其势力范围，因此，它们之间常年相互征伐，战事连绵不断，形成了一种独特的部落间斗争的格局。

在这众多部落之中,有一个特别引人注目的部落,其首领名叫"兖"。在一次激烈的战斗中,兖不幸负伤,败走于群山之中。他的敌人并不愿意轻易放过他,对他紧追不舍,誓要将其擒获。兖慌不择路,寻到了一个深邃的洞穴。为了躲避敌人的追杀,兖只得仗着自己的勇气和决心,毅然决然地往洞穴深处走去。

下一个画面将他们引领至一个幽深的山洞内部。

尽管画面中的人物形象描绘得相对粗糙,缺乏细腻的刻画,但在细节上仍然有所表现。洞穴的墙壁上、天花板上,甚至是地面上,都爬满了形态各异的昆虫,依稀可以辨认出的有蜘蛛、蜈蚣、黄蜂、螳螂等,它们或快速爬行,或静静伏击。除此之外,还有一些昆虫,它们的种类和名称对于席静来说是完全陌生的。兖的前方,除了这些密密麻麻的昆虫之外,还有一处散发着柔和而神秘的光芒。如果仔细观察的话,还能在那光芒的映照下,发现一堆堆累累白骨,它们或散落四处,或堆叠在一起。

兖继续朝着光芒处走去,发现这是一间巨大的石室,在石室里,站立着数十座巨石雕刻的石像。这些石像的体积十分庞大,每一座都仿佛是一座小山般巍峨耸立。兖站在这些石像面前,他的身形变得极小,几乎只剩下一个微不足道的小黑点。这些石像的模样也非常奇怪,它们并不像人类或任何已知的生物,而是像各种被拟人化的昆虫。

其中不少石像的面部、躯干、四肢等部位,都像是用各种昆虫的躯干、触角、复眼等部位拼接而成的,形貌极为可怖。

最中间的那尊石像,屹立于群像之中,宛如一位威严的首领，其独特的形态令人印象深刻。它的头部雕刻得如同一只凶猛的黄蜂，复眼凸出，充满震慑之力；腹部则像蝉一般，呈现出一种圆润而富有弹性的质感；而尾巴部分，更是奇异地如同蜈蚣的节肢，一圈圈地盘成一团，既显得神秘莫测，又透露出一种不可言喻的力量。这尊石像伸出了一只前足，这个动作尤为引人注目，似乎是在进行某种神秘的召唤，或者是向进入这个圣地的兖，传达着某种重要的信息。

这个时候，汪敬贤表现出了一丝惊讶，他立刻认出了这尊与众不同的石像，那是他曾经在古籍中多次读到的神秘存在。他忘情地大喊道："虫首虺尾，这就是传说中的虫神磐胡！"他的声音在空旷的洞穴中回荡，使得现场的气氛变得更加诡谲。

接着，场景再次发生变化。兖走到石像前，开始跪拜起来。就在这一刻，奇异的事情发生了。兖的周身开始发出耀眼的光芒。随着光芒的闪耀，兖的身形也开始发生了惊人的变化。他的头部逐渐长出了两根细长的触角，胸前则慢慢长出了两对强健的前足，而背后，一对宽大的膜翅悄然展开。他的双腿也逐渐变化成了多环节的虫尾，灵活地在地面上盘曲着。变化形态后的兖，已经不再是之前那个负伤逃亡的首领。

兖离开了那个神秘的石室，走出了洞穴，正好迎上了追杀至此的敌对部落。敌对部落的战士们看到眼前的这一幕，表现得十分惊愕。

不过他们并没有退缩，而是向着兖发起了冲锋！

但在兖的神力之下，敌人根本无法抵挡。他们的武器在兖的强健前足下纷纷断裂，身体也被那多环节的虫尾扫得东倒西歪。一时间，战场上充满了敌人的哀号声和溃败的身影。最终，在兖的强势攻击下，敌对部落完全不是对手，他们四散溃败。

兖则如同一位胜利的王者，屹立在战场之上，俯瞰着那些曾经想要追杀他的敌人。

在最后一个场景中，兖展现出了他无与伦比的领导力和神力。他不仅成功地统一了原本各自为政的部落，还带领他们共同在磐胡所在的神山之下，建立起了一个全新的政权——滇南虫国，子民便被称为"虫落氏"。这个国度以虫神磐胡为最高信仰，兖作为虫神的化身，被所有虫民视为至高无上的领袖。

在滇南虫国的中心，那座神秘的山洞被改造成了一个神圣的祭坛。洞穴中的诸神石像也被供奉起来，成为虫落氏世世代代崇拜的对象。虫落氏的先民聚集在这里，举行盛大的祭祀活动，向虫神磐胡祈求庇护和丰收。虫落氏身着形态各异的服饰，手持各种奇异的祭器，围绕着祭坛载歌载舞。他们的脸上洋溢着对虫神的崇敬和狂热，仿佛已经完全沉浸在了这个由兖所创造的全新世界之中。对于那些不愿意皈依虫神、坚持原本信仰的先民来说，他们面临着残酷的迫害和虐杀。他们会被当成贡品，献祭虫神。

汪敬贤教授还对岩画上的故事进行了细致的解读。他从神话学的角度，阐述了自己的观点。首先，神祇与人类之间的界限模糊，在许多神话体系中，英雄或凡人往往通过某种仪式、试炼或神秘遭遇而获得神力，成为半神半人的存在。兖的经历正是这一神话主题的体现。其次是岩画中描绘的洞穴、昆虫以及虫神磐胡等元素，都反映了原始社会对自然的崇拜以及对神圣象征的解读。而昆虫在原始信仰中往往代表着生命力、变形和神秘力量，它们的出现为兖的转变增添了神秘色彩。

磐胡作为虫神，更是自然崇拜与神圣象征的结合体，它的存在为兖的经历提供了神话背景和信仰支撑。兖在获得神力后，不仅统一了原本分裂的部落,还在神山之下建立了滇南虫国。这一壮举体现了神话中常见的英雄主义主题和统一神话的叙事模式。在许多神话故事中,英雄往往通过战胜邪恶、统一各方力量来展现其非凡才能和神圣使命。

兖的经历正是这一主题的再现。

检查完这批岩画后,他们并没有在此驻足。汪敬贤深信继续沿着隧道行进,一定会有更多的发现,有更多的古老文物在前面等着他。他们穿过洞穴大厅,又走了十来分钟,忽然听见远处有流水的声音。随着他们的接近,流水轰鸣声在耳边越发清晰,原来是一条地下河拦住了他们的去路。这种地下暗河是喀斯特地貌的特色,由于地壳的运动和地质的变化,岩石层之间形成了裂缝和空洞。地下水在漫长的岁月里,沿着这些裂缝渗透进来,不断溶蚀和冲刷着岩石,最终形成了这类地下暗河。

波金栗毫不犹豫地跳下河去探了探,发现河水及腰,并不算深,水流也不湍急,河道也不宽,四个人手拉手完全可以过去。

席静开始有些犹豫,但在汪敬贤强硬的要求下,也只得配合。为了防止在湍急的河水中被冲散,他们四人紧紧地握着手,排成一列纵队,步入暗河之中。水声在耳边哗哗作响,河水瞬间淹没了席静的腰部,带来了一种沉甸甸的阻力。她能够感受到水流对腿部的压迫,仿佛有无数双手在轻轻拖拽着她的裤腿,让行走变得格外费力。

然而,当席静的手臂皮肤刚接触到冰冷的水面时,突然有一阵难以忍受的瘙痒袭来。她猛地一颤,发现有一只拇指盖大小的虫子正趴在她的手臂上。席静下意识地甩开波金栗的手,去抓手臂上的虫子。那虫子的背上覆盖着一层坚硬而粗糙的甲壳，甲壳上布满了细密的凹凸纹理，头部隐藏在甲壳之下。虫子粗壮的前足，宛如两把锋利的镰刀。

"这是什么东西？！"

席静惊叫一声，声音中充满了惊恐和厌恶。她立刻用食指将那只虫子从手臂上弹开。然而，她的手臂划水时，又触摸到不少，显然河面之上层层叠叠的都是这类虫子，它们密密麻麻地在水面上漂浮游动，让人头皮发麻。强烈的不适感涌上心头，席静感到一阵阵恶心和恐惧交织在一起，让她几乎无法忍受。

相比席静的惊慌失措，波金栗倒很是淡定，他轻轻一笑，安慰道："龙虱而已，不要紧张。如果你有兴趣，等我们出去了，请你吃椒盐龙虱。"

席静强忍住一阵恶心感，摇头道："我不要吃。"

就在这时，汪敬贤突然大喊道："怎么河水涨了？"

他话音未落，众人就发现地下河的河水开始急剧上涨，仿佛有一股不可抗拒的力量在推动着它。原本及腰的河水，不一会儿就淹到了胸口。

"不好，是地下洪水！"

波金栗的声音中充满了紧张和焦急。

不知是不是席静刚才的惊叫在洞穴中产生了奇特的回声，这种回声在狭小的空间内不断反射和叠加，竟然意外地引发了洞穴内原本就不牢固的岩石和土壤的轻微共振。而这种微小的振动，在特定条件下如同蝴蝶振翅般，可能引发连锁反应，使得洞穴顶部的岩石和土壤开始松动。更糟糕的是，这种松动可能触发了上游河道的某种不稳定结构，导致了一连串的崩塌。抑或是外部强降雨的关系，大量的雨水迅速渗透进地下，使得地下水位急剧上升，引发了汹涌的地下洪水。总之，此时的他们，处境异常危急。

地下洪水的轰鸣声和不断上涨的水位让他们清楚地意识到，必须用最快的速度赶到对面的河岸。每一秒的犹豫和迟缓都可能带来致命的后果，因为洪水如同猛兽般肆虐，随时有可能将他们吞没。

4

尽管他们四人手拉着手，试图以团结的力量，抵抗那愈加汹涌的水流冲击。但随着河水流速的急剧加快与流量的不断增大，他们之间的联结变得脆弱不堪，身体渐渐开始失去平衡。每一股涌来的水流都像是一只无形的手，试图将他们从彼此身边拉开，再这么下去，激流很快会将他们冲散，在被水流卷走的同时，他们也会被藏在水中的岩石撞伤，很难有生还的机会。

席静发现自己的呼吸开始变得急促而不规律，心跳如鼓点般在耳边回响，强烈的恐惧感如同面前疯涨的河水一般，迅速淹没了她的整个身心。她感到力气在一点点流失，仿佛连握紧手指都变得异常艰难。

"我坚持不住了！快想想办法！"

汪敬贤绝望的声音，穿透了水流的喧嚣，传入了每个人的耳中。

说这话的时候，席静的情况也好不到哪儿去。她感到自己的双脚已经完全失去了与河底的接触，整个人仿佛一片落叶，被无情的水流席卷而起，半漂在水中。若不是还被波金栗的手紧紧握住，恐怕她早已被这股不可抗拒的力量卷走，消失在翻滚的河水之中。

"跟着我，朝那边走！"波金栗冲着众人喊道。

此时，席静突然感到波金栗手掌传来了一股力量，这股力量让她稳住了身形。

原来波金栗抓住了一根藤蔓。在岩洞中，这种耐阴湿的藤蔓植物有不少。大部分藤蔓都选择在岩壁上攀爬生长，它们或缠绕，或攀附，在这看似不可能生存的地方，编织出了一片生命之网。坚韧有力的藤蔓如同天然的绳索，为他们提供了稳固的支撑，四人纵队缓缓蹚过了十来米宽的河道。临上岸前，那汹涌的河水已经淹到了他们的颈部。

上岸之后，四人的衣服都已湿透，浑身都在不停地滴水。

席静只觉得阵阵寒意直透骨髓，双手抱臂，不停地哆嗦。波金栗考察了四周的情况，经过一番快速的观察和判断后，他语气坚定地表示，他们必须立即选择其中一条坡道向上的洞穴前进。波金栗的理由是，地下洪水的水势还在不断上涨，那些与他们当前位置平行的洞穴很有可能会被迅速淹没。如果他们选择了一条死路，那么后果将不堪设想，他们极有可能被汹涌的洪水困在密闭的洞室中，面临溺亡的悲惨命运。

席静与曹仲健均无异议，然而，汪敬贤却显得有些犹豫不决，他目光在那些尚未探访过的洞穴间徘徊，生怕自己一旦离开，就会错过某个具有重大考古价值的遗迹。不过生存危机已迫在眉睫，他也明白自己无法再固执己见，勉强同意了波金栗的提议，决定按照他的建议行事，向着地势更高的地方进发。

"向导，我们还出得去吗？"

席静向走在队伍最前面的波金栗发问。

波金栗停下脚步，语气平稳地对身后众人说道："我不想骗你，这里我也是头一次来，并没有十足的把握能把大家带出去。

不过我们不能放弃,或许出口就在前方。而且……"

说到这里,波金栗的话语突然停顿,似乎有些犹豫。

"你想说什么?"席静好奇地追问道。

"而且这古老的洞穴,曾经有先民在这里穴居,那么,有多个出口的可能性就很大。不,应该说一定会有出口,我只是怕出口已被漫延的河水淹没。这是最坏的结果。不管怎么说,事在人为,我们总不能放弃,是吧?"

"没错!"席静用力点头。

在席静听来,波金栗这番话与其说是在安慰她,倒像是给他自己打气。

相比一门心思只想离开地下洞穴的席静,汪敬贤教授的态度则恰恰相反,他更渴望深入这个"地下王国"的方方面面,将这里的一切都"考察"一遍,哪怕连旮旯里的灰尘都不能放过。汪敬贤声音中透出狂热的情绪,不厌其烦地对波金栗说道:"别忘记我们此次来这里的目的,现在成功离我们已经很近了,前方一定还有更多有价值的文物,等待着我们!"

波金栗既不止步,也不搭腔,可见他内心已受够了这位疯狂的老学究。

副教授曹仲健还是保持沉默,不知他心里在想什么,是赞成汪敬贤这种大无畏的学术精神呢,还是求生的欲望更强烈呢?席静猜不透他。

他们沿着那条蜿蜒向上的通道走了大约一刻钟后,地面上开始隐约出现了一些零碎的骨骸。这些骨骸散落四处,显得极为诡异。

汪敬贤与曹仲健作了一番粗略的检查,最后得出的结论,令席静大吃一惊——地上的骨头属于人类,而且年代相当久远。

为什么在这种地方，会有大量的人类骸骨？这个问题，即便博学如汪敬贤，一时也给不出个确凿的答案。不过汪敬贤推测，这很有可能是用活人祭祀虫神的场地，了解古代史的话，就会明白，这种活人祭祀的场面并不少见，比如商代贵族常常将俘虏、奴隶甚至低等级贵族作为人牲，用于祭祀祖先和神明。

据考古发现，商朝的祭祀坑中常有人骨遗骸，且这些遗骸往往遭受了残酷的对待，如砍头、剖腹等。包括玛雅文化和阿兹特克文化也有活人祭祀神明的传统。不过这都只是他对滇南虫国习俗的猜测，并没有理论证据作为支持。

带着疑问，他们绕开骸骨，小心翼翼地沿着通道前进。然而，地面上散落的骸骨数量并没有减少，反而渐渐多了起来。而且，除了骨头之外，他们还发现了一些极为原始的工具，这些工具主要是石制的刀斧和陶片。当然，这些东西早已破损成极为细小的碎片，与泥土中的碎石几乎融为一体，若非仔细探验，根本无法分辨。

又行几步，波金栗突然发出一阵短促的叫声，原来路的前方，蓦地出现一块残缺不全的巨型石碑，阻挡住了他们的去路。他们都被这块石碑的气势镇住了。与此前那块石碑相比，这一块显得更为巨大，比普通人高多了。石碑坍掉三分之一，碑顶还有半个残缺的虫神石雕，汪敬贤要踩着一块大石头，才能摸到碑顶。破碎的石碑上爬满了裂痕，碑趺更是早已失去了原来的模样，仿若一堆碎石。曹仲健用手抚摸着碑上的古篆，开始思索这些文字的意义。

经过他与汪敬贤两人反复推敲的讨论后，均认为这段文字很可能出自那本早已经佚失的古籍——《虫经》。

碑文内容大致如下：

裸虫者人也，与夫鳞毛羽甲虫，同生天地，无所异也。人自异于虫者，无非繁其智，言其语耶？然虫豸之好生避死，营其巢穴，谋其噬攫，抱卵饲喂其类而护之，与人之好生避死，营其官室，谋其衣食，生育乳养其子女而私之，无所异也。何可谓其无智耶？虫豸鸣噪皆有其音，安知其族类之中非语言耶？人以不喻其音而谓其不能言，又安知乎虫豸不喻人言，亦谓人不能言语耶？则其鸣噪之音必言语尔，又何可谓之不能言语耶？智虑语言，人虫一也。

巨石碑文的下半段文字更为依稀难辨，汪敬贤与曹仲健花了好长一段时间，才逐字逐句地将这些模糊不清的文字认清。当然，在辨认的过程中，他们发现碑文中有许多语焉不详之处，或是由于年代久远而残缺破损，使得文字的意义变得模糊不清。

对于这些无法准确辨认的部分，暂时不作记录。

而在碑文中出现的一些空白处，他们依据碑文的上下文，结合自己对古代历史文化的了解，进行了合理的推测和添加，以使碑文的文本更加流畅完整。

碑文后续的内容如下：

　　嗟乎！自然而虫之，不自然而人之。强立广厦馐馔诱其欲，强分尊卑贵贱迫其争，强行峻法挞伐戕其身，迷迷至老死不知悔悟。今欲抽离苦海，跃登彼岸，有何法可令枯骨重荣乎？虫神磐胡曰：轮倒退，车前趋，此乃进退之理。有成必毁，有盈必亏，蛴螬化为复育，复育转而为蝉，蝉蜕不息，以超生死。欲成此法，先为虫仙者也。然欲成

> 虫仙者，当奉磐胡为至圣，谨遵教诲，日夜祭之，回溯本源，重归虫体。

根据这两段文字的内容，他们大致明白了这其实是《虫经》所提倡的核心教义，可以将其视为虫神崇拜的一种"宣言"或"纲领"。《虫经》中对当时人类的行为进行了严厉的斥责，认为人类已经偏离了正确的道路，必须要"重归虫体"，通过某种形式的转化或修行，成为"虫仙"才能真正证道。

至于"重归虫体"的具体含义，在之前的石碑文中就有所表述。虫民们坚信，世间所有事物，无论大小，均是由昆虫变化、演化而来。他们认为，人类现在的形态其实是一种不完美、不自然的状态，是偏离了生命本源的表现。成为"虫态"，即回归昆虫的形态，才是真正意义上的回归原本、回归自然，才能达到生命的完美和宇宙的真理。

在席静看来，这种观念在原始宗教中其实十分常见，并不新鲜。许多原始宗教或部落文化都有类似的信仰，认为某种特定的动物或形态是生命的本源或神圣的象征，人类需要通过模仿或转化来接近这种神圣状态。而《虫经》所提倡的"虫神崇拜"和"重归虫体"的教义，无疑也是这种原始宗教观念的一种体现。

研究了半天石碑，众人也都累了，决定就地休息。他们取出包里的罐头食品开始分食。席静不由感叹，强烈的饥饿感竟然使这些平日里难以下咽的罐头食物，也变得美味起来。看来同一种事物在不同的环境中，也会得出截然相反的评价。席静享用完她手里的罐头，又取出瓶装水来喝。她不敢大口吞咽，只得小口啜饮，毕竟在这种环境下，饮用水是何等珍贵的资源！

她无法预料他们何时能够离开这不见天日的洞穴,或是永远留在这里,与此地先民的白骨化为一体。

喝完水后,席静慎重地将瓶盖拧紧。与此同时,身边响起了规律的鼾声,原本狂热的汪敬贤教授在辨识完碑文后,似乎也耗尽了身体内的最后一丝精力,强烈的疲劳如同潮水般袭来,让他在进食的时候便不由自主地沉沉睡去。

"大家就在这里休息吧!"波金栗打了个哈欠,声音中带着一丝疲惫。

不说还不要紧,他这么一讲,席静也突然感觉到自己的眼皮变得异常沉重,她原本还想说什么,但神志似乎已经不受她的控制,渐渐被浓重的睡意所掩盖。她开始觉得周围能感知的一切都变得遥远而模糊,过不多时就失去了意识。

所有的疲惫和紧张都在这一刻得到了释放。

她恍惚间听到波金栗正在焦急地喊她的名字,语调带着几分急切。

"席小姐!你听得到吗?"

她努力眨了眨眼,试图让自己清醒过来,却发现自己无法判断究竟睡了多久。她甚至觉得自己只是刚闭上眼,就被波金栗喊醒了,仿佛只过去了一秒钟的时间。后来她才知道,这一觉,他们一行人整整睡了五个小时。

"怎么了……"席静揉着惺忪的眼睛,试图驱散残留的睡意。她的大脑还未完全恢复清醒,耳边却已经传来了波金栗惊慌失措的声音。

"曹教授……曹教授他……"波金栗的话语断断续续,满是惊恐。

席静内心深处顿时浮现出不祥的预感,她强忍慌乱,轻声地问道:"曹教授怎么了?出什么事了?"

"他死了!"波金栗很快回道。

席静闻言大惊失色,她好不容易将之前曲欣妍死亡所带来的恐惧感驱散,如今听到这个消息,那种感觉又卷土重来,再次占领了她的身心。

"你说曹教授死了?"她难以置信地追问着,希望这只是一个误会。

"是的!"

"他怎么死的?"

"被杀……和曲小姐一样,被人砸碎了脑袋。"

波金栗的话语如同沉重的锤子,一下下敲打着席静的心。

"怎么会这样……"席静喃喃自语,心中充满了无尽的悲痛和恐惧。她无法理解,为什么这样的事情会一再发生。

"是诅咒啊!"波金栗用带着哭腔的语调对她说道,"可能是虫神的诅咒!我们不应该来到这里,实在太可怕了……"

"诅咒?"

"是的,我有证据,我……"

波金栗的崩溃让席静也感到无力。这位一向英勇果决的向导如此失态,这对席静来说也是一个不小的打击。

"汪教授在哪里?"席静打断了波金栗的叙述,立刻站起身来,同时也感到一阵眩晕。

"我带你去。"波金栗吐出一口气,稳住心态,"不过席小姐,你要做好心里准备,曹教授的死状十分惨烈……而且……"

"而且什么?"席静焦急地问道。

"而且凶器是一座石雕。"波金栗缓缓说道,"汪教授,说那个石雕的名字叫——武神兴答勒。"

他的语气中带着一丝不易察觉的颤抖，仿佛光是这个名字就会带来不幸。

5

曹仲健的尸体静静地躺在离他们大约五十步远的一处昏暗通道中，他嘴眼俱张，仰面朝天倒在地上，嘴角还有干涸的唾液，与脸上的泥土混在了一起，死相极为反常。他在右眼上方靠近额头的位置一片血肉模糊，伤口很深，显然是由钝器重击所致，血迹已经凝固发硬。由于曹仲健理了光头，所以头部的伤口会比普通人更加明显。

空气中还飘荡着泥土与血液混合的腥臭味，这股令人作呕的气息缠绕着席静的感官，加上眼前那具被残暴杀害的死者，让她感到胃部一阵剧烈的翻腾。幸而这种恶心感还没有达到极致，没有导致她失控地呕吐出来。

席静紧咬牙关，小心翼翼地俯身下去，手指轻轻触碰着曹仲健的头骨。

顺着曹仲健光滑的头顶，她可以清晰地感觉到头骨的变化——重击导致了严重的骨折，骨头碎片似乎在内部错位，这样的伤势对于任何人来说都是致命的。现场没有专业的法医进行详细的鉴定，没人可以给出确切的死因结论，但从尸体外表的伤势来看，头部遭受的重击无疑是导致死亡的直接原因。她还发现，与曲欣妍的死亡现场不同，曹仲健尸体周围的泥土中混杂着碎石，非常坚硬，不可能留下脚印。

汪敬贤教授站在尸体边上，但他的举止却显得格外异常。与席静和波金栗所表现出的震惊或悲伤的反应不同，并未流露出对曹仲健应有的悲伤情绪和惋惜，反而是一种近乎痴迷的狂热。他的双手紧握着一座小巧的石雕。石雕呈圆柱形，上头雕有梯形的头部，上面有一对锋利的大颚，头部与前腹部相连，形成一个躯干，躯干两旁长着一对螯肢，而躯干下的四周长出四条粗壮的长足，垂在下方支撑身体，背部还有一条尾节，尾节末端则是弯钩状的毒针，简直就像蜘蛛与蝎子的结合体。那石雕上沾染着浓稠的血液，几乎无须任何推理，就能断定这尊石雕正是凶手用来击杀曹仲健的凶器。

席静内心不禁涌起一股难以言喻的厌恶，然而在此情境下，她也只能强行按下心头的不快。她伸出手指，指向汪敬贤手中紧握的石雕，语气生硬而冰冷地问道："这是什么东西？"

"哦，这个吗？"汪敬贤的语气里洋溢着难以掩饰的喜悦之情，仿佛在告诉大家，这不是致人死亡的凶晦之物，而是一件难得的稀世珍宝，"这可是虫神磐胡的次子——兴答勒。根据史料的详细记载，兴答勒被誉为武神，是磐胡麾下最为勇猛的战士。在南北朝文人闵矶的《狳楼志怪》中，就有讲述兴答勒平乱的故事。"与昨日相比，他的声线显得更加沙哑。这变化或许正是近两天他情绪过于兴奋，声嘶力竭呼喊所导致的后果。

席静闻言，语气更加冰冷地质问道："砸死曲欣妍的那尊石像，也被你带走了吧？"

见事情已然败露，汪敬贤也不再掩饰，他哈哈一笑，坦然承认道："哈哈，没错，是被我藏在了包里。那尊石像是虫神磐胡的三子沙不隆。有记载说：'磐胡娶于百濮，谓之虫母，以生三子。长子丁驮，次子兴答勒，三子沙不隆。'别看沙不隆那副模样不起眼，它可是在虫国被视为'谷神'呢！是为虫落氏先民带来丰饶粮食的神祇。你看它的形状，像不像一条蚯蚓？所以这也是古代先民的一种联想，将蚯蚓与丰收联系起来。"

"汪教授，我想提醒你一句，这可是凶器。"席静语气中带着不容忽视的严肃，她刻意强调了"凶器"二字，语调锐利如刀，"在警察没有来到这里之前，我们任何人都不能破坏现场，否则就是违法犯罪，扰乱警方办案。这么简单的道理，你应该明白。"

然而，汪敬贤对席静的警告充耳不闻，他自顾自地继续说道："虽然是现场的凶器，却也是证明我们发现滇南虫国的证据啊！有了这些证据，我们所说的一切才不会被当成疯子的妄言！虫神长子丁驮是瘟神，被认为是人间所有疾病的源头；武神兴答勒则是战无不胜的猛将，它的存在让人们相信力量与胜利；而沙不隆，它能够保护粮食不被害虫侵蚀，是确保丰收的守护神。所以，当时的人们深信，只要信奉虫神磐胡，就能得到它三个儿子的护佑，拥有强壮的体魄、战无不胜的力量，以及食之不尽的粮食！这样的生活，对于生产力低下的古人来说，无疑是梦寐以求的！"

汪敬贤滔滔不绝地讲述着，声音高亢且狂热，仿佛已经沉浸在了那个神秘而古老的虫国世界中，无法醒来。

这时，站在一旁的波金栗对他们道："有一样东西，我觉得有必要让你们了解一下。跟我来吧！"

汪敬贤听说波金栗有新的发现，喜不自胜，快步跟上了这位苗族向导。然而，席静却一点也高兴不起来。面对曲欣妍与曹仲健的接连离世，她感觉自己的情绪已经到了崩溃的边缘。

他们又回到了巨型石碑之前，也就是他们刚才休息的地方。

波金栗带领他们绕到石碑的后面，那里隐藏着一块较为平坦的石面。他指着石面，对他们道："就在这里！"

那充满裂痕的石碑背后，竟然还隐藏着一行文字，大家之前竟然都未注意到它的存在。反倒是这个苗族小伙，不知在何时发现了这行隐藏的文字。那石碑背后，刻着的是十一个触目惊心的古篆文字：

突蟲氏之墟者，罹磬胡咒歾！

席静对着这行文字，吓得浑身发僵。她这才明白过来，之前刚醒时，波金栗为何不停地念叨着什么虫神诅咒了。她感到一阵寒意袭来，仿佛有一股不可名状的力量，正在暗中窥视着他们。

波金栗不由嗟叹，声音里满是自责。

"都怪我不好，大家睡觉的时候，应该有人值班才对。是我疏忽了，才让这种不幸的事情发生。"

他双手紧握成拳，似乎在极力抑制着内心的懊悔与不安。

席静见状，连忙上前几步，温柔地拍了拍他的肩膀，安慰道："谁都不想这种事发生。我们现在需要的是团结一致，而不是互相责怪。眼下最重要的是立刻离开这个鬼地方，我一秒钟都不想待在这里了。"

身处这么恐怖的环境中，即便再坚信唯物主义的人，也会因为过度恐惧而开始动摇。但要走出洞穴，又谈何容易呢？前方不知是否有出口，即使有出口，那还得走多少路呢？他们所携带的食物和水，撑得到那个时候吗？想到这重重困境，生性坚强的席静也忍不住流下泪水。

此时的汪敬贤仿佛和他们不在同一个频道，曲欣妍和曹仲健的接连死亡也不能让他的注意力从石雕上转移。探寻滇南虫国的狂热,已经将他的人性扭曲。

波金栗提议道:"前方的路不知有多远,我们总不能这样无穷无尽地走下去,要不我们往回走,试试看能不能从掉下来的地方爬出去。"他已经完全丧失了坚持下去的意志,心里打起了退堂鼓。

"爬出去?"席静一下子没反应过来。

"席小姐,你是攀岩运动员,我和汪教授没这个本事,你或许可以尝试一下。只要你从这里逃出去,就能找到救援队来帮忙了!我现在唯一担心的是,地下洪水已经将我们来时的通道淹没了,那就糟了。"波金栗进一步解释道。

席静表示同意,爬到洞口困难很大,但也算有个目标,总比在黑暗的洞穴中无穷无尽地走下去要强。

"绝对不行!"汪敬贤听到他们商议如何原路返回后,登时暴跳如雷,指着他们俩破口大骂道,"你们都是我雇来工作的,现在工作还没完成,就想临阵脱逃?虫国遗迹就在前方,还有许多文物等着我们发掘,怎么可以就这样掉头回去了呢?"

"汪教授,前方真的很危险!石碑我们已经发现了,说明虫国真的存在啊,现在离开,也不能说一无所获!"波金栗劝道。

"关于那些虫落氏的生活遗迹与神秘的祭祀场所,我们至今还未曾亲眼见到。想象一下,如果我们在此刻选择折返,那么之前所付出的一切艰辛与努力都将化为乌有!我们历经重重困难,好不容易走到这一步,难道就要这样轻言放弃吗?当我们最终获救之后,难保不会有另一批学者踏足这片土地,他们将会发现我们未曾触及的秘密,到时候,所有的鲜花与掌声都将属于那些后来者!成功已经近在咫尺,你们真的要在这关键时刻选择放弃吗?"汪敬贤情绪激动,一边跺着脚,一边用力嘶吼着，声音中充满了不甘与坚决，"如果你们真的要离开，我也不会强行挽留你们。但我自己，无论如何都会继续前行！"

"老顽固！"席静对着汪敬贤骂道，"既然你这么固执，那就自己留在这里吧！我们要走了，不再陪你疯下去了！"

汪敬贤仿佛完全没有听到她的威胁，不予理会，关注点全在手里的石雕上。

尽管席静的话说得决绝，但两位年轻的探险家也就说说而已，实际上并不忍心将这位老学者独自留在这危急四伏的洞穴之中。席静生了半天气，也只得依着汪敬贤，继续前进。至于曹仲健的遗体，他们也只能暂时将其留在这里，等待日后他们成功离开洞穴后，再找人来将其妥善安葬。

他们重新上路，绕开巨大的石碑阻拦，朝前方走去。

不过，汪敬贤的身上却悄然发生了一些微妙的变化。他不再像以往那样默默地跟随在队伍之中，而是主动走到了最前面，仿佛有一股无形的力量在驱使着他。他不时喃喃低语，声音含糊不清，似乎在和某个看不见的物体对话。同时，他双手也不停地搓动，就像是试图抹去某种无形的痕迹，表现得极为兴奋和亢奋。

与之前相比，汪敬贤的脚步也变得更加勤快和有力，整个人仿佛一下子年轻了好几岁，焕发出了前所未有的活力。

"你觉不觉得，汪教授变得有些奇怪？"波金栗低声对身旁的席静说道。

"你也发现了？"席静显然也对汪敬贤的变化感到困惑。

"感觉像是变了一个人。"

"人长期处于紧张的环境中，确实会导致外在的表现和以往不同。"

席静试图给出一个合理的解释，但她的话语中也透露出了一丝不确定。

"会不会被夺舍了[①]？"波金栗突然冒出了一句令人心惊的话。

席静不得不承认，汪敬贤的表现确实像被什么"东西"占据了肉身一样。而且，那个"东西"对探寻滇南虫国遗迹似乎有着超越常人的坚持和执着。

恐惧的冲击让席静没有时间思考太多，两天之内，已有两位同行者殒命，洞穴中还发生了无法用科学解释的事情。波金栗和她谈起曲欣妍遗体边上没有凶手的脚印一事，他认为这显然不是人力可以做到的。相比他们三人中有人是凶手的推测，波金栗更愿意相信这一切是古老虫神的诅咒。

沿着那幽静的通道，他们行走了十来分钟，席静突然闻到了一股略带酸涩的臭味。这种味道与弥漫在整个山洞里的土腥味截然不同，显得异常突兀。这是一种她从未有过的嗅觉体验，既陌生又让她感到不适。

"你闻到了吗？"

席静皱起眉头，立刻向身旁的波金栗问道。

波金栗还没来得及回应，走在队伍最前面的汪敬贤已经先一步开了口，声音里透着几分肯定。

"气味是从正前方飘出来的。"

他们发现前方不远处有一个洞口，那个洞口隐藏在通道的一侧，若非特别留意，很容易就会错过。

怀着好奇与一丝警觉，他们三人缓缓走近那个洞口。

洞口处立着一块石碑，上面刻着"瘿硐"二字。

[①]指被别的灵魂等抢夺自己的躯体，使躯体不再受控。

他们进入洞中后发现，里面竟是一间人为开凿的石室。这间石室面积极为宽阔，四周的岩壁都被精心打磨过，显得异常平整光滑。这样的规模和用心程度表明，对于虫落氏而言，此处是一个极为重要的场所。汪敬贤见到这一幕，忍不住手舞足蹈起来。

石室内部整齐地放置着密密麻麻的大陶罐，令人心惊的是，这些陶罐的排列和形态，仿佛是某种昆虫的虫卵。这些陶罐大小相等，每个都有一米多高，上面蒙着一层厚厚的灰尘，罐身上描绘着各种昆虫样的纹饰，线条流畅，栩栩如生。有一些陶罐已经破损，陶片碎了一地。碎掉的陶罐里，似乎还残留着一些液体。席静推测，难闻的气味就是从这些碎裂的陶罐中散发出来的。

相比之下，那些还未碎裂的陶罐则显得更为神秘。它们的罐口被用黏土裹起的封泥紧紧封住，仿佛是在守护着某项重要的秘密。这些封泥虽然已经干裂，但仍然显示出当时虫落氏的用心和精细。

波金栗用手拨弄起一只碎裂的陶罐，不一会儿，陶片就剥落下来，里面的液体也从陶罐的裂缝中渗出来。"黏糊糊的……好像还有昆虫的残肢。"波金栗喃喃道。

席静往后退了好几步。倒是汪敬贤满怀好奇地凑了上去，对波金栗说道："打碎这罐子，查查看里面究竟还有什么！"

波金栗深吸一口气，将顶部的陶片拨开。

他们发现，在散发酸臭且浸满毒虫的脓液里面，浸泡着小型的人类骨架。没过多久，他们就意识到了问题的严重性。

这应该是一具婴儿的骸骨。

6

波金栗猛地摔倒在地，发出一声沉闷的响动，因极度恐惧而加剧的喘息声在空气中回荡，显得格外沉重。

发现罐内的真相后，站在他身后的席静只感觉胃里一阵翻腾，如同海浪般汹涌的呕吐感让她无法自持，最后还是忍受不住，弯腰"哇"的一声，将之前吃的食物尽数吐了出来。即便是对探索洞穴充满无尽热忱，平日里总是滔滔不绝的汪敬贤教授，此时也终于闭上了嘴。波金栗又打开了几口陶罐，发现每一罐内都有被浸泡在脓液中的婴儿尸骸。

面对这成百个装载着婴儿尸骸的陶罐，任何正常人恐怕都会像他们一样，陷入沉重而压抑的沉默之中。

当然，在这令人窒息的沉默之下，还隐藏着一种更为深沉的情绪——愤怒。

在原始社会，由于生产力低下，思想观念落后，以及对于自然力量的敬畏，杀婴的现象并不罕见。这种行为背后隐藏着复杂的社会、文化和宗教因素，其中大部分都是出于祭祀的目的。因此，在原始社会时期的建筑遗址中，考古学家常常发现以婴儿作为"奠基牲"的现象——即将婴儿埋葬在建筑物的地基之下，以期带来建筑的稳固。比如在龙山文化时期的河北邯郸涧沟遗址中，考古学家就发现有用于殉葬之用的幼童尸骨。

然而，像面前这般大规模的虐杀婴儿，并将他们沉入泡满毒虫的液体中的现象，即便是放在原始社会的背景下，也都十分罕见。这种残忍的行径超出了当时社会的常规祭祀和殉葬习俗，显得尤为突兀和不可理解。

即便是见多识广的汪敬贤，对此都闻所未闻。

"他们为什么要这么做？"

席静微微直起身子，但双腿还是在打战，空气中充满的酸涩臭味，使她的呕吐感倍增，胃部再次感到不适。

"像是某种仪式。"汪敬贤注意力锁定在墙壁上的某些痕迹上，手指轻轻摸索，似乎在寻找着什么线索。

"实在是太残忍了……"波金栗无法面对那数百个陶罐，每一个陶罐都代表着一个无辜生命的消逝，这样的场景让他的内心受到了极大的震撼，说话的声音都带着哭腔。他坐在地上，似乎无力再站起身来。

汪敬贤教授还在岩壁上摸索，他的手指轻轻划过石壁上的每一寸纹理，像是在寻找虫落氏这种做法背后隐藏的深意。他曾经对他的学生们说："在我们看来极为残忍的事情，对于古人来说或许并没那么严重。因为不同时期的人，会拥有不同的价值观，对于同一件事的理解常常会南辕北辙。就像我们现在看来，杀死婴儿乃是十恶不赦的暴行，但在某种特定的文化背景下，说不定还会被认为是极好的事情。"

可能是受到波金栗那悲痛情绪的影响，席静的情绪也开始起伏不定。她的脑海中不断浮现出那些刚出生才没多久的孩子。也许他们是被活生生浸泡在毒液中，绝望地挣扎着，最终无助地淹死。想到这里，她的泪水就忍不住开始往下掉。

"这面墙上，绘制着他们制作'虫卫'的过程。"汪敬贤示意大家关注他身后那面岩壁，用沙哑的嗓音说道，"过程非常详细，手段也极为残忍。"

"虫卫？"席静头一次听到这个名称。

席静与波金栗的注意力都被吸引到了这面岩壁上。

席静伸手去触摸时，却发现岩壁上黏附着许多地衣。必须拨开地衣，才能让它后面的画面露出真容。他们忙活了半天，终于弄清了这岩画中的内容。

这里的岩画与外面的风格不同，似乎更为粗犷质朴，笔风十分写意，人物几乎都用最简单的线条来表示。尽管雕画随性，但想要表达内容倒是简洁明了。不过，汪敬贤还是做了简单的讲解，以便他们理解。

第一幅画面是一群虫落氏先民在山野中捕捉毒虫的场景，从画面上可以看出他们捕捉的昆虫几乎都是攻击性极强的毒虫。由此也可以联想到他们对毒虫是有一种原始崇拜的，包括希望能够从这些毒虫身上，获取自己想要拥有的能力。工匠描绘昆虫的笔画非常简单，比如蜈蚣就是用几根线条组成，画笔虽少，却也栩栩如生。

第二幅画表现的是一场战争，虫落氏先民正在进攻另一个部落。工匠用人物头顶帽子的不同，来表达两方阵营，虫国先民的帽子是三角形的，对方的是正方形的。戴正方形帽子的人大都倒在了地上，在他们身后的屋子里，床上有许多襁褓中的婴儿。这幅画所表达的信息是某些部落被灭之后，他们留下的婴儿就成了虫落氏先民的战利品。至于发动战争是不是为了抢夺别的部落的婴儿，那就不得而知了。

第三幅画的气氛更加诡异。

数十个虫落氏先民围成了一个圈，将那些婴儿高高举起，他们的脚下都有一口陶罐，陶罐中塞满了各种毒虫。那些毒虫相互交缠，模样令人作呕。还有一些人在边上手捧盆子，往陶罐中倒入某种液体。圈子中央，一个祭司模样的人正盘腿而坐，双手指着上天，似乎在做某种祷告或呼唤。那祭司比周围的"火柴人"整整大了三倍，他身上所披袍子的图案都被细细勾勒出来。袍子上的图案是某种蚁类,数量非常多,密布在长袍之上。

第四幅画就是描绘席静他们所在的山洞,画面很简单。洞室中堆满了陶罐,整整齐齐排列在一起。陶罐是用两个圆圈描绘,图案简易。

可见,在这个时候,那些俘婴都已经被密封浸泡在了陶罐之中。

令席静感到毛骨悚然的,是最后的第五幅岩画。

画面中,所有的陶罐都碎裂开来,液体流淌了一地。每个陶罐之上,都站立着一个模样奇怪的"东西"。之所以称之为东西,而不是人,是因为这些人在岩画中所表现的模样,与此前受虫神磐胡感召而"变异"的部落首领"兊"一样,身体结构都产生了极大的变化。与兊的模样不同,这些人背后长出了八只蛛脚,双手变成了强而有力的前足,像极了螳螂的镰刀,头顶则是如同锹甲般的上颚,似一只大钳子。

在这群"东西"上方,工匠用篆体刻上了一行字:

虫卫守磐胡,防彼寇侵。

也就是说,虫落氏先民认为,将战俘的婴儿浸泡在特殊的"虫液"中,可以炮制出一种拥有毒虫能力的侍卫。这些因毒虫而"变异"的侍卫,因其强大的战斗力,可以用来守护磐胡所在的洞穴和虫落氏先民的疆土。

"啊!我的眼睛!"伴随着一声陶罐破碎的声响,波金栗突然大喊大叫起来。

席静被这突如其来的声响惊得浑身一抖,一股浓烈的酸臭味扑面而来,她显然没有预料到会发生这样的意外。

"好疼!这浓液……"突如其来的剧痛让波金栗狼狈倒地,在地上无助地打滚,身体与碎石来回摩擦。

原本安静的洞室里,充斥着他尖锐而凄厉的惨叫声!

"你没事吧?"席静关切地询问着,上前一步,伸出双手,试图搀扶起"虫液"溅进眼睛的波金栗,却不料被他猛然一把推开。

对于席静的好意,波金栗显得异常抗拒。

"别碰我!"波金栗冲她大喊大叫。

席静伸手轻抚波金栗的背部,试图给予他一丝安慰,发现他抖得十分厉害。意识到情况的紧迫性,席静立刻转过头,冲着身后的汪敬贤焦急地喊道:"快拿清水来!"

她喊第一声时,汪敬贤竟像是被定格在了那一刻,没有任何反应,也不知是因为突如其来的状况让他感到了惊恐,还是仅仅因为反应迟钝。席静心急如焚,面对波金栗痛苦的模样,她不得不再次提高嗓音,冲他喊出了第二声。这一次,汪敬贤终于有了反应,他猛地从恍惚中回过神来,匆忙地从背包里取出水壶,手忙脚乱地递给席静。

席静接过水壶,拧开壶盖,然后对波金栗道:"你先平躺在地上,我帮你冲洗眼睛。"

或许是疼痛感逐渐减弱,波金栗的神志也慢慢恢复了一些。他听从席静的指令,缓缓地平躺在地上,双手也从脸颊上移开。席静一只手拿着水壶,用另一只手的食指和拇指轻轻撑开波金栗上下眼睑。她小心翼翼地控制着水壶的倾斜角度,将壶中的清水缓缓倒在他的眼球上。当清水接触到波金栗眼球时,他身体登时紧绷,嘴里发出呜呜声,似乎在忍受一种巨大的痛苦。

冲洗完毕后，波金栗缓缓地从地上坐起，他的动作显得格外沉重，仿佛刚刚经历了一场漫长而艰苦的马拉松。他额头和脸颊上还挂着未干的汗珠，贴身衣物也被汗水完全浸透，紧贴在皮肤上。

"好些了吗？"席静关切地询问道。

波金栗缓缓伸出一只手，对席静说道："给我水。"

席静将手里剩下的半壶水递给了波金栗。他接过水壶，将剩下的清水，尽数灌进了喉咙里。他喝得很急，仿佛是在弥补刚才那场变故中身体所消耗的水分。

"我们换个地方休息一下吧？"席静提出建议，"我可不想在这里继续待下去了。"

这里的一切都让席静感到生理不适。

汪敬贤没有反对，他与席静一左一右，小心翼翼地将波金栗扶起，三人互相搀扶着朝石室外走去。

然而，就在他们即将踏出石室，逃离这压抑空间的时候，背后却突然传来一阵令人毛骨悚然的婴儿啼哭声！

这声音实在太过突然，太过诡异，把他们三人吓得都停下了脚步。席静更是被这突如其来的恐惧，冲击得毛发悚立，几乎丢了魂。

7

这声啼哭稍纵即逝，仅仅一瞬，山洞里便又恢复了死寂，只留下他们因恐惧而加速的心跳声在耳边回响。

"这……这是什么声音……"席静尽管心怦怦直跳，还是壮着胆子问了一句。

"你也听到了?"汪敬贤似在确认那不是错觉。

席静点点头。"刚才的声音,就是从我们出来的石室里传来的。这地方太邪门了!"

汪敬贤似乎意识到了什么,骂了句脏话。随即,他一把抓住席静和波金栗的手腕,急切地对他们道:"赶快离开这里!"

他话音未落,那声凄厉的婴儿啼哭声再次响起!

这次的声音更加凄厉,可能是洞穴回音的关系,仿佛有无数婴儿在同时哭泣,将他们内心的恐惧推向了顶点。

哭声越来越清晰,似乎有什么不可名状的"东西",正悄然向他们靠近。这两声婴啼吓得席静浑身血液都直冲脑门,她本能地把脸转向波金栗,似乎在向这位苗族向导求助。波金栗因刚才消耗太大,精力大不如前,他喘着粗气,低声对席静道:"听汪教授的。"

就在这时,啼哭声又起,这次的哭声与前两次截然不同,它不再短暂而突兀,而是连绵不绝,声音越来越清晰,越来越响亮,仿佛里面的那个"东西"正哭喊着,带着无尽的怨恨与愤怒,冲着他们三人急速奔来!

"快跑!"席静大喊一声,一把拉住波金栗,奋力向前冲去!

他们三人惊慌失措,连滚带爬地朝着那唯一的出口奋力奔去,在这慌乱的逃命中,汪敬贤不慎踩到了一块突兀的石头,脚下顿时失去了平衡,整个人踉踉跄跄地前进了几步,随后重心不稳,重重地摔倒在了冰冷坚硬的地面上,发出一声痛苦的呻吟。

就在这危急关头,幸好波金栗就在汪敬贤的近旁。他没有丝毫的犹豫,迅速蹲下身来,一只手稳稳地抓住了汪敬贤的胳膊,用尽全身力气,几乎是将汪敬贤拖拽着,一同跌跌撞撞地继续向出口冲刺。

然而,背后的追赶并未有丝毫减缓的迹象,那不仅仅是令人心悸的啼哭声,更伴随着一阵阵急促而密集的脚步声。这脚步声奇异至极,不似寻常人行走的轻盈或沉重,反而像是一块彻底浸湿的抹布,被无形之手反复丢掷在坚硬的地面上,发出既沉闷又诡异的声响。

尽管如此,席静此刻已无暇顾及这些恐怖的联想,她的心中只有一个念头:向前,不断地向前!恐惧与求生的本能驱使着她,几乎用尽了生命中所有的力量,双腿机械般地迈动,沿着岩洞那曲折蜿蜒的隧道,不顾一切地奔跑。

时间仿佛被拉长,每一秒都充满了煎熬,他们三人在这无尽的黑暗中跌跌撞撞地奔跑,时而会因脚滑而跌倒,时而撞在一起,不过这都没能阻止他们前进的步伐。直到体力耗尽,再也迈不出一步,他们才纷纷瘫倒在地。

四周再次陷入死寂,只留下他们急促的呼吸声,在这幽深的岩洞中回荡。

婴儿的啼哭声不见了。

"他妈的,刚才那到底是什么玩意儿?"汪敬贤喘息着,声音中带着几分怒意,刚才的冲刺已经让他的体力几近枯竭,"难道我们真的碰上鬼了不成?"

"肯定不是什么好东西。"波金栗也是惊魂未定。

"我一步路也走不动了,那玩意儿要是过来,管它是鬼是魔,只能和它拼命。"暂时获得安全后,汪敬贤心里的无名之火也熊熊燃起,开始说出与刚才行为不符的言语来,"大不了死在这里,能见到虫神遗迹,我这辈子也无憾了!"

此时,三人的体能已到了枯竭的边缘,他们勉强支撑着身体，靠在洞穴的岩壁上，没过多久就都睡着了。按理说在这样危险的境地，要睡觉也该派个人放哨，大家轮流睡才对。不过当时他们只是打算坐在地上休息一下，谁知人一旦松懈，原本脆弱的精神瞬间就被汹涌的睡意给吞没了。

睡梦中，席静发现自己已经回到了家里，她看见窗外的天空很蓝，如同被精心洗涤过一般，清澈透亮，推开窗，一股夹杂着淡淡花香的清风拂面而来，那风中似乎还蕴含着丝丝甘甜，这份宁静与美好，让席静的心中充满了前所未有的安全感和由衷的快乐。好像有点饿了。她开始给自己做饭，做了满满一桌大餐。席静满意地坐在装饰雅致的餐桌前，细细品味着每一道佳肴，而客厅里，一曲曲悦耳的音乐轻轻流淌。饱餐之后，席静慵懒地蜷缩在柔软的沙发上，拿起茶几上的遥控器，打开了电视。

电影频道正播放一部名为《寄生》的恐怖电影。这部电影席静没有印象，不过看简介说是在十多年前拍摄的，特效做得不错。电影开头讲述一位刑警正在侦破一起诡异的凶杀案。案发现场是一个密闭的空间，所有的门窗都从里面紧紧反锁，营造出一种难以言喻的恐怖氛围。然而，更令人震惊的是，被害人的大脑竟神秘消失，只留下一具除了几处浅浅抓痕外，几乎完好无损的尸体，这一发现让警方陷入了前所未有的困惑。面对这起超乎常理的案件，警方感到束手无策，直到他们意外发现了被害人的日记。

原来，在不幸降临之前，被害人始终被一种难以名状的恐惧所笼罩——他总觉得自己的身体仿佛被某种未知的东西"寄宿"着。这种感觉并非空穴来风，他的皮肤时常出现无缘无故的异物感，就像是有什么东西在皮下蠢蠢欲动。有时候，那些凸起的包块会在他的肌肤之下缓缓蠕动。

更为骇人的是，有一天夜里，他突然感到耳朵深处传来一阵难以忍受的瘙痒。慌忙之中，他抓起耳勺，试图缓解这份不适。然而，当他小心翼翼地将耳勺从耳中抽出时，却惊恐地发现，耳勺的尖端竟然夹带着一截昆虫的"螯"。那一刻，他的心脏几乎停止了跳动，一种前所未有的恐惧感瞬间将他淹没。他确信，自己的身体一定是被某种诡异的昆虫寄生了。

然而，当他赶往医院，将这一切告诉医生时，却得到了一个令人沮丧的答案。医生们对他的诉说半信半疑，进行了一系列的检查，却始终一无所获。甚至有的医生开始怀疑，这一切只是他精神错乱的幻觉。

读完日记后，刑警找到了被害人的尸体，与法医一同进行了细致的解剖。当锋利的手术刀轻轻划开那冰冷的皮肤时，一幕令人震惊的景象呈现在他们面前。密密麻麻、数之不尽的小虫，从被手术刀划开的伤口里爬出来，瞬间布满了整个解剖台。不一会儿，这些小虫便以惊人的速度繁殖和蔓延，整个房间都被它们占领，黑压压的一片。随后，一个更为惊骇的场景发生了。那些细小而狡猾的小虫，竟如同找到了新的出口，纷纷从静默的电视机内部汹涌而出，朝着席静奔腾而来。

席静本能地想要逃离这个恐怖的场景，但双脚却像被无形的锁链紧紧束缚，又似被某种邪恶的魔法深深定住，让她动弹不得。恐惧如同寒冰，麻痹了她的四肢，无论她内心如何焦急，身体却如同雕塑般僵硬，只能眼睁睁地目睹那些令人毛骨悚然的小虫子，从她的眼耳鼻口钻入她的体内！

席静感到难以言喻的痛苦和瘙痒，眼球仿佛被无数细小触角触碰，鼻孔被异物堵塞，耳道内回响着虫子爬行的细微声响，口腔则被它们彻底占据。这种奇痒难耐的感觉，几乎让她崩溃。尤其是当小虫们肆无忌惮地钻入她的气管，一股强烈的窒息感伴随着剧烈的咳嗽猛然袭来。她奋力想要通过咳嗽将那些不速之客排出体外，但每一次尝试都只是徒劳，虫子们似乎有着自己的意志，越钻越深，直至她连发声都变得艰难，呼吸也愈加困难，更不用说将虫子咳出。

尽管席静已经无法言语，甚至呼吸都变得异常艰难，但那咳嗽声却没有丝毫减弱，反而越发响亮，越发清晰，仿佛就在耳边。

席静猛地睁开眼，才发现原来刚才那令人心有余悸的一幕，仅仅是一场噩梦。

但咳嗽声却不是假的。

波金栗在她身旁剧烈咳嗽，像是要把肺都咳出来似的。

"你没事吧？"席静关切地问道。

"不碍事。"波金栗好不容易喘上一口气，声音沙哑而微弱，"就是嗓子突然很痒。"

"嗓子痒？"席静闻言，连忙伸出手去，轻轻地触碰他的额头，"你很烫，这绝对是发烧了！你有没有觉得头晕？"

"不会吧……"波金栗话音未落，又被一阵更为剧烈的咳嗽所淹没，那声音在狭小的洞穴内回响，震颤着每一寸空气，也惊扰了原本沉浸在梦乡中的汪敬贤。

汪敬贤揉了揉惺忪的睡眼，语气中带着几分埋怨地向席静问道："他这是怎么了？咳得这么厉害？"

"好像是发烧了，额头特别烫！"席静焦急地回答。

"严重吗？"汪敬贤问道。

"你自己摸摸看。"席静说着，将汪敬贤的手引向了波金栗的额头。

汪敬贤的手掌刚一触碰到波金栗的额头,便像被火烤了一般,他惊呼出声:"要命啊!你的头怎么这么烫?这要赶快去医院才行!"

波金栗趁着咳嗽的间隙,苦笑几声,声音中带着几分无奈与自嘲:"医院?能活着离开这鬼地方再说吧。"

席静鼓励道:"我们一定能出去的,你要坚持住!"

然而,尽管话语中充满了决心,但要真正逃离这个深邃莫测、仿佛没有尽头的山洞,其艰难程度远超想象。四周除了不时涌动的地下洪水带来的威胁,他们还不得不面对一个更为棘手的问题——那潜伏在黑暗之中,如影随形的"连环杀手"。更令人心惊的是,刚才那阵突如其来、震耳欲聋的啼哭声,以及随之而来的不明"东西"的追击,让本就紧绷的神经更加接近崩溃的边缘。

波金栗疲惫不堪地仰躺在地上,呼吸微弱。席静见状,连忙从背包中取出珍贵的饮用水和罐头食物,小心翼翼地喂给他,希望能为他补充一些体力。波金栗勉强吃完后,虽然精神略有恢复,但身体依然十分虚弱,于是他决定先休息片刻。席静与汪敬贤一左一右,守在他的身边。

或许是因为高烧未退,波金栗在睡梦中开始喃喃自语,说些含糊不清的话语。那些话语对席静和汪敬贤来说,既陌生又费解,它们既像是刀岗村当地的土话,又像是一种十分古老的语言,让人难以捉摸其真正的含义。

趁着波金栗歇息的片刻,汪敬贤轻轻拽了拽席静的衣袖,将她引至一旁,低声说道:"他那体格,壮实得跟头牛犊子似的,怎么突然间就病倒发烧了呢?这事儿真是奇怪。"

"身体强壮的人就不会生病了？"席静觉得汪敬贤的话很可笑。

"话虽如此，要生病也该是我这种年岁已高、体弱多病的老头子才对，怎么偏偏就轮到了他这个年轻力壮的小伙子？"

席静听出汪敬贤话中的弦外之音，便直截了当地问道："汪教授，你想说什么？"

汪敬贤压低声线道："你觉得，会不会是那罐子里的液体有问题？"

"你是说他被感染了？"席静明白了他的意思。

"液体泡在罐子里，不知道多少年月，很难说这里面有多少细菌或病毒。如果这小子感染的病毒有传染性，那我们可要小心呢！"

"也许和那罐子里的液体无关。我曾经看过一个新闻，说有一位游客，在未开发过的洞穴探险时，不小心感染一种叫作组织胞浆菌的真菌，发病时会发烧咳嗽，和波金栗的症状很像。"席静提出了另一种可能。

"不管是被什么感染，我们都要小心才行，和他保持距离。你戴不戴口罩？不戴我戴了。"

说话间，汪敬贤已自行戴上了口罩。看来他很在意波金栗生病这件事。

席静心中对汪敬贤的不满更甚，冷笑一声，语气中带着明显的嘲讽："那你可得把自己保护得密不透风啊，我觉得一个口罩恐怕不够，你最好还是戴个防毒面具吧！"

"哎呀，防毒面具我可没带在身上。"汪敬贤的回答显得有些无辜，仿佛真没听出席静话中的讽刺，又或是故意装作不懂。

席静心中充满了对汪敬贤的不屑，不愿再浪费口舌，于是她默默地回到了波金栗的身边，重新坐下。

不知过了多久，波金栗的呼吸开始变得沉重而急促，紧接着，一阵更为剧烈的咳嗽声划破了洞穴的寂静。席静连忙伸出手，轻轻地拍打着他的背，而汪敬贤生怕被波金栗的飞沫波及，忙拖着席静的手想拉她一起躲远点，却被席静拒绝。这波剧烈的咳嗽让他从睡梦中醒转。也不知道是长时间咳嗽损伤了咽喉，还是波金栗故意为之，他的声音竟然发生了改变。

"我们在哪里？"

听波金栗那语气，竟像是完全失忆了一般。

席静一时不知该如何作答。

8

"我们在赤山的洞穴里。"

汪敬贤接过话，替席静答道。

得到汪敬贤的回复后，波金栗似乎并不满意，继续追问道："明明上了山，怎么会进到洞穴里呢？对了，其他人呢？"

汪敬贤冷笑一声，对席静道："完蛋，这小子脑子烧坏了。"

席静说道："我们是因为恶劣天气不幸掉到这里的，曲欣妍和曹仲健都……都遭遇了意外。你现在感觉怎么样？"

"不是很好，我感觉头晕得厉害。"波金栗摇摇晃晃地站起身，身体不时会刮蹭到岩壁，"不过走路应该没有问题。我们继续往前走吧！"他的烧没有退，但休息几小时后，精神比刚才好了不少。不过可能是被烧迷糊了，波金栗已完全记不起他们进入洞穴后的事情。

饮用水越来越少，每一滴都异常珍贵，食物储备也已所剩无几，仅存的干粮只能勉强维持他们基本的生存需求。在这种严峻的情况下，时间成为了最奢侈也最紧迫的资源，他们必须尽早找到洞穴的出口，否则后果会很严重。于是，三人不得不拖着疲惫的身躯，继续向前进发。

洞穴极为深邃，似乎无穷无尽，永远走不到尽头。脚步声的回音在洞穴中久久徘徊，如同虫神磬胡的低语，时刻提醒着他们，这个洞穴或许就是他们永恒的牢笼，永远无法逃脱。尽管谁都没有说话，但绝望的情绪开始在他们的心底蔓延。

在行进过程中，席静发现原本狭窄局促的洞穴隧道逐渐变宽，原本张开双臂就能触及两侧的岩壁，也渐渐触碰不到了，他们脚底的地面不再是普通的夯土地，而是由方砖铺陈的道路。由于岁月的侵蚀，这些方砖已经残破不堪，表面更是与细碎的泥土紧密融合。不仅地面被人为精心铺陈过，洞穴四周也有人为修整过的痕迹，变成了异常规整的圆形轮廓，四下也不再有自然形成的石笋与钟乳石，仿佛一切都被精心设计，以迎接某种庄严而神圣的存在。

他们发现前方是一座建造于洞穴大厅之中、矗立于夯土台基之上的建筑。两边的门阙上，雕刻着各种昆虫的形态，它们栩栩如生，仿佛随时都会振翅而飞，为这座建筑增添了几分神秘与诡异的气息。门阙中间是一条通往主殿的石阶，登上石阶后就是一块类似祭台的方形巨石，绕过祭台就可以进入主殿。这应该是一座神殿。

然而，尽管这座神殿在规模与工艺上都显得无与伦比，但其建筑风格却与中原传统的建筑风格大相径庭，甚至透出一股难以言喻的邪性。它并不像中原那些层层叠落、古朴典雅的建筑，而是以一种前所未有的流线型形态展现在世人面前，那独特的造型仿佛是在模拟某种巨大昆虫的身体结构，这种超乎寻常的设计让席静感到不适，仿佛自己正置身某种虫蚁的巢穴之中。目前这些现象说明，虫落氏曾与中原文明有过交流，但建筑形态，却又保留了这里独特的风格。

进入主殿，他们惊奇地发现，一共有十三座石雕神像，排列成一个庄严的半圆形，伫立在神殿之上。席静面对这些神像，不禁心生敬畏。不同的石雕神像姿态也各不相同，但却给人一种极大的压迫感。每一座石雕神像前方，都恭敬地立着一块高约一米的石碑，这些石碑的材质与神像相同，上面篆刻着神像主人的名字。字迹有些模糊，但还是能够辨认。站立在中间位置的，其形貌正是他们曾在岩画中见过的虫神磐胡！

磐胡右侧的神像仿似趺坐，四周错落有致地散布着许多石头雕刻的虫卵，每一个都有正规比赛的足球大小。这尊神像的造型尤为独特，它形似一只庞大的蜘蛛，周身延展着八只形态各异的足，但模样各不相同，有的足端化为锋利的大螯，有的则演变为精巧的前肢。这座神像前的石碑上，刻着"猎婆"两字。

"这就是八臂虫母啊……"汪敬贤的手指轻轻摩挲过石碑上的文字，喃喃自语道。

在猎婆神像的右边，分别排列着丁驮、兴答勒、沙不隆、东晚、辞翁等虫神，在磐胡左侧，则依次是巴弄、尝囊娘、商、红阿里、殃、襄喷。

面对这纷繁复杂的虫神谱系，席静只觉头昏脑涨，若不是有汪敬贤在旁解说，她是真搞不清这虫神谱系。汪敬贤见了神像群，自是欣喜若狂，精神也比之前振奋了许多，他向着席静，滔滔不绝地讲起这些滇南虫国的神祇的掌故来。从它们的起源到传说,从它们的形态到象征意义,汪敬贤都如数家珍。

简而言之,就是"虫神之祖"磐胡与"八臂虫母"猎婆的结合,生下了三个儿子,分别是"瘟神"丁驮、"武神"兴答勒和"谷神"沙不隆。

磐胡有个名为巴弄的弟弟,他心中一直燃烧着对兄长统治的不满与嫉妒之火。为了夺取至高无上的权柄,巴弄不惜派遣自己的亲生女儿尝囊娘,去毒害磐胡和八臂虫母。这件事让巴弄的儿子辞翁知道了,他立刻向虫神磐胡告密。眼见毒害不成,巴弄并未就此罢休,反而更加疯狂地举兵造反,试图以武力夺取王位,结果被磐胡二子兴答勒打败,尝囊娘在绝望中逃走,巴弄最后自焚而死。

后来,磐胡与其婢殃生了女儿襄喷,殃害怕八臂虫母报复,就把襄喷抛弃在山野,最后被一只蝴蝶妈妈捡到,养育长大。

然而,八臂虫母猎婆的嫉妒之火并未因此熄灭,她选择吃掉了殃。不仅如此,她还教唆自己的兄长商,让他对磐胡的私生女展开追杀,以彻底断绝这个威胁她地位的存在。商在八臂虫母的教唆下,命令自己的女儿红阿里前往追杀襄喷。襄喷十分害怕,求助于法力高强且仁义的宵行道人。宵行道人施法,却被红阿里破之,襄喷幸运逃离。

商因受到八臂虫母的支持,逐渐变得嚣张跋扈,无所畏惧。他的权势日盛,有一次在路上活活吓死一名无辜的路人。此事迅速传开,磐胡得知后,狠狠批评了商一顿,告诫他不可滥用神力,伤害无辜。红阿里见父亲被磐胡斥责,心生愤恨,她暗自发誓,要让这个敢于指责她父亲的神祇付出代价。于是,红阿里便迷惑磐胡,使他永远沉睡,不再醒来。磐胡数日不醒,八臂虫母非常担心,便向宵行道人求助。宵行道人告诉他,这是商之女红阿里施展的法术，虫母大怒，立刻杀了红阿里。商得知自己女儿被杀，很是悲痛，不过他深知自己无法与八臂虫母抗衡，于是只能卑微地向她求情，希望她能饶自己一命。八臂虫母在怒气稍平之后，警告了商一番，最终还是放过了他。

当然，以上故事只是关于虫神神话的一小部分，绝大部分的故事各自独立成章，散落在各种古籍之中。高谦平教授正是从这些故纸堆中，慢慢拼凑出了虫神神话的原貌。此时，他们正站立在滇南虫国的遗址上，将这些故事与古物相互印证，终才确定这个尘封于遥远历史中的古国是真实存在的。

"这一切都太惊人了，如果让考古学界知道还存在这样的地方，那一定会引起轰动的！"汪敬贤的声音里洋溢着难以抑制的激动与兴奋。

席静发现，与汪敬贤形成鲜明对比的，是站在他们身边一言不发的波金栗。他除了偶尔还会咳嗽几声外，几乎没有发表过一句对这座虫神神殿的感慨。他只是低着头，用手轻轻抚摸着神像前的石碑。他嘴里念念有词，但听不清在讲什么，整个人像是丢了魂似的。

"你还好吧？"席静走上前询问道。

她感觉波金栗的状态有点不对劲。至于这不对劲的具体表现，实在难以一语概之，只能说他所有的行为，都透露出一种陌生感，就像是某个灵魂悄然入驻了他的躯壳，使他变成了另外一个人，一个连她都不甚熟悉的陌生人。

波金栗对席静表现出了前所未有的冷漠，完全不理睬站在一旁的她。波金栗的嘴唇轻轻翕动，不断呢喃着一些词句。这一次，席静凝神倾听，确信那些话语绝非她所熟悉的汉语，而是一种遥远而神秘的语言，充满了异域风情，与她之前偶然间听到的,他在睡梦中无意识吐露的言语惊人地相似。席静伸手去摸他额头,指尖传来的温度让她心头一紧,他的体温比之前更高。

"你需要休息!"她扯了扯波金栗的衣袖,波金栗却仿佛被某种无形的力量钉在了原地,对她的呼唤不为所动。

波金栗对面前的神像着了迷,一声不响。

席静有一种不祥的预感。

此刻,汪敬贤在十三座神像前疯狂地奔走,与波金栗的纹丝不动形成了鲜明的对比。席静知道,汪敬贤之所以如此激动,是因为高谦平与耿道成未尽之事业终于在他这里取得了成功。

然而,这份喜悦之情,席静却无法感同身受。

与之相比,她更担心波金栗的精神状态。

汪敬贤的担忧不无道理,自从离开"瘿硐"之后,波金栗就开始变得十分奇怪,尤其是发烧之后,之前那个有担当有勇气的向导突然不见了,取而代之的是一个时常神神道道,精神涣散的怪人。这种变化,究竟和溅入他眼中的"虫液"有没有关系,席静心里也没有把握。他想起了死去的曲欣妍和曹仲健,在这个幽深的洞穴里,什么都有可能发生。

当席静陷入思索之时,呆立了许久的波金栗突然对着汪敬贤冷冷道:"汪教授,你相信这世界上有神吗?"虽然他的身体极为虚弱,但口吻却异常坚定。

汪敬贤被波金栗这突如其来的问题弄得有些莫名其妙,他回到两人身前,似乎对这个话题并未有太多的兴趣或是思考。

"神?世界上哪里有神,都是骗人的把戏!"

波金栗又问道:"那这里的虫神也是骗人的把戏吗?"

汪敬贤放声大笑,那笑声中充满了戏谑与不屑,仿佛听到了一个极为可笑的笑话。

"可不是嘛！这些原始宗教的产生，无非就是源自人们对未知世界的恐惧和敬畏。因为恐惧，那些掌控话语权的祭司才得以利用这种恐惧，操控原始社会的劳动力，为他们所用。可以说，虫落氏的整个文明，就是建立在这样一个谎言之上的。"他的话语中透露出对原始宗教的深刻洞察与批判。

波金栗不解道："那你为什么要寻找这里的遗迹呢？"

汪敬贤的笑声并未因此而停止，反而更加响亮。"因为有学术价值啊！否则谁愿意来这种鬼地方？"

"原来如此。"波金栗的嗓音中透出一股诡异的笑意，那声音仿佛是从喉咙最深处硬挤出来的，尖锐而刺耳，令人毛骨悚然，"汪教授，看来您对虫神也并无多少敬意啊。即便经历了那么多难以解释的事，种种迹象都指向虫神真实存在的可能性，您却依然固执己见，不愿相信。"

汪敬贤仿佛刚刚察觉到波金栗的异样，他收起笑声，正欲开口询问，却万万没想到，波金栗竟会突然发动袭击，以迅雷不及掩耳之势拿开山刀向他狠狠劈下！这一突如其来的变故，不仅汪敬贤始料未及，连一旁的席静也惊愕得无法言喻。伴随着汪敬贤的惨叫，席静也几乎在同一时间发出惊叫！

中刀后的汪敬贤仿佛被人抽走了灵魂，陡然间栽倒在地。尽管如此，波金栗好像也不愿就此放过汪敬贤，他仿佛被某种疯狂的力量驱使，再次举起那把沾满鲜血的开山刀，朝着已失去意识的汪敬贤又猛砍了几刀，刀风在洞穴大厅里发出瘆人的嘶嘶声。每一次挥动，都伴随着他口中念念有词的低语，那些话语晦涩难懂，充满了莫名的仪式感。

至此，席静才彻底相信，身前的波金栗已不是那位热情善良的向导,他应该是被某种东西附身,变成了一个彻头彻尾的杀人魔!

确认汪敬贤断气后,波金栗停下动作,问席静道:

"你相信世界上有神吗?"

9

"你……你疯了!"

席静被强烈的恐惧感支配,感觉头皮阵阵发麻,这种直面杀人狂的感觉,只有自己亲身经历才会明白有多恐怖。

而波金栗却用一种极为冷静的语调,再次向席静发问。

"你相信世界上有神吗?"

"我……我不知道……你想要做什么?"席静不知该如何回答面前这个男人的问题,也不知道回答什么才是正确答案。

"我只想要你的答案。"

波金栗将开山刀垂下,慢慢迫近席静,开山刀的刀刃与地面的古老石板轻轻接触,发出了一阵令人牙酸的"呲呲"声响。

席静深深地吸了一口气,再缓缓地吐出,努力调整着自己的气息,试图将那股汹涌澎湃的恐惧感压制下去。她知道,在这个时候,情绪的失控只会让自己陷入更加危险的境地。

"曲欣妍和曹仲健也都是你杀的吗?"她问道。

说话的时候,她将身上的背包丢在了地上。

"是不是我杀的,有什么关系吗?你们擅闯神的领地,原本就是要受惩罚的,这点觉悟都没有吗?"

此时,那刃尖与地面石板摩擦的声音,在席静高度紧绷的神经中,仿佛被无限放大,变得异常清晰而响亮。席静心跳加速,不由自主地往后退。

"你为什么要这么做?"

"如果遭遇暴雨时你们选择原路返回,或许还可以捡回一条命。这里不是你们该来的地方,虫神的遗迹不应该被愚蠢的世人发现。你我无冤无仇,我也不想杀你,要怪你就怪汪教授吧!是他把你们引到这里来的。"波金栗语气恳切地说。

"杀死我们,对你有什么好处?"席静还是无法理解波金栗的逻辑,不明白他为什么要将考察队的成员全都赶尽杀绝。

波金栗叹了口气:"你的问题实在太多了!"

刀锋划破空气的嘶嘶声再次响起!

波金栗再度挥舞起手中的开山刀,向着席静劈来!

电光火石之际,席静的反应异常敏捷,整个人向右边一闪,避开了那致命的一击。波金栗这一刀劈了个空,力道之大,竟让他自己也不由自主地因惯性向前跟跄了几步,脚步略显凌乱。就在这转瞬即逝的间隙,席静敏锐地捕捉到了逃脱的良机。她毫不迟疑,拔腿便跑,沿着主殿那陡峭的台阶一路狂奔而下。波金栗稳住身形后,勃然大怒,怒吼着朝席静追去。

席静穿过门阙,刚下了夯土台,却被波金栗从身后一把按倒在地。她心中一惊,却未失镇定,迅速扭转身子,聚集起全身的力量,猛地一脚踹向波金栗的胸口。这一击,既准且狠,波金栗猝不及防之下,整个人向后跟跄跌倒。吃痛后的波金栗愤怒不已,喉咙深处发出了一阵低沉而狂野的吼声,响彻整个洞穴。吼声引发了一连串的回音,回荡不息,仿佛魔音灌耳,让人心生寒意。

波金栗几乎是在跌倒的同时,便又立刻起身,如同一只蓄势待发的猎豹,再次向席静扑去。这一次,他更加迅猛,更加决绝，左手如铁钳般紧紧按住席静的肩头，右手则反握着那把寒光凛冽的开山刀，刃尖带着一股森然之气，直直地向席静刺下！

刀风呼啸，扑面而来，席静下意识的侧过脸，刀刃割破了她的脸颊，擦出一丛鲜血。

席静只觉脸颊上传来一阵火辣辣的剧痛，仿佛被烈焰灼烧，但她不敢懈怠，咬紧牙关，猛然间用自己的额头狠狠地撞向了波金栗的下巴！这突如其来的一击，让波金栗措手不及，可能是剧烈的震荡从下巴传遍全身，眼前金星四溅，头晕目眩，让他几乎要失去平衡。不等他做出反应，席静一个翻身站起，双手摸索着逃出了洞穴大厅。可身后的波金栗并没有放弃，虽然遭受了重击，但那股对"猎物"的执着却丝毫未减。

稍稍回神后，他继续在席静身后穷追不舍！

地下洞穴宛如一座错综复杂的迷宫，四通八达，每一条通道都隐藏着未知的危险。席静慌不择路，专挑那些狭窄而曲折的小道奔走，企图利用这复杂的地形甩开身后那个如影随形的"杀人魔"。不过波金栗闻声辨位的能力极强，紧紧尾随其后，如同附骨之蛆，甩之不去。绕过了几个曲折蜿蜒的弯道，席静的耳边突然传来了一阵哗啦啦的水声，那声音由远及近，越来越大，仿佛地下深处有一股汹涌的洪水正在逼近。

这突如其来的声响让她心头一紧，刹那间，前方未知的洪水与身后紧追不舍的波金栗，两者之间，她必须立刻做出选择。在这生死存亡的关头，席静没有过多的犹豫。她深知，比起那未知的洪水，波金栗的威胁更为直接且致命。于是，她鼓足勇气，硬着头皮朝前冲去。

然而，命运似乎总爱在最紧要的关头与人开玩笑。这一次，席静押错了宝,她的选择竟将她引向了一条绝路。在慌乱的奔逃中,她死活都没有想到,前方等待她的不是逃出生天的希望,而是一条断头路,仿佛是大自然特意为她设下的陷阱。

当她气喘吁吁地跑到一半,登时感到寒风扑面,她发现脚下已无路可走,随时可能踏空。一道如刀斧切割般陡峭的悬崖峭壁赫然出现在她的面前,那冷硬的石壁仿佛在无声地嘲笑她的徒劳。这一刻,席静的心沉到了谷底,她真是欲哭无泪,所有的勇气和希望都在这一刻化为了乌有。

更令她绝望的是,悬崖之下,一条洞穴内的暗河正在奔腾咆哮,水流汹涌澎湃,发出震耳欲聋的声响。那暗河如同一条张着巨口的怪兽,等待着将一切敢于挑战其力量的人吞噬。席静心中明白,要是从这里掉下去,定是十死无生。

"怎么不跑了?"

身后,波金栗那冷酷而带着几分戏谑的声音如同寒冰般刺入席静的耳膜。

席静缓缓转过身,背对着悬崖峭壁,内心充满了绝望和不甘。她想不明白,波金栗为什么要这样对待他们,难道真的被虫神夺舍了吗?

刚才的奔逃已经耗尽了席静所有的体力,她的双腿如同灌了铅一般沉重,呼吸也变得急促而艰难。眼下的她,如同待宰的羔羊,再也没有还手的能力。波金栗步步逼近,脚步比之前快了不少,显然是想尽快解决眼前的麻烦,不愿意再让这场追逐继续拖下去。

就在此刻,婴儿的啼哭声再次响起!

正是之前在"瘦硐"洞室中,让他们都感到毛骨悚然的那个声音。

席静心头猛地一惊，蓦地发现，原本步步紧逼的波金栗，此刻竟和某个未知的"东西"扭打在一起。两者争斗发出的声响与水流轰鸣声混作一团。一阵清脆的响声，波金栗的开山刀被拍落到席静的脚下，而波金栗本人似乎已被那个"东西"死死地按压在身下，无力挣扎。席静几乎是在本能的驱使下，迅速弯下腰，捡起了地上的开山刀，架在自己的身前，仿佛这是她唯一能抓住的救命稻草。由于变故发生得实在太快，她的神经紧绷到了极点，心中没有任何念头，大脑更是一片空白，所有的行为都变成了下意识的反应。那"东西"不停地发出婴儿般的哭声，朝着波金栗撕咬着。

"快来帮帮我！"波金栗冲着席静求救，"他妈的，是一只大鲵！"

席静恍惚了许久，才回过神来。波金栗口中的大鲵，俗称娃娃鱼，是一种生活在深山溪流中的生物，声如婴啼。这种隐鳃鲵科的生物，最大可以长到两米，体重足有百来斤。这样的生物，即便是在野外遇见，也足以让人心生畏惧。如此看来，他们在"瘿硐"听到的怪声，就是这只大鲵发出来的。

席静将自己的背脊紧紧贴在了冰冷的岩壁上，仿佛只有这样，才能给她带来一丝丝的安全感。她紧紧闭起双眼。此时的她，心里已经混乱到了极点，她知道，无论波金栗与大鲵之间的战斗孰胜孰负，对她来说都不是一件好事。

波金栗与那只攻击他的大鲵抱在一起，伴随着沉闷的撞击声，在地上不停翻滚。然而，在这场生死搏斗中，波金栗的注意力完全被面前的对手所吸引，他根本没有注意到席静身后那片陡峭的悬崖，就像是一个无声的陷阱，静静地等待着猎物的到来。

随后，意外就在这一瞬间发生了。波金栗与大鲵在激烈的翻滚中，失去了对方向的控制，他们的身影开始不由自主地向着悬崖边缘滑去。越过悬崖边缘，波金栗与大鲵一同滚了下去，如同两颗坠落的石子，直直地掉入了水流湍急的地下暗河激流之中。哗啦啦的水浪声，如同千军万马奔腾而过，将波金栗那惊恐而惨烈的叫声也完全掩盖了。席静呆立在原地，心中涌起一股难以名状的恐惧与悲伤。

过了没多久，随着波金栗与大鲵的声音在激流中逐渐消失，席静耳边只剩下了那哗哗作响的浪涛声。

——终于捡回了一条命！

与死神擦肩而过后，席静无力地跌坐在地上，任由时间缓缓流淌，仿佛过了许久许久，她的心跳才渐渐回归正常的节奏。四周静谧得只能听见自己急促的呼吸声，在这份宁静中，她的感官变得异常敏锐。

静下心来的时候，感官也会变得更加敏锐。

席静捕捉到洞穴深处传来一种奇异的声响，那是一种若有若无、低沉且悠长的嗡鸣。因为水流声过大，这嗡鸣声几乎被洞穴内潺潺水流的喧哗所淹没。

经过一番细致的搜寻，她终于意识到，那并非焦虑而产生的幻觉，而是风的声音。有风，说明出口可能就在不远处。她开始摸索着向风声靠近，每前进一步，她都仔细辨别着风声的强弱与方向。终于，在一个看似平凡的洞穴转角处，风声变得异常响亮。带着一丝忐忑与期待，席静勇敢地钻进了那个狭窄的通道，不久之后，她的面前豁然开朗，一个直径约一米的洞穴出口赫然出现在眼前。

在那个瞬间,席静紧绷的神经终于放松下来,泪水如决堤洪水般从眼眶中汹涌而出。她再也忍受不住,整个人瘫软在洞口,号啕大哭起来。

第七章 后裔

汉时,牂牁刺史吴谌,禁民私所自立社。是岁大旱,民物憔悴。拜虫三太子,即至大雨。其验至今存焉。

——宋 仲孙闻《简斋集录·沙不隆》

1

听完席静的叙述之后,我们就走出了询问室。

席静所讲述的那段洞穴探险经历,其情节之曲折,细节之离奇,远超我们所有人的想象极限,以至于我们需要花很长一段时间来消化它。尽管我们与席静的谈话时间大大超时,盛岳峰却没有责备我们的意思,或许,在我们踏入那扇门扉之前,他便已预见到,这样一段交织着未知与惊险的洞穴之旅,绝非短短十五分钟所能尽数囊括。

不过在这里,我需要补充一点,在席静的叙述中,许多细节并不是她原本的口述内容,由于在某些方面(比如说碑文的文字细节)她会有遗漏或缺失,我则做了一些适当的增补。

离开公安局后,我们并没有立刻动身前往刀岗村,而是继续留在了广南县。

原因是盛岳峰有些话需要和我们当面谈谈，而公安局那正式而严肃的环境，显然不是合适的场所。我记起波金栗在接我们去广南县时曾提到过自己也是刀岗村的人，便询问丁瑶对这个名字有没有印象。丁瑶想了半天，最后还是摇了摇头。

晚上七点半，我们约在莲湖公园附近一家烧烤店碰面。夜幕降临，但烧烤店灯火通明，为这静谧的夜晚添上了一抹温暖的色彩。我们三人到店时，盛岳峰还没有到，老板先安排我们在二楼的包厢里等待。在盛岳峰到来之前，气氛异常沉重，我们都没有开口说话，只是默默地坐着，各自沉浸在思绪之中。对于遇险的，以及死去的那些朋友，我相信陈爝和我一样，心里很不是滋味，尽管只有一面之缘，却也很难释怀。丁瑶虽然并不认识他们，但听完席静的讲述后，她的眼神中也流露出了深深的同情。很难想象，如地狱般的三天时间，席静是如何在洞穴中生存下来的。

盛岳峰准时踏入包厢，与我们几人会面。他刚在椅子上落座，便立刻招呼老板，要其搬来一箱冰镇的啤酒。老板应声而去，迅速返回时，手中已多了一箱沉甸甸的啤酒。然而，还未等老板将开瓶的起子递给他，盛岳峰却已经迫不及待地拿起一根筷子，灵巧地用它顶开了瓶盖，随后拿着瓶对嘴咕噜噜往喉咙里灌，一口气喝掉大半瓶。喝完后，他将空了一半的酒瓶重重地放在桌子上，发出一声沉闷的声响。

紧接着，他重重叹了口气，眉宇间尽是愁容。

"山地救援队那边有消息了吗？"丁瑶关切地问道。

盛岳峰摇摇头，语气中透露出一丝无奈。"赤山周围的地形非常复杂，要找到他们掉落的山洞谈何容易？等等看明天的消息吧!"

我接过话茬,提出了一个一直萦绕在心头的问题:"如果一切真如席静所言,除了她之外全员遇害,那么,我们该如何去证实她这番话的真实性呢?"

这个问题显然让盛岳峰陷入了沉思,他为难地挠了挠头,眼神在包厢内的每个角落游移,似乎在寻找着答案。过了好一会儿,他才缓缓开口:"目前无法证实席静的话是不是真相。所以,眼下最重要的就是找到那个洞穴,先证明她叙述中的虫国遗迹真的存在,还要找到被害人的尸体。至于凶手波金栗,如果席静说的是真话,那么他的尸体应该被地下暗河给冲走了,寻找起来难度会更大。"

丁瑶闻言,轻轻点了点头:"是的,在没找到洞穴之前,一切都是假设。"

其实此时大家都没什么胃口,但既然来到烧烤店,总不见得占着包厢不点东西,于是我便招来老板,随意点了一些烤串和凉菜。

在等待上菜的时候,盛岳峰看向陈爔,直截了当地问道:"虫符在哪里?"

陈爔倒也爽快,从口袋里取出一枚金灿灿的徽章,拍在了桌上。我定眼一看,竟是那枚刻有虫神磐胡的黄铜虫符。再去看盛岳峰的表情,果然和之前产生了变化,他瞪大眼睛,一副难以置信的样子。或许下午在公安局时,他以为陈爔只是虚张声势,没想到他手里还真的有这个东西。

"哪里来的?"盛岳峰拿起虫符,仔细端详了许久,又看向陈爔,补了一句,"我要听实话。能不能说实话?"

"从耿书明手里拿来的。"

陈爝的回复十分简短。说话时，他脸上没有任何表情，也看不出喜怒。

"耿书明？就是那个死者？你……"

眼见盛岳峰就要发作，陈爝立刻伸出手掌，往下压了一压："你先听我把话说完。这枚虫符，最早是我们见到汪教授一行人时，在一家名为彩云楼私房菜的饭店包厢里捡到的，我问过店家，他们表示没见过这玩意儿，所以我推测，这枚东西，就是我们包厢中某个人遗落的。我和韩晋回到宾馆后，挨个敲门询问，结果没人承认这东西是自己的。我当时就觉得很奇怪，便把东西收起来了。"

盛岳峰插嘴问道："那为什么会跑到凶案现场呢？"

陈爝解释道："那可不能怪我。我们到达刀岗村民宿蝴蝶庄的当天夜里，这枚虫符就消失了。起初我以为是自己不小心弄丢了，现在想来，一定是被人偷走的。那人取走虫符后，杀死了耿书明，但却在现场留下了这枚虫符。目前有两种可能。第一种可能性是，那人故意将虫符留在现场，甚至精心策划，将其塞进了死者耿书明的手中。这样的做法，无疑是一种挑衅，或者是一种误导，试图将我们的调查引入歧途。另一种可能性则是，虫符并非那人有意留下。或许在行凶过程中，由于某种突如其来的变故或疏忽，虫符不慎从那人手中滑落。而耿书明，在生命垂危之际，凭借着最后一丝力气，紧紧抓住了凶手遗落的这枚虫符，将其视为自己最后的'死亡留言'，希望以此来揭露凶手的真面目。这两种情况，目前都可能存在。"

盛岳峰轻轻把玩着这枚虫符，手指在虫符表面缓缓摩挲，然而，与他这看似闲适的动作形成鲜明对比的是，他脸上的神情却异常严肃。

陈燏又道："好了，我把我们知道的事都坦白交代了。现在，轮到你了。"

我和丁瑶不约而同地把目光投向盛岳峰。

盛岳峰放下手中的虫符，拿起啤酒瓶，将剩余的啤酒一饮而尽。喝完后，他一抹嘴，对我们说道："你们不会以为我们刑侦什么都没干吧？我们追查耿道成的案子，发现这个案件与沪东大学高谦平的意外有着很深的关联。两起案件都与滇南虫国的研究有关，这绝对不是意外。于是，我们与上海警方紧密合作，共同展开了深入的调查。我们发现高谦平车祸是一场精心策划的人为事故。经过仔细排查，我们锁定了嫌疑人。之后我们又发现，耿道成在刀岗村被害时，这位嫌疑人也无法提供不在场证明，这无疑加深了我们的怀疑。正当我们打算逮捕这位嫌疑人时，却发现他已随汪敬贤的考察队进入赤山。"

"那嫌疑人究竟是谁？"我迫不及待地问道。

"难道就是那个名叫波金栗的向导？"未等盛岳峰开口回答，丁瑶就抢先说出了人名。

盛岳峰看着我们，缓缓地点了点头。

这样一来，一切都吻合了。波金栗先是在上海制造了一场车祸，将沪东大学的高谦平教授置之死地，随后又把前来刀岗村考察的渝南大学的耿道成教授枪杀在密室之中。完成这两起谋杀案后，他又将目光锁定在了川东大学的汪敬贤教授身上。他设局让汪敬贤选择自己作为进入赤山的向导，随后伺机而动，计划将整个考察队一行人全都杀死。谁知道在最后快要得手的时候，被一条蛰伏在洞穴内的大鲵搅黄，自己也落了个坠河身死的结局。

盛岳峰从桌上取出一瓶冰啤酒，用起子轻轻一撬，瓶盖应声而开。他对嘴喝了一口,随后放下酒瓶,继续说道:"凡是调查滇南虫国的学者,一个接着一个被害,这绝对不是巧合。试图要阻止世人发现这个历史秘密的,绝对不可能只有波金栗一人。说句难听点的话,他也不过是个棋子。"

我怀着满心的好奇,不由自主地追问道:"那波金栗背后究竟是何方神圣?"

"就是它!"盛岳峰手指轻轻敲打着桌上的那枚古朴虫符。

我皱起眉头,试图从这小小的徽章中,理解盛岳峰话里的意思,却还是难以理解。

"他背后并非单独一人,而是一个群体的代称,他们自称'虫卫'。"陈燏在一旁适时地补充道,"这虫符徽章,便是他们身份的象征,是他们彼此间识别和认同的标志。我说的可对,盛队?"

盛岳峰目光转向陈燏,无不赞许地道:"不愧是宋队长经常夸赞的人,脑筋转得很快嘛!没错,经过我们的调查,刀岗村确实有一部分村民自诩为'虫卫'。他们将自己看成了虫落氏的后裔,并将守护虫国遗址作为自己的信仰和使命。"

"守护虫国遗址?这滇南虫国不是有上千年历史了吗?这个村子的历史恐怕也没这么久吧?"我发出疑问。

"按理来说,虫落氏与刀岗村的村民应该没有什么关系,他们作为虫落氏直系后裔的可能性也很低。不过,他们其中有一部分人可能不这么认为。"盛岳峰回答道。

"太可笑了……"

说话的人是丁瑶。

我们三人把目光投向她。刚才聊得过于起劲,一时忘记丁瑶也是刀岗村土生土长的人了。如果,真如我们之前所探讨的,这里的村民将自己视为古老虫落氏血脉的延续，拥有着守护那段神秘历史的使命与信仰，那么作为这片土地的女儿，丁瑶又怎能对此一无所知呢，还是说她对我们还有所隐瞒？

"刀岗村的村民里有守卫赤山虫国遗址的虫卫？盛队，你是在开玩笑吗？我从小在刀岗村长大，从未听说过什么虫卫。如果这是刀岗村的传统，为何我不知道？我认为这是无稽之谈！"或许是不满自己家乡被人污蔑，丁瑶的声音里夹杂着几分不悦。

"如果这并不是什么传统呢？"盛岳峰话里有话。

"什么意思？"丁瑶追问道。

"首先请原谅我，不能将警方现有的调查结果公之于众，不过我希望你相信我们干刑侦的业务能力。根据我们手头的线索显示，刀岗村的虫卫出现时间并不太长，也就是近些年的事情。应该是有人误闯了赤山的虫落氏遗址，受到虫神经文或岩画的感召后，出现了皈依的意愿。这里面或许有一些宗教的因素。于是那人便将山中的秘密私下传播开来，并用虫符来作为虫卫的印记。这部分人应该不会很多。"盛岳峰耐心解释道。

丁瑶显然对这样的回复并不满意，她双手抱胸，身体不自觉地后倾，现出明显的防御姿态。"我还是不能理解，如果将遗址公之于众，对刀岗村来说不是好事吗？"

我轻轻地摇了摇头："这可未必。如果你说的好事是出名的话，确实，滇南虫国被发现，刀岗村一定会上网络热搜，成为网红的打卡点，但对于长远的经济发展来说未必是好事。改革开放之前，遗址区域内的村民与周边其他村庄的居民并无二致，他们同样耕耘着土地，从事着体力劳动，遵循着日出而作、日落而息的传统生活方式。彼时的村庄之间，经济发展水平相差无几。然而，进入八十年代后，随着时代的变迁，遗址区外的村庄开始有机会出租土地,进行房地产开发和各类建设,经济活力得到了显著提升。相比之下,遗址区内部则因受到严格的土地保护政策限制,只能维持基本农田的建设和耕作,无法享受到同等的经济发展机遇。久而久之,这种政策差异导致的经济鸿沟将会逐渐显现,使得遗址区内外村庄的发展水平,拉开了不可忽视的距离。"

身为历史老师,我对于遗址区的发展问题一直保持着关注,所以有一定的了解。有时候看新闻,有时候则是听一些同事聊起。

盛岳峰接着我的话说了下去:"韩老师刚才所提及的,确实是众多可能性中的一项,而我还想补充的,正是先前我所强调的宗教因素。试想,如果虫卫深信虫神需在静谧中安息,不愿让外界的考古学者侵扰,那么他们的态度就不难理解了。在他们的信仰体系中,赤山遗址不仅仅是一处古迹,更是能够随时前往朝圣和祭拜虫神的圣地。一旦这里遭到考古发掘,那份原初的纯净与神秘或许将不复存在。虫卫可能会面临一个残酷的现实——他们再也无法像从前那样,自由地进入洞穴,向虫神神像献上虔诚的祭拜,甚至洞穴内的珍贵文物或许会被悉数搬离,最终陈列在遗址博物馆中,成为供世人观赏的展品。"

丁瑶静静地坐在那里,听完我们的一番话后,依旧保持着沉默,眼睛里藏着复杂的情绪。我知道她内心还是不愿意接受这些假设。

就在这个气氛极为尴尬的时刻,盛岳峰的手机铃声适时地响起。他迅速接起电话,对话简短而紧凑,只是偶尔从喉咙里蹦出几个"嗯"字作为回应。不过从他紧锁的眉头可以看出,一定是案件有了新的进展。果然,通话一结束,盛岳峰便像换了个人似的，兴奋地抓起桌上的酒瓶，不顾形象地往喉咙里灌了半瓶。

"怎么了？"陈燨早已按捺不住心中的好奇，等不及他放下酒瓶就发问道。

盛岳峰终于从酒瓶上移开了嘴，宣布道："好消息！杀死耿书明的手枪找到了！"

2

第二日清晨，我们三人搭乘盛岳峰驾驶的车辆，一同踏上了返回刀岗村的旅程。除了盛岳峰外，还有另外两名刑警一同前往。抵达目的地后，我们发现现场已经有一位刑警早早等候，他正是之前在询问室中与我有过一面之缘的段云翔警官。在段警官的身旁，站立着一位年约六旬的男性汉族村民，他的面容饱经风霜，身材也十分矮小，可能不足一米五。虽然他的名字叫王高，但村民们更爱亲切地称呼他为老王。

据老王交代，昨天晚饭时间，他家那条中华田园犬突然从外面兴奋地跑回来，嘴里还紧紧叼着一件黑色的物件。老王初时未觉异样，待那条狗将物件放在他脚边，他定睛一看，瞬间吓得心惊胆战，几乎丢了半条命。原来，那狗口中所衔之物，竟是一把手枪！老王经常看电视上的刑侦纪实节目，有基本的法律常识，加之近期刀岗村内连续发生数起骇人听闻的谋杀案，使得整个村庄笼罩在一片恐慌之中。

因此，老王在发现手枪的那一刻，没有丝毫犹豫，立即拿起电话，用颤抖的手指拨通了报警电话，将这一重大发现报告给了警方。

接到报案后，刑侦队迅速做出反应。他们立刻派遣了一组经验丰富的侦查员，火速赶往刀岗村，进行现场的勘查与取证工作。侦查员们到达现场后，立即对那把黑色手枪进行了细致的检查与比对，基本可以确定这把黑色手枪为自制枪具，正是射杀耿道成与耿书明两名受害者的凶器。

"狗从哪里捡来的，查到了没有？"盛岳峰眉头紧锁，向段云翔发出了询问。

然而，未等段警官开口回应，老王便迫不及待地插话进来，语气中带着几分肯定："不是捡的，是狗从地里刨出来的。"

"地里刨出来的？"盛岳峰闻言，目光立刻转向老王。

"没错，我家那狗有个毛病，就是喜欢到处刨地，时不时就能从土里挖出些奇奇怪怪的东西，然后乐颠颠地往回叼。这次也不例外。"

"那枪具体是在哪块地刨出来的，你知道吗？"

"就在神木庙附近，"老王指了指远处，又补充道，"刚才我还牵着狗，领着这位警察同志去现场看过了。"

说着，他用手轻轻地碰了碰站在身旁的段云翔，以示确认。

"麻烦您带我去看看。"盛岳峰对老王道。

我们一行人在老王的引领下，来到了狗子刨坑现场。此处距离神木庙的直线距离不超一百米，直线距离之短，让人不禁揣测，这极有可能是凶手在行凶之后，为了迅速掩盖罪证，就近选择此地掩埋了枪支。眼前的埋枪坑深度约半米，挖掘现场显得颇为凌乱。四周散落着被狗子刨出的泥土，堆积成一个个不规则的小土堆，而那个原本藏有枪支的土坑，此刻却空空如也。

盛岳峰蹲下身子，仔细地观察土坑及其周围的每一寸土地。

之后,他转头望向老王,语气中带着几分探究:"你家的狗,是不是什么都刨?"

老王闻言,摇了摇头:"它爱刨有气味的东西。"

"有气味?"盛岳峰眉头紧锁,显然对老王的话感到意外,"什么意思?"

"就像它叼回来的那把枪,一股子腥味,哎,别提了!"老王用手掌在鼻子前用力扇了扇,仿佛那股令人不悦的气味还残留在空气中。

"是死鱼烂虾的气味吗?"盛岳峰试图进一步确认,他知道村子里这种气味并不罕见。

然而,老王再次摇了摇头,语气坚定地说:"死鱼烂虾的气味我怎么会不认识,肯定不是那个。这股腥臭味太怪了,我活了这么多年,从来没闻过这种味道,真是邪门了。"

这时,陈燔悄悄地绕到了土坑前。他弯腰下去,从坑里小心翼翼地取出一块泥土,用手指轻轻地捻了捻,接着将泥土送到了鼻子下面,仔细地嗅了起来。

我好奇地走到他身边,低声问道:"什么味道?"

陈燔没有直接回答,而是将沾有泥土的食指送到了我的鼻下。我深吸一口气,果然闻到了一股不同于普通土腥味的腥臭味道。但这股味道很淡,如果不是仔细分辨,几乎难以察觉。再看陈燔,他的表情充满自信,似乎已经知道了这气味的来源。

"你们他妈的有完没完!"

茂密的林中传来一声粗暴的叫骂声,打破了现场的和谐气氛。我们纷纷抬眼望去,只见田骏豪领着四五个流里流气的混混,正气势汹汹地朝我们走来。

田骏豪走到距离我们十来米的地方才停下脚步。他伸手指着我和陈燨，怒不可遏地吼道："你们怎么还不滚？是不是也想死这里？"

盛岳峰皱着眉头，目光锐利地打量着田骏豪，但他并没有立即开口，似在权衡局势。而这时，看上去文质彬彬的段云翔警官却走上前去，伸手指着田骏豪，严厉地训斥道："你们是谁？警察在这里办案，不要捣乱！否则后果自负！"

田骏豪眼神中透露出不屑，冷笑道："我是谁？我是刀岗村的人，是村主任的儿子。这群人来到我们村子后，村子就没太平过，一会儿死一个人，一会儿死一个人。我之前已经警告过他们，不要靠近神木庙，会遭天谴的！就是不听！正好今天警察在这里，我建议你们立刻把这里两个外人抓起来，我怀疑凶手就是他们！"

段云翔怒道："没有证据的话，不要乱说，否则你也算是扰乱警方的调查。在法律面前，人人平等，若你妨碍公务，别说你是村主任的儿子，哪怕你是孙悟空，我们也照抓不误！"

田骏豪一脸不服，挑衅般说道："警察就了不起了？你这是在吓唬谁呢！我又没犯法，你凭什么抓我？我不过是尽一个刀岗村村民应尽的责任，觉得这些外来者扰乱了村子的平静，对村子的安全构成了威胁，难道这也不可以吗？我可不像某些人，吃里爬外，胳膊肘往外拐！"他说这话的同时，眼神有意无意地瞥向丁瑶，似有挑衅的意味。

丁瑶也忍不住，上前毫不客气地骂道："你除了在这里捣乱，还干过什么正经事？你除了依靠你爹的权势，还有什么真本事？别在这里给刀岗村丢脸了。"

盛岳峰依旧保持沉默，他双手抱胸，面无表情地站在一旁，仿佛是在观看一场精彩绝伦的闹剧。

田骏豪对于丁瑶的言辞极为敏感,可见,他十分在意丁瑶对他的看法。丁瑶的这番话,彻底击碎了他的自尊心,让他感到无比愤怒。他指着丁瑶的鼻子破口大骂,言语粗鄙之极。然而,他身后的那群混混,虽然平时也跟着他横行霸道,但在警察面前还是有所顾忌,只是默默地站着,并不敢像他那样口出狂言。

田骏豪刚骂了没几句,突然,林子里冲出来一群人,为首之人威严赫赫,正是他的父亲——村主任田育民。田育民一见自己的儿子在警察面前竟然还如此嚣张跋扈,顿时怒火中烧,快步上前,当着众人的面,毫不犹豫地扇了田骏豪一记响亮的耳光。这突如其来的变故,让在场的所有人都愣住了,一时间,四周陷入了一片死寂。

当然,最吃惊的莫过于田骏豪本人。他双手迅速捂住脸颊,那原本傲慢不可一世的气势,在瞬间烟消云散,取而代之的是一种难以置信的神情。

田育民怒目圆睁。"兔崽子,谁让你打扰警察同志办案的?他妈的,我不教训教训你,你连自己是谁都不知道了,是不是!"说着又要上前动手。这时,站在田育民身后的那群村民纷纷出手阻拦。有的拉住田育民的胳膊,劝他冷静;有的用身体隔开他与田骏豪,防止事态进一步恶化;还有人推搡着田骏豪,让他赶快回家,别再惹他爹生气,赶快赔礼道歉。田骏豪见父亲如此恼怒,心中虽然不甘,却也不敢再多说什么。他瞪了我们一眼,然后带着他手下的那群混混,气鼓鼓地离开了现场。

望着儿子远去的背影,田育民嘴上的怒骂并未停歇:"看我回去不打断你的狗腿!"

待田骏豪的身影完全消失在视线之外,田育民才渐渐收起了那副怒不可遏的模样，转而向段云翔赔笑道："警察同志，真是不好意思，我教子无方，让您见笑了，请您千万不要放在心上。我回家一定好好教育他，保证不会再有下次。"

这时，盛岳峰走上前来，目光锐利地审视着田育民："你就是这里的村主任？"

田育民连忙点头，一边上下打量着盛岳峰，一边嘴上答道："是的，是的，我就是这刀岗村的村主任田育民，叫我老田就行。"

盛岳峰接着道："我是广南公安局刑侦队队长盛岳峰。这位王先生家的狗，从地里刨出了一把土枪，经过我们的比对，发现这把枪正是杀死耿书明的凶器。既然你是这里的村主任，我倒是想请教你一下，你们村里有没有谁会自制手枪？"

田育民挠了挠头，装出一副为难的样子。"这么么，倒是问住我了。据我所知，十年前隔壁村也发生过自制手枪引发的凶杀案，不过调查下来发现，都是从村外黑市里买来的。你说我们这穷乡僻壤的，哪有这种人才啊！"他这话明显急于撇清关系，不过身处他的位置上，自然是不想招惹是非，责任能推尽量推。

站在段云翔身旁的老王突然道："您不是去砚山县办事了吗？怎么又回来了？"

田育民脸上闪过一丝尴尬。"这不是刚回来嘛！进屋还没来得及脱鞋，就听人说公安局来人了，我这当村主任的，自然要来配合警察同志调查。"话说到这里，田育民又装模作样地冲着田骏豪离开的方向啐了一口，"谁知道这臭小子来这里碍事！还好我来得及时，否则耽误警察同志的工作，我可是罪该万死！"

丁瑶眼神中透露出几分嘲讽，轻蔑地说道："你这儿子啊，真是得好好管教管教。整日游手好闲,在村子里净找茬,简直就是个惹事精。"

或许是因为警察在场,田育民也不好意思当面怼丁瑶,只好吃了这个暗亏,赔笑道:"说得对,我一定好好管教他,不让他再给村子添乱。"

随后,盛岳峰又在现场向老王了解了一些情况,在询问的同时,他还指示侦查员对现场进行了细致的勘查,拍摄了几张关键的照片,并小心地进行了泥土取样等搜证工作。一切准备就绪后,盛岳峰便带着侦查员们一同返回了局里,准备对所获取的证据进一步分析和研究,包括后续还要安排侦查员去调查手枪来源的工作。

田育民站在原地,目送警车缓缓离开,直到它消失在视线之外。然后,他转过身来,开始训斥那些前来围观的村民,指责他们妨碍了警察的调查工作,并让他们快点回去,不要在这里继续逗留。村民们被田育民的训斥吓得作鸟兽散,生怕惹祸上身。原本热闹非凡的现场很快就变得冷冷清清。

事情忙完也到了中午,我和陈燨随丁瑶一同回了蝴蝶庄。金姐知道我们饿了,做了一大桌色香味俱全的佳肴等我们。听说了我们的遭遇,一向直率的金姐没少骂田育民父子,说养出这样的儿子,田育民有着不可推卸的责任。用过午餐后,陈燨向丁瑶提出了一个请求,他希望能见一见那位名叫希希的女孩。之前他也提过,不过被丁瑶一口回绝,她说希希不希望卷进神木庙的谋杀案中。不过这一次,陈燨态度也很是坚决。

丁瑶略微有些动摇,她拿出手机,指尖轻触屏幕,迅速编辑了一条微信,将我们的请求发送给希希,征求她的意见。令人意想不到的是,希希回复得很快。她在得知陈燨的意愿后,毫不犹豫地就答应了。这一突如其来的转变,不仅让丁瑶感到惊讶,我和陈燏也是满心诧异。

"她不太爱见人吗?"我很好奇这个名叫希希的女孩,到底是个怎样的人。

"见到她你就明白了。"

丁瑶的话意味深长。

3

吃过午饭后,我们三人就动身前往希希的家。

希希的家距离蝴蝶庄并不远,步行也就五六分钟。在路上,丁瑶向我们简单介绍了一下她这位好友的情况。她们从小一起长大,不仅是无话不谈的好友,从小学到高中还都是同学。高中毕业后,丁瑶考上了中国农业大学,而希希,虽然同样收到了大学的录取通知书,却因为一些不为人知的复杂原因,最终选择了留在家中,未能如愿踏入大学的校门。不过,希希尽管没念过大学,却很爱阅读,喜欢看各种类型的书。她常常把自己关在家里,也不见生人。

希希的母亲在生她的时候就去世了,她的父亲为了肩负起家庭的重担,常年在昆明打工,由于工作繁忙,他很少回家。希希的童年是在爷爷奶奶的呵护与陪伴下度过的。不过她父亲为人还是很不错的,热心善良,在村里有口皆碑。

听了丁瑶的叙述,我内心十分疑惑,究竟什么样的人喜欢把自己关在家里,拒绝和陌生人交流呢?会不会和陈燏一样,是个难以相处的人?

怀着这些疑问,以及一丝忐忑的心情,我们终于踏上了希希家的门槛。和刀岗村里其他民居一样,她家也是一栋灰色外立面的三层小楼,模样非常简朴,家门口还停着一辆金杯面包车,就是曾经借给我们的那辆。丁瑶上前敲门,不久门扉便缓缓开启,一位年逾古稀的老婆婆开了门,她见到丁瑶,登时眉开眼笑。原来这位老婆婆就是希希的奶奶。她和丁瑶寒暄了几句后,奶奶用手指向了二楼,告诉我们希希正在房间里。

我们三人上了二楼,楼梯右手边第一间房就是希希的房间。

丁瑶轻轻地握住门把手,缓缓地推开了门。就在丁瑶推开门的一瞬间,我内心所有的疑惑都解开了。

房间里,一位女孩坐在轮椅上,她的长发自然地垂落在肩上,没有过多的修饰,却显得格外柔顺。她身穿一件简单的白色衬衫,搭配一条碎花长裙,裙摆正好遮住了她的双腿,只露出一双粉色的拖鞋。女孩的眉毛淡淡的,眼睛细长,透出一种古典的美。她的面容平静而温和,没有丝毫的紧张或不安。

当我们出现在她的视线中时,她微微一笑,那笑容温暖而真诚。

"你们好,我就是希希。"她的声音柔和而清晰,带着一丝歉意,"不好意思,我行动不便,不能亲自去蝴蝶庄和你们聊天。"

陈燔轻轻地弯下腰,动作显得格外礼貌。他说:"你好,我叫陈燔,是丁瑶老师的朋友。是我们不好意思,还来打扰你休息。"他的语调十分柔和,与先前和我交谈时的那份冷淡截然不同,仿佛换了一个人似的。

见状,我也连忙上前,对着希希友好地一笑,说道:"你好,我叫韩晋,也是丁瑶老师的朋友。"

丁瑶在一旁点了点头,补充道:"对,他们都是我的朋友。"

希希的房间虽然不算宽敞,但布置得温馨而有序。一张大床占据了房间的五分之二空间,显得格外醒目。在靠近窗户的地方,摆放着一排三人座的布艺沙发,颜色淡雅。希希微笑着招呼我和陈燨坐到沙发上,丁瑶则细心地将希希的轮椅推到沙发边,自己则在一旁找了一张单人椅坐下。

除了这张沙发和大床外,房间里还摆放着一张书桌,书桌上散落着几本打开的书籍和一支笔。靠墙的两排书柜更是引人注目,书柜上密密麻麻地塞满了各种书籍,我快速地扫了一眼,发现大部分都是文学小说,其中不乏一些经典的推理小说。

坐定之后,希希脸上的笑容渐渐收敛,她轻叹一声,说道:"听说神木庙又发生命案了,还是你们一同来的朋友。我不知道该怎么说好,只能请两位节哀顺变。"

"我听丁老师说,最早和她讲耿道成案件有问题的人,就是你?"

由于耿书明和陈燨私交不多,且陈燨这人一向比较冷血无情,所以他一点都没有"哀"的样子,故不用"节",而是开门见山就问出了他最关心的问题。

希希点点头。"没错。"

陈燨的目光不自觉地瞥了一眼希希的双腿,略有些犹豫,但他还是决定问出这个可能显得冒昧的问题:"这个问题可能比较冒犯,当时你应该没有去神木庙现场吧?你怎么会知道得如此详细?"

希希似乎早已预料到陈燨会有此一问,她的嘴角勾起一抹苦笑,缓缓说道:"我也是听别人讲的。我奶奶当时在现场,耿道成教授被发现时的情况,她都看见了。你知道,我平时在家,喜欢读书,其中最爱读的是推理小说。当我发现神木庙竟然也发生了小说中的'密室杀人',当然会格外关注。我记得当天晚上就给丁瑶打电话,说了这件事。"

说完,希希转头看向身边的丁瑶,眼神中似带着一丝求证的意味。

丁瑶见状,立刻点了点头,确认道:"希希和我说了之后,我也觉得很离奇,于是去公安局了解情况,结果你们都知道了。同时,我也在网上搜索关于这个案件的信息。由于网络上对于耿道成教授被杀案的报道不多,想知道更多关于这个案件的消息,只能发帖询问。就在这个时候,我和耿书明联系上了,这才知道他也打算调查他大伯的案件。现在想来,'始作俑者'就是希希。"

"原来如此!"我不由发出感叹。

此时,陈燨的注意力被墙上挂着的一幅画深深吸引,他不由自主地从沙发上站起身,缓缓走近。那是一幅被精致画框裱装起来的复制品,画面上展现的是一个极具哲理与视觉冲击力的场景:两只手,各自紧握一支笔,正细致入微地描绘着对方的轮廓,仿佛它们互为创作者,彼此存在于对方的笔触之下。这幅作品透露出一种超脱现实的逻辑美感,引人深思。

陈燨站在画前,目光紧紧锁定在那交织的笔触与无尽的循环之中,久久未移。片刻后,他转过头来,望向希希道:"这是埃舍尔[①]的《手画手》吧?你很喜欢他?"

希希冲着陈燨笑道:"你不觉得他的画很有趣吗?"

"有趣?那它到底有趣在哪里呢?"我好奇地问道。

希希耐心地向我解释道:"埃舍尔的画作之所以有趣,是因为他用绘画这种独特的方式表达了悖论。他的作品常常打破常

---

① 莫里茨·科内利斯·埃舍尔(Maurits Cornelis Escher, 1898年6月17日—1972年3月27日),荷兰版画家,因其绘画中的数学性而闻名。

规，挑战我们的视觉和思维。比如在《上升与下降》中，他创造了一个看似合理，却又完全不可能的楼梯，它无限循环地上升和下降，形成了一个令人惊叹的视觉悖论。而在《瀑布》中，水从高处倾泻而下，却最终神奇地流回了水源处，形成了一个闭环，让人不禁对自然规律产生怀疑。还有这幅《手画手》，它提出了一个深刻的问题：到底是谁创造了谁呢？"

她最后那句问题，似乎在问我，也像是在问自己。

"或许两只手同时存在呢？"丁瑶说了一句我听不懂的话。

"不过是利用了视觉上的错觉而已。"我倒没觉得这幅画有什么大不了，轻蔑地评论道，"不可被证明的东西，又怎么会存在呢？"

陈燨向我走来，随后停下脚步，居高临下地对我说道："韩晋，可证明和是否正确是两码事。有些问题可能超出了我们当前的公理体系所能解决的范围，就像选择公理和连续统假设在集合论中就不能被证明，也不能被证伪。既然你也看到了《手画手》这幅画，是不是也联想到了自指悖论？你知道哥德尔不完全性定理吗？哥德尔在证明其不完全性定理时，就是受到了自指悖论的启发。"

"什么定理？我怎么会知道！"我非常气愤，他绝对是故意的。

"数学家希尔伯特[1]希望构建绝对理性的完美数学系统，年轻的哥德尔[2]就提出了哥德尔不完全性定理作为回应，其核心

---

[1] 大卫·希尔伯特，(David Hilbert, 1862年1月23日—1943年2月14日)，出生于东普鲁士柯尼斯堡，数学家，柏林科学院荣誉院士，生前是德国哥廷根大学教授。
[2] 库尔特·哥德尔（Kurt Gödel, 1906年4月28日—1978年1月14日）是美籍奥地利数学家、逻辑学家和哲学家，是二十世纪最伟大的逻辑学家之一，其最杰出的贡献是哥德尔不完全性定理。

内容就是，任何一个包含自然数公理的算数形式中，这个系统不可能同时满足自洽性和完备性。像古德斯坦定理[①]就是哥德尔不完全性定理的一个实例，在自然数的皮亚诺公理系统内证明不了，在更强的ZFC集合论系统中才可以证明。这说明在一些强大的形式化系统内，总存在一些陈述，是无法在该系统内被证明的。"

"不可证明的陈述？"希希重复道。但她应该和我一样，不明白陈燏在说什么。

"是的。"陈燏点头道。

希希笑着说："虽然听不懂，不过我倒是觉得很有趣。"

陈燏试图用通俗一点的语言解释道："想象一下，如果我们手头拥有一套无懈可击的法律体系。在这个理想化的框架内，每一项法律条款都被精心设计。但即便如此，在这样近乎完美的体系下，仍然可能遭遇某些棘手的案件，它们如同迷雾中的谜题，依据现有的法律条文，我们既难以确凿地判定当事人有罪，也难以宣告其完全无辜。这便是法律体系的'不完全性'。同样地，哥德尔不完全性定理告诉我们，在数学这个更加严谨和精确的世界里，也存在着类似的'不完全性'。无论我们的数学系统多么强大和完美，总会有一些数学真理是我们无法用系统内的公理和推理来完全把握的。"

"在系统内既不能被证明为真，也不能被证明为假……"

正当希希还沉浸在陈燏方才那番十分晦涩的言语时，我的耐心已达到了极限。我终于无法再按捺心中的焦躁，在一旁提高了嗓门，打断了他们："好了，够了！我不想再继续听这些连

[①] 古德斯坦定理是由鲁宾·古德斯坦提出的一条关于自然数的命题，即所有古德斯坦序列最终均结束于0。

篇的废话了！什么哥德尔不完全性定理，什么古德斯坦定理，这些数学理论，和我们眼前急需解决的案件究竟有什么关联？我们需要的是实实在在的线索，是能够帮助我们破案的关键信息！"

"对了！"丁瑶仿佛想到了什么，猛地把脸转向希希，急切地问道，"你有没有听说我们村里有个名叫波金栗的人？"

"波金栗？"希希听到这个名字后，眉头轻轻蹙起，低头思索片刻后，双眼猛地一亮，抬头看向丁瑶，"我说这个名字怎么那么熟悉，就是阿威呀！"

"啊？波金栗是阿威！"丁瑶似乎十分震惊，过不多时，她的眼睛就开始红了。

我与陈燏彼此间迅速交换了一个眼神，心里已经有了数。看来丁瑶和希希不仅认识波金栗，对他还相当熟悉，他们的关系一定相当密切。

"听说他去昆明的旅行社工作了，大概有两年没回来了吧？"希希的话语中带着一丝感慨，说完还不自觉地点了点头，似在确认那段记忆的真实性。

丁瑶回忆道："两年啊，时间过得好快。我还记得阿威奶奶去世的时候，他哭得好伤心。还说什么，会替奶奶守护好村子，结果没多久就离开了这里。没想到他……"

希希不明所以。"怎么了？"

丁瑶知道无法再隐瞒，只好深吸一口气，将昨天在警察局所经历的一切，一五一十地讲给希希听。当希希得知波金栗已在赤山不幸殒命的消息时，她的眼眶瞬间湿润了。丁瑶在讲述的过程中，也绷不住情绪，轻声哭泣起来。两人抹着眼泪说起波金栗旧日种种，不由叹息连连。我和陈燏也被这股悲伤的情绪感染，相视无言。

波金栗的家人几乎都已离世，想从他家人的角度去了解他的为人基本不可能了。然而幸运的是，希希和丁瑶与他颇为相熟，从她们的口中，我们得以窥见波金栗生前的点点滴滴。

波金栗在村里的名字叫阿威，这可能是他的乳名。他的命运似乎从一开始就布满了荆棘，父母在他还年幼时便相继离世，留下他与年迈的爷爷奶奶相依相伴。然而，命运并未因此对他手下留情，在他刚满十岁的那个夏天，爷爷不幸患上了肺病，家中贫困潦倒，连基本的医疗费用都难以承担，只能眼睁睁地看着爷爷被病痛折磨，最终因无钱医治而撒手人寰。

从那以后，阿威的世界便只剩下了奶奶，两人相依为命，在风雨飘摇的生活中艰难前行。但阿威从小就展现出了超乎常人的坚韧与成熟，他不仅没有因为家庭的变故而沉沦，反而主动承担起家中的一切劳务，用稚嫩的肩膀，扛起了生活的重担。村民们看在眼里，纷纷伸出援手，给予他们祖孙俩尽可能的帮助与关怀。

希希和丁瑶可以说和他从小一起长大，关系也很不错，阿威总是亲切地称呼她们为"姐姐"。如果有邻村人欺负她们，阿威一定帮姐姐们出头。不过阿威从小不爱念书，学业成绩并不理想，很早就辍学在家。在奶奶去世之前，他几乎都陪伴在老人家左右。值得一提的是，阿威虽然与村里的许多孩子都有交集，但他却从未与田骏豪为伍。田骏豪时常以阿威家境贫寒为笑柄，这引起了村里很多人的不满，尤其是希希和丁瑶。

因此，当丁瑶听到阿威就是波金栗时，才不由得潸然泪下。这份突如其来的悲痛与不解，如同潮水般汹涌而至，让她难以自持。在她们口中的阿威，是个古道热肠的小伙，何以到了赤山洞穴之后，变得如此暴戾恣睢？这完全不是她们俩口中"阿威"的形象，仿佛是两个截然不同的人。那么，究竟是什么样的原因，让善良的"阿威"在一夜之间变成了"杀人魔"呢？难道他真的受到了虫神磐胡的蛊惑？

我看向陈燏，希望从他那里能得到答案。

陈燏并没有回应我的目光，而是紧锁眉头，把视线投向了挂在墙上的那幅画作。

4

丁瑶说要再陪希希聊一会儿，我们也不好打扰，于是先行告别。

随后，我与陈燏踏上了返回蝴蝶庄的路途。然而，当我们踏入这所民宿之后，并没有直接各自回房，而是走向了耿书明的房间。

耿书明的遗物静静地散落于房间的各个角落，衣物随意堆叠，生活用品杂乱无章，背包半开，里面的物品凌乱地展示着，一切都保持着他离开时的模样，好似他只是暂时外出，随时都会推门而入，继续与我们讨论他大伯的案件细节。我缓缓坐下，目光扫过房间，心中不由泛起一阵酸楚。此行本是为了追查他伯父那桩扑朔迷离的案件，谁又能料到，这一查，竟让耿书明付出了生命的代价。陈燏在房间里来回踱步，显得心不在焉。整个房间，除了我们轻微的呼吸声和脚步声，便只剩下沉默。

"接下去怎么办？你有什么计划？"我转头望向陈燏，语气中带着一丝期待。

"计划？"陈燏歪着脑袋想了想，"不如我们后天回上海吧。"

"后天就回去？"我惊讶地反问，语气中难掩不解，"可是耿书明的案子还悬而未决，我们怎么能就这样离开？"

嘴上虽然这么说着，但我的内心其实也十分清楚，要破解这个案子，难度相当大。神木庙案件线索稀缺，即便是陈燔，也有力有不逮的时候。毕竟他也是个凡人。更何况还有那赤山洞穴的谜案，除了幸存者的口述之外，我们甚至连遇难者的遗体都未能找到，案件的调查几乎陷入了僵局，有价值的线索更是寥寥无几。

我记得在黑曜馆的时候，虽然陈燔仅凭一部童话手记，就发现了二十年前惨案的真相，但至少我们还在黑曜馆这栋建筑里实地考察过。现在如果说要去赤山洞穴里考察，且不说危险的问题，恐怕我们都无法寻到洞穴的入口。

"还剩一天的时间，我相信已经足够了。"

陈燔的话语中透露出满满的自信。

他这副表情，我实在太熟悉不过，便道："你知道真相了？是神木庙的真相，还是赤山洞穴的真相？"说话时还不由自主地提高了嗓音。

陈燔轻轻摇了摇头，嘴角勾起一抹淡然的微笑。"到目前来说都是推测，我需要确认一些情况。"

相比我一惊一乍的神态，陈燔说话时则是一副轻描淡写的模样。

我迫不及待地追问道："那你能不能先悄悄告诉我，关于神木庙的案件，如果那并非神树'告乎'的诅咒作祟，凶手究竟是如何在那个密不透风的庙宇中制造血案的呢？庙宇四周都是坚实的圆木墙壁，缝隙小到连一张纸都难以塞入，凶手究竟是如何枪杀了耿道成和耿书明两人的？"

我的目光紧紧锁定在陈燏身上，满心期待他能为我揭开这个困扰已久的谜团。

"神木庙的密室之谜吗？那个其实很简单。倒是考虑谁是持枪杀死他们的凶手这方面，花了我一点时间。韩晋，你不能总依赖我，像这么明显的诡计，你自己难道不会动动脑筋吗？关于神木庙的密室，你有没有自己的见解？"

"倒也不是完全没有。"我闻言不禁有些尴尬地挠了挠头，对于即将出口的想法感到有些羞怯。

"那就别藏着掖着了，说来听听。"陈燏的语气中带着一点怂恿。

"不过，我那个想法可能有些偏颇，而且只能解释耿道成教授的案子，对于耿书明的案件则毫无头绪。"我预先声明，以免误导了陈燏的思路。

"没关系，你就当作是提供一个解题的新角度，说不定能启发警方找到更多的线索。"陈燏宽容地说道。

"我之所以有那样的猜测，是因为如果要实施我想到的那个诡计，需要相当长的一段时间来准备。从目前的情况来看，只有耿道成的案件符合这个条件，因为他的尸体被发现时已经高度腐烂，又根据警方提供的线索，他至少已经死亡一个月以上了。"我缓缓说道。

"需要很长一段时间来准备？"陈燏的眼中闪过一抹兴奋，"韩晋，你果然没让我失望，成功地引起了我的兴趣。快告诉我，你到底是怎么想的？"

我挺直了腰板，刻意调整了坐姿，力求让自己显得更加威严，仿佛即将揭晓的谜底正需要我这样的姿态来衬托。

"初次目睹神木庙的那一刻，我心中便生出了几分诧异。通常情况下，木屋的墙壁多是由横木搭建而成，稳固而常见，但神木庙却独树一帜，采用了竖立的圆木紧密排列，构建出一种别具一格的建筑风貌。这份不同寻常立即引起了我的注意，我开始思索，凶手是否正是利用了神木庙这一独特的建筑结构，巧妙地布置了他的杀人诡计。正是基于这样的思考，一个可能的答案逐渐在我脑海中浮现。"

"不错嘛，韩晋，你现在的观察力真是越来越敏锐了。"陈燔的话语中带着几分赞许，但根据我对他性格的了解，这番话里恐怕更多的是调侃与戏谑。

"沿着这条思路深入探究，我不禁想到，如果换作横木搭建的房屋，或许就无法实现这个诡计了。到了这一步，真相似乎已经触手可及，陈燔，你是否已经猜到了些什么呢？"说到这里，我也故意卖了个关子，语气有点挑衅。

"想不到。韩尔摩斯，请继续说下去，不要老是丢问题给我。"

"我这是在学你！"我略带讽刺地回了一句，随即正色道，"其实案件的真相很简单，神木庙并非严丝合缝的密室，只是因为时间的关系，让它'自我修复'了。换言之，神木庙并不是一堆木材搭建的庙宇这么简单，**它是活的！**"

"了不起，科幻作家韩晋。"陈燔故作惊讶地鼓起掌来。

"你不惊讶吗？"我有些气馁地问道，陈燔的反应显然不是我的预期。

"哦，是需要我配合你表现出惊愕的样子吗？"他立刻换上了一副夸张的表情，"我很惊讶，韩晋老师！神木庙明明是一座静静矗立的建筑啊，它怎么可能是'活'的呢？我实在是想不明白，请您务必为我解答这个疑惑。"说完还忍不住笑了起来。

陈燔的演技确实拙劣得让人尴尬，不过此时我也无暇顾及这些,而是迫不及待地继续展开我的推理。

"因为在神木庙排列整齐的圆木墙内,隐藏着一棵活着的树!"

见陈燨没有反应,我继续说了下去。

"换句话说,在那些看似普通的'圆木'之中,有一根实则拥有着深扎泥土中的树根,一个活生生的生命体。基于此,案件的经过便逐渐清晰起来。耿道成在进入神木庙之后,特地将庙门反锁。庙外的凶手亲眼见证了这一举动,心中便已盘算好了行凶的计划。凶手知道这圆木的独特之处,它并非普通的木材,而是一棵活生生的树。于是,凶手拿起枪支,用某种方法将被害人吸引过去,待时机成熟,便拿枪对准了这棵树,扣下了扳机。子弹穿透树干,无情地射中了庙宇内的耿道成,瞬间夺走了他的生命。耿道成死后,凶手就离开了现场,而神木庙的墙壁上,就留下了一个子弹孔。"

也许是被我的推理吊起了胃口,陈燨收起了刚才讪笑的表情。

我继续说道:"然而,由于这棵树拥有着惊人的生命力,它并未因此而死亡。随着时间的推移,耿道成的尸体逐渐腐烂,这棵树则凭借其强大的自愈能力,慢慢地'治愈'了子弹留下的痕迹。神木庙墙壁上的弹孔,就这样神奇地消失了,仿佛一切都未曾发生过。于是,神木庙就变成了一间密不透风的密室。后来的事情你也知道了,当村民们发现神木庙被人闯入,里面躺着耿道成的尸体时,他们惊讶地发现这竟然是一间凶手无法出入的密室。面对如此不可思议的场景,村民们自然而然地将其解释为神树'告乎'对外来者的惩罚。怎么样,陈燨,我这个解释还算合理吧?"

说完我的推理后,我静静地坐在那里,目光落在陈燨身上,期待着他的反应。

"密室本身如果被视为一个活物的话……"陈爚缓缓地点了点头，赞许道，"韩晋，你这个想法确实很有想象力，为案件的调查增添了一个新的视角。不过，很遗憾，这并不是案件的真相。暂且不论一棵树在遭受那样的贯穿伤后，能否在一个月内完全愈合，即便它真的有那么强的生命力，也不可能一点痕迹都不留下。"

"我就知道这个想法不太可能啦！"我有些懊恼地挠了挠头，"不过，它至少为我们提供了一个思考的方向。那么，你对这个密室到底有什么独到的见解呢？"

"大致的情况，我已经都搞清楚了。"

陈爚轻描淡写地说道，仿佛一切都在他的掌握之中。

"什么？你已经知道了凶手制造密室的方法？"我惊讶地问道，心中涌起一阵难以名状的激动，"那凶手的身份呢？你也已经知道了吗？"

"嗯，也知道了。"

"是谁呢？"我迫不及待地追问，几乎要从椅子上站起来。

陈爚轻轻地摇了摇头，缓缓说道："相比起神木庙的密室之谜，我其实对赤山洞穴的案件更感兴趣。不过，要揭开它的真相，还需要给我一点时间。我必须去确认几个关键的信息，才能确保我的推测无误。韩晋，如果你真的想知道答案的话，不妨再多等几个小时。别着急，案件的真相已经近在咫尺，呼之欲出了。"

"你还要确认什么信息？"

我的话音刚落，陈爚的手机铃声就突兀地响了起来，打断了我们的对话。

他迅速接起电话，听那熟悉的声音，应该是盛岳峰打来的。他们的通话时间并不长，陈熠只是简短地应了几声，便挂断了通话。

"到底什么事？"我再次追问，语气略有些不耐烦。

"我拜托盛队替我去确认了一件关键的事情。"陈熠如释重负般地伸了个懒腰，随手揉了揉自己的后颈，对我笑道，"结果果然和我的猜测相差无几。"

"你能不能一口气把话说完，别再这样吊我胃口？"我的忍耐已经达到了极限，如果他再继续卖关子，我真的会对他不客气。

不过，这一次，陈熠倒是没有再故弄玄虚，而是把话说得很清楚。他将从盛岳峰处听到的消息，告诉了我。

"席静的腰上有一圈明显的伤痕。"陈熠说到此处，顿了一顿，才道，"那是被绳索紧紧捆绑后留下的痕迹。"

我眉头紧蹙，心中的疑惑如同迷雾般缭绕，始终无法捕捉到陈熠言语背后隐藏的真正含义。我试图从这零星的线索中寻得真相，但内心深处却依旧感到茫然。

"那又如何呢？"我说道。

"那又如何？"陈熠轻轻重复了我的问题，随后把目光转到我的身上。他的声音里带着一丝不易察觉的激动，音量也随之提升了几分。"盛队的这个消息，可是帮了我大忙啊！"

"难道说……"我心中隐约有了某种预感，却又不敢轻易断言。

陈熠冲我点了点头，露出了一张自信的笑脸。

"是的，韩晋。所有的谜团都解开了。"

他的眼神闪烁着光芒，似在宣告一场漫长战役的胜利。

第八章　消失

正统六年，麓川民妇，过期不产。一日请巫祈佑，腹急痛，产一肉胞而无血，如毡囊然，讶是何物，破而视之，中裹百余尺虫，形皆一二寸许，其家大骇，百虫急趣四散，莫知去向，邻里无不见之。相传民家妇女，略有姿首或性多邪淫，便为东晚所惑产虫。

——明　徐凭《西南丛话·人产虫》

1

询问室的灯光似乎被重新调整过，比我初次来时更加明亮，一种近乎白昼的光芒笼罩着房间里的一切。与上次不同的是，那张宽阔而沉稳的木质询问桌上，如今空空如也，既不见了冰冷的录音设备，也不见了散落其上的纸张和笔。毕竟这次我们不是为了录笔录而来。

坐在我们对面的盛岳峰面容依旧严峻，如同一块难以融化的寒冰。他的双手紧紧环抱在胸前，形成了一个明显的防御姿态。这样的姿态并不令我感到意外，因为我们此次所提出的要求，确实触及了某些敏感的界限。陈燸向盛岳峰提出，想再见一次席静。

"你们应该知道席静的情况，她现在不适合见人。她经历了这么恐怖的事情，身心都受到了极大的伤害。上一次允许你们和她谈话，已经是我们警方开绿灯了。你们这次的请求我无法答应。"盛岳峰说话的语气透着几分冰冷。

陈燸在一旁一言不发，没有回应盛岳峰的拒绝。为了打破这令人窒息的沉默，也为了缓和逐渐升温的紧张气氛，我急忙挺身而出，用近乎恳求的语调开口解释道："盛队，请你相信我们，我们会以最适当的方式，与她进行交流。"

然而，我的请求并未触动盛岳峰坚如磐石的心。

"说了不行就是不行。不论你们说什么都没用。"他坚决地摇了摇头，态度依旧坚定。

我心中一急，不由得提高了些许音量，试图让他理解我们的苦衷："盛队长，您知道吗？我们可是一大早就从刀岗村赶来的，路上风尘仆仆，所为的正是向您揭露事情的真相，让一切水落石出！"

"真相？"盛岳峰眉头紧锁，语气中透露出一丝不耐，"如果你们真的掌握了真相，为什么不能在这里堂堂正正地说出来？非要我冒着违反警队纪律的风险，去满足你们的要求？抱歉，这样的真相，我宁愿一无所知。"

我深吸一口气，试图再次说服他："盛队长，我们共事已久，您对我们的品行应该有所了解，难道不能为我们破格一次吗？"

"这不是信任与否的问题，"盛岳峰坚持道，"规定之所以存在，就是为了确保秩序与公正。我不能，也不会因为个人的情感或请求,就轻易打破这些规则。"

我只得放低姿态,几乎哀求地说道:"盛队长,就当是帮个忙,行吗?"

整个过程中,陈燔始终没有开口。

也许是不愿意再和我们在这个问题上纠缠不休,盛岳峰突然从座椅上起身。他的动作带着一种决绝,仿佛要以行动来终结这场无休止的讨论。他的双手稳稳地撑在桌子的边缘,面对着我们几个,他缓缓地摇了摇头。这意味着在见席静这件事上,已经没有了斡旋的余地。更令人感到压抑的是,他始终保持着沉默,没有多发一言。那种沉默,比任何言辞都要来得更为有力,更为直接。他不发一言的神态,俨然是对我们的一道逐客令。

"好吧,既然盛队固执己见,我们也不好再说什么。"陈燔无奈之下,也跟着缓缓站起身。他深深地吸了一口气,似乎是在平复内心翻涌的情绪,随后目光直视盛岳峰,语气平和却带着不容忽视的坚定说道:"后会有期。"

盛岳峰用手重重拍了一下桌子,那"砰"的一声在询问室内回响。他带着几分恼怒,对陈燔道:"你既然已经知道赤山洞穴案的真相,就不能和我说吗?非要见了席静才肯说?"

面对盛岳峰的质问,陈燔的神色依旧平静。他微微摇了摇头,回答道:"是的,有些话只能对当事人说。"

"这对你来说很重要?"盛岳峰不理解陈燔这奇怪的要求。

"对她来说很重要。"陈燔指的是席静。

他的语气坚定,不容置疑,说完这句话后,没有再多做停留,转身便离开了询问室,头也没有回,只留下一室的沉寂。这样的对峙,往往就是这样,双方各执一词,互不相让,最终只能以不欢而散收场。

我向盛岳峰诚恳地致歉道:"盛队,不好意思,那我们先走了。"

盛岳峰闻言,面色十分难看,他伸过手扯住我的胳膊,语重心长地说道:"韩晋,我知道劝陈爔没有用,但我希望你能听进我的话。"

"什么?"我对盛岳峰说的话感到不明所以。

"立刻和陈爔回上海,这里不是你们该待的地方,这个案子很复杂,也不是你们可以解决的。如果你们坚持要蹚这浑水,将来有什么意外,可别怪我盛岳峰没提醒过你。"

和刚才的态度不同,盛岳峰的语调中并没有表现出威胁,更多的是关切。然而,在我当时听来,这话却极不顺耳。

我感觉话里话外,他都有点小瞧我和陈爔,于是便道:"盛队,你如果愿意,可以去打听打听。不管是沪郊黑曜馆的陈年旧案,还是南海镜狱岛上的监狱迷案,又或是河南傀儡村的雨夜惨案和重庆柱死城的地底奇案,哪个不复杂,哪个不离奇?宋伯雄队长这样的沪上神探,能这么信任陈爔,你觉得是什么原因?"

盛岳峰闻言,松开了手,朝我微微点了点头。"既然如此,我也无话可说了。保重。"

他看上去很不高兴。

盛岳峰的拒绝,其实也在我的预料之内,毕竟每个人都有自己的立场和原则,我并不会因此而对他心生埋怨。陈爔难免沮丧,不通人情世故的他,本以为盛队会像宋伯雄或唐薇那样,对他的要求言听计从。可他要明白,这里是云南,不是上海,除了我以外,没人会把他当成名侦探。

离开公安局后，我陪着陈燨在附近的一家小吃店用餐。小店外观虽不起眼，甚至有些简陋，但食物的味道却十分地道。

我吃得很香，然而，坐在我对面的陈燨却显得有些心不在焉。

"这个盛队真不近人情，我们又不是没见过席静，有必要这么铁板一块吗？前几天和我们还聊什么刀岗村的'虫卫'，现在态度突然一百八十度大转变，竟然让我们立刻回上海，实在令人费解！"我见陈燨不说话，为了让他好过一点，故意当着他的面，吐槽起盛岳峰来。

陈燨没有搭话，只是用筷子轻轻地搅动着碗中的食物，偶尔夹起一两口送入嘴中，便又停下了动作。我注意到他的眼神有些空洞，仿佛思绪已经飘远。才没吃两口，就说饱了。

看来这次吃了闭门羹，对他的影响还挺大。

就在这个时候，小吃店的老板朝我们踱步而来，脸上带几分狡黠的笑容。他走近后，以一种既亲切又略带调侃的语气对我们说道："我听见两位在讨论刑侦队的老盛啊，说来也巧，我和他很熟，不知他哪里得罪了两位？"

这位老板看上去约莫四十岁，身材保持得相当不错，身高在一米七左右，显得格外精干。他留着一头简洁利落的短发，眼睛狭长，眼角微微下垂。他身上穿着一件白色背心，下身则搭配了一条翠绿色的裤衩，脚上踩着一双拖鞋。看上去就是一个很爱找人搭话的普通中年男性。

"你也认识盛岳峰？"我语气中满是惊讶。

"哈哈，那是自然，"小吃店的老板笑着回应，脸上的皱纹都似乎因这份熟络而舒展开来，"公安局离咱们这小店不远，老盛以前要是加班晚了，总会溜达过来，在我这儿吃夜宵。"

我好奇心起，忍不住追问道："那你觉得盛岳峰这个人怎么样？是不是像大家传的那样，特别固执己见？"我内心暗暗希望老板和我有一样的见解。

"哎，说到这个嘛，老盛那脾气，确实是出了名的倔，倔得跟头驴似的，一旦认定了什么事，九头牛都拉不回。不过话又说回来，他这人本质是好的，正直、热心，这点我可以拍着胸脯向你们两位保证。"

我点了点头。这倒不是装模作样，这些日子接触下来，我能感觉到盛队作为一名警察的担当和责任心。但在一些细枝末节上，他喜欢较真，不善变通，这点上不如宋伯雄。

"说起来，昨天晚上我还见到他了呢！"谈起这件事，老板语气里还带着几分随意。

"他是来这里吃东西吗？"我好奇地问道。

老板却摇了摇头，否定了我的猜测。"不是，他好像是打算开警车送一个女孩离开公安局。我正巧关店，就在路上碰见了。我还和他打了招呼，让他有空的时候来店里喝酒呢！"

"是个什么样的女孩？"他话音未落，陈燔就来了兴致，立刻问道。

老板闻言，微微仰起头，似乎在努力回忆着昨晚的情景。

"女孩留着短发，身材倒是挺高挑的，人给我的感觉有点憔悴，很疲劳的样子。对了，我注意到她脸上好像有一条结痂的疤痕，挺显眼的。"

听完老板的描述，我和陈燔不约而同地交换了一个眼神，心中已经猜到了七八分——这位老板所描述的女孩，十有八九就是我们想见的席静。

"他有说送女孩去哪里吗？"我忙问道。

老板再次摇了摇头,脸上露出无奈的表情。"我没问,他也没说。我一个普普通通的老百姓,没事去对警察问东问西干吗呢?平日里大家聊聊天,拉拉家常还行,但涉及工作的事情,老盛可是守口如瓶,从不会和我透露半个字。"

"对不起,是我冒失了。"我意识到自己的失态,连忙向老板道歉。

老板宽容地笑了笑,似乎并不介意我的鲁莽提问。"不过,他倒是对那女孩说了一句蛮奇怪的话。"他像是想起了什么,话锋一转,神秘兮兮地说道。

"什么话?"我立刻紧张起来,全神贯注地听着。与此同时,陈燏也把脸转向了老板,显然也对这个话题产生了浓厚的兴趣。

老板歪着脑袋,眯着眼睛,似乎在努力回忆着昨晚的情景。"我想想看,他到底说了什么呢?"他沉吟了片刻,突然用手一拍桌子,高声说道,"想起来了,他对那女孩说,这里不安全。"

2

"不安全?到底是什么意思?"

等我们用完餐,离开小吃店后,我还在咀嚼这句话的意思。我和陈燏在街道上漫无目的地行走,路上行人来来往往,不得不说,下午出来逛街的人还真不少。

"就是字面意思。"陈燏很简略地回答了我的问题。

"如果公安局都不安全,那么哪里才是安全的?"我走着走着,突然停下了脚步,对陈燏道,"中午我们离开的时候,盛岳峰突然拉住我的手,说了一句很奇怪的话。当时你已经走了,应该没有听见。"

"他说了什么？"

"他说，让我和你立刻回上海，这里不是我们该待的地方，这个案子很复杂，也不是我们可以解决的。他还说，如果我们坚持要蹚这浑水，将来有什么意外，可别怪他盛岳峰没提醒过我们。这话听得我很不爽，就怼了他几句，好教他晓得，我们也不是没见过离奇的案子，不论是黑曜馆还是柱死城，哪个不是稀奇古怪，最后不都让我们解决了么！"

"是我，不是我们。"陈爉纠正道。

"哎，就是一个意思。没有我在，你也破不了那些案件啊！"

这个时候，陈爉的手机铃声响起。他从口袋里取出手机，屏幕上显示的名字是上海市刑警大队的宋伯雄队长。为了照顾我，陈爉按下了免提键。

电话接通后，陈爉就开口问道："喂，宋队。找我有事？"

"你在哪里？"宋伯雄开门见山地问道。

"我在家啊。怎么了？"陈爉撒了个谎。

"你少蒙我！你在云南是不是？"宋队说话的语调中带着几分急切。

"您果然神通广大，我在哪里你都知道，既然如此，何必又问我呢？"

"少废话，人家云南警方都联系到我这里了。你现在话不要多，马上回来。还有，叫上韩老师一起回来，我知道你们一定在一起。"

平日里宋队对陈爉一向客客气气，少有这般命令般的语气。这其中的缘由，不知宋队是受到警队的压力，还是出于担心陈爉的安危。

"我不回来。"陈爉很干脆地拒绝道，"我的朋友死在了这里，在没有看到凶手被捉拿归案之前，我哪儿也不去。"

"陈燨，我没和你开玩笑，那边很危险。"

"我知道。不危险，怎么会死人？"

"你怎么就不听我的话呢！盛岳峰也是为了你好，才让我打这通电话的。具体原因，他和我说了，但你毕竟不是我们警方的人，很多事没法和你解释。等之后出了官方的警情通报时，你就会知道一切了。"宋队显然也拿他没有办法，只能温言相劝。

就在这个时候，扬声器里的声音变成了一个女声。那边人说道："你们不回来，我来云南抓你，信不信？"看来他们眼见宋队劝不动陈燨，立马换了一个"说客"。而那位"说客"一开口，我们便听出了她的身份——唐薇。

唐薇是宋队的部下，不仅在日常警务中展现出卓越的专业素养，更在一次次复杂案件的侦破中屡建奇功。其实在镜狱岛事件之后，唐薇就常带着各种奇怪的案件来拜访陈燨，请他协助警方调查。于是，我们位于思南路的宅邸，便成了她频繁造访之地。时至今日，细数他们共同携手解决的案件，无论是轰动一时的大案，还是日常生活中的小案，累积起来恐怕已经达三四十件之多。当然，这一切都是暗中进行，除了我的推理小说之外，案件破获后的新闻报道并不会提及陈燨和我的名字。

"警察抓人是要讲证据的，请问我犯了什么法？"陈燨问道。

"唐警官你好呀！"出于礼貌，我在旁边向她问候道。

"韩老师也在啊，不过我知道你没用，劝不动陈教授的。"

她的话语虽直接，却也不无道理，让我一时之间有些尴尬，如果连他们的劝说，陈燨都不愿意接受，我的话他就更当是耳旁风了。

紧接着，唐薇的语气变得严肃起来，她紧接着补充道："刚才宋队可能说不清楚,总之你们最好别回刀岗村了,否则会有危险,明白了吗?我还想再见到你们呢!"

我听后,心中不禁涌起一阵疑虑,追问道:"你是怕我和陈爔被杀死耿书明的凶手伤害吗?"

"电话里说不清楚,总而言之,你们就暂且打消回刀岗村的念头吧,听到了吗?"唐薇显然在电话里不方便说出真实的理由。

正当我准备进一步追问时,陈爔却出其不意地接过了话茬。

"知道了。"他简洁有力地回应唐薇,紧接着补充道,"我和韩晋明天就回上海。"

"你们要说到做到哦!"唐薇的话语中带着几分疑虑,显然,她对陈爔的承诺持保留态度。毕竟,但凡是对陈爔有所了解的人,都知道他为达目的、信口开河的特点,让人难以全然相信他的承诺。这一次也不例外。

挂断电话后,我目光直视陈爔,语气中带着几分质疑:"你刚才跟唐薇说的,是骗她的吧?"

"是的,这很明显。"陈爔笑着点点头,眼神中闪过一丝狡黠,"否则他们会没完没了地劝我们。只有这样,我们才能避免他们无休止的劝说。"

"这应该是盛岳峰的主意!他想把我们赶走!"我心中不禁涌起一股怒气。

我心下暗忖,这盛队真是心胸狭窄,他分明是担心陈爔会抢了他的风头,害怕陈爔比他先行一步破获案件,为了达到这个目的,他甚至不惜拜托宋队来向我们施压,逼迫我们放弃调查,返回上海。

陈爔对我的愤怒似乎并不在意,他淡淡地回应道:"你给丁瑶打个电话,向她汇报一下我们的情况。"

"好的。"我迅速拿出手机,打开微信,准备给丁瑶打视频电话。然而,等待的过程异常漫长,视频电话始终无人接听。

我不死心,又直接拨打了她的手机号码,结果依然如故,电话那头传来的只是冷冰冰的忙音。我想,丁瑶此刻可能正忙于工作或其他事情,无法接听电话。于是,我只在微信上给她留了一条信息,简要说明了我们的情况和打算。

"韩晋,你知道赤山为什么叫赤山吗?"陈燨突然提了个莫名其妙的问题。

我回忆起汪敬贤教授在彩云楼私房菜包厢中说过的话,然后回复陈燨道:"汪教授说,那座山是被当地的老人称为赤山,官方并没有正式的名称,只是一座荒山。至于为什么叫赤山,你问我,我去问谁?"

"你难道不好奇,当地老人为什么喊它'赤山'吗?"陈燨又问。

说实话,我并不好奇。在中国的广袤大地上,有那么多山脉,比赤山名字更奇怪地不胜枚举。不过为了照顾陈燨的面子,我还是要象征性地回答一下,这样才能显得自己比较有教养。于是,我故作思索后,问道:"为什么?难道整座山都是红色的?"

"你猜对了一半,但并不是整座山,而是在其岩洞里有不少红石岩和红土。"陈燨对我说道,"因为洞穴的岩石和土壤中,含有大量的铁化物,沉积岩中的含铁矿物可以使岩石表现出特定的颜色,大部分的三价铁化合物会导致岩石呈红色。"

"关于赤山的情况,你都是怎么知道的?"我很好奇他为什么会去调查赤山的地貌,又是向谁去了解了这些事。

"就是你在蝴蝶庄呼呼大睡的时候,我给当地的一位地质学家打了通电话。这位老先生是我父亲的旧识,我也顺带问候了一下他。他对于赤山附近的情况正巧也有所了解,所以解答了许多我的疑惑。"陈燔解释的时候,还不忘揶揄我两句。

"意思就是赤山的岩洞中含铁量很高?"我得出了一个结论。

陈燔没有直面回答我,只是留给了我一个意味深长的笑容。

3

在广南县的街道上漫无目的地逛了一个小时后,我们便驱车返回了刀岗村。那辆从希希那里借来的金杯面包车,在夕阳的余晖下,沿着蜿蜒的山路缓缓前行。由于来往过多次,我们对从广南县至刀岗村这条路线已有了相当的了解,就算不开导航,基本上也没问题。

我们是早上七点出发离开刀岗村的,在外忙碌了一整天,终于在天色渐暗时,又回到了刀岗村。散发着橘色光芒的夕阳,笼罩着整个村寨,房屋和田野都被染上了一层金色的光辉,显得宁静而祥和。我们看着眼前的景色,心中的烦躁和不安似乎也随着夕阳的余晖一同慢慢消散。

将车停稳后,我和陈燔并肩踏入了蝴蝶庄的大门。然而,迎接我们的并非丁瑶那熟悉的身影,而是空荡荡的民宿大厅。我心中不禁泛起一丝疑惑,因为下午的时候,我还试图通过微信与丁瑶取得联系,但遗憾的是,她并未回复我的任何消息。那时,我并未将此事放在心上,还以为她正安静地待在蝴蝶庄内,等着我们带回消息。

"你们出去后不久,她也出门了,我还以为她是和你们一块儿的呢！"欧秀金见我们归来，却未见女儿的身影，脸上瞬间布满了焦急的情绪，"我现在试着给她打电话，她手机竟然关机了！这可怎么办才好，瑶瑶该不会是遇到什么危险了吧？"

欧秀金的话语中，透露出深深的担忧。她告诉我们，自从丁瑶失踪后，她已经把刀岗村能找的地方都翻了个遍，但仍旧没有找到女儿的踪迹。为了尽快找到丁瑶，她还特意求助田育民，但对方却认为丁瑶已经是个成年人，不可能轻易走失，劝她等到明天再说。然而，作为母亲，欧秀金的心始终无法安定下来。毕竟，这几天村里刚刚发生了一起骇人听闻的杀人案，凶手至今逍遥法外。在这样的情况下，她如何能不为女儿的安全感到担忧呢？

我只得安慰道："金姐，您先别急，丁瑶可能学校有急事，回昆明去了，说不定很快就会联系我们。如果今晚没有消息，我们明天一早就报警。"

"希望是这样。"欧秀金无力地坐在客厅的长椅上，双手紧紧地握在一起，仿佛这样能给她带来一丝安慰。

陈燨走到欧秀金面前，开口问道："我们离开多久之后，丁瑶才离开的？"

欧秀金想了想才道："不会超过半小时。"

"走的时候，她有没有说去哪里？"陈燨继续追问。

"没有。"欧秀金摇了摇头，眼中闪过些许无奈，"我还问她呢，说你去哪里？但瑶瑶没有回答我，就说去办点事，很快就回来。"

"她走的时候，有没有带什么东西？"说话间，陈燨的眼中透出一丝敏锐。

"没有。"欧秀金回答道。

"手上什么东西都没有?"

"我没注意。"

陈燔没有再继续问下去。

他那张平日里总是带着几分骄傲的脸庞,此刻却显得异常平静,眼神空洞地望向我,仿佛深邃的星空一般,让人捉摸不透他内心的真实想法。

金姐并没有因为丁瑶的失踪而怠慢我们,知道我们没吃晚饭后,她还是去厨房给我和陈燔做了晚餐。无论我们如何客气地推脱,表示不愿给她添麻烦,她还是十分坚持,说我们只要在蝴蝶庄住一天,就是她的客人,作为这家民宿的老板娘,照顾好每一位客人的饮食起居是她的分内事。见她如此坚决,我们也不好推辞,连连感谢。餐后,我和陈燔又陪金姐坐了一会儿,用言语安抚着她因丁瑶失踪而略显焦虑的心情。在我们的宽慰下,她的情绪渐渐平复。见状,我们才放心地起身,告别了金姐,踏上了通往楼上的阶梯。我并未直接回房,而是去到陈燔的房间里,继续谈论白天的事。

我觉得,关于今天发生的种种,还有许多值得深入探讨的地方。

尽管在大厅里时我很笃定地告诉欧秀金,丁瑶不会有事,但说实话,我的内心也充满了怀疑。在这个信息时代,人们几乎与手机形影不离,即便是再忙碌的工作,也不至于几个小时都不回消息吧?更何况,丁瑶的手机已经关机许久,种种迹象让我有了一种不祥的预感。想到这里,我的心头不由自主地涌起一阵悲恸。如果凶手真的对丁瑶下手了,那后果将不堪设想。我内心暗暗祈祷,希望这种可怕的情况千万不要发生!

进房间后,陈燔就像是被抽走了所有力气一般,整个人重重地倒在床上，随即伸了个大大的懒腰。与此同时，他嘴里竟然还轻轻哼起了一段悠扬的小曲，那悠闲自在的模样，与眼下丁瑶正经历的危险形成了鲜明对比，让我心中涌起一股难以名状的怒火。

"喂！你怎么这般优哉，眼下丁瑶生死不明，你就不担心吗？"我冲着陈燨嚷道。

"放心吧，丁瑶老师不会有事的。"陈燨轻描淡写地回答了一句。

他的这种态度，无疑是在我的怒火上浇了一桶油。回想起之前耿书明被害时，他至少还表现出了不悦与愤慨，而现在丁瑶失踪，他却仿佛什么事都没有发生一般，这种反差让我无法接受。要知道，丁瑶为了耿道成的案子，可是帮了我们不少忙，这些日子的相处下来，我们之间的友谊也日渐深厚。陈燨何以在此刻表现得如此冷漠，仿佛丁瑶的安危与他无关？我心中充满了失望。

"你给我起来！"我忍无可忍，箭步上前，一把捉住了陈燨的手腕，企图凭借一己之力将他从床上拽起来。然而，我的力气终究还是太小，不仅没有成功拽动陈燨，反而自己失去了平衡，差点一个趔趄，摔倒在床上。见我如此费力却仍拉他不起，我也只好无奈地松开了手，转而用更加严厉的语言继续指责他道，"丁瑶对我们不错吧，她不仅是我们的朋友，还为了耿道成的案子出了不少力。现在她失踪了，你怎么一点都不紧张，反而还这副悠闲自在的样子？"

陈燨闻言，只是淡淡地回应了一句："我不是说过了嘛，她不会有事的。你听不懂人话吗？"

"为什么？你总要说说理由吧？"我紧追不舍，渴望能从他那里得到一个合理的解释。

“理由？理由肯定有。但我现在很累，不想解释给你听。我现在不知道凶手葫芦里卖的什么药，索性兵来将挡，水来土掩。”说完，陈爝便将后脑枕着双臂，一脸惬意地闭上了眼睛，“韩晋，我劝你现在还是先睡一会儿吧，好戏可能就要开始了。”

“什么好戏？”听了陈爝的话，我越来越迷糊了。

“这出戏凶手打算怎么唱，我也不知道，所以才静观其变。”陈爝懒洋洋地回答道。

“那我现在应该干什么呢？”

“回到自己房间，锁上门，然后睡觉。”陈爝嘴角勾起一抹神秘的微笑，“先把自己的精神养好，其他的事情，就交给上天吧！”

4

回到房间后，我感到头部仿佛被一层朦胧的雾气所包围，晕乎乎的感觉，让我几乎无法集中思绪。忽然，一股强烈的倦意袭来，让我极度渴望睡眠。我勉强支撑着身体，慢慢踱步至洗手间。站在洗漱台的镜子前，我凝视着自己略显疲惫的面容，随后打开水龙头，用双手接住清凉的水流，往脸上泼去，希望这冰冷的触感，能够驱散一些头脑中的混沌，让我恢复些许清醒。洗完脸后，我转身从随身携带的包里，取出一瓶在县里超市买的矿泉水。

拧开瓶盖，我迫不及待地将瓶子里的水灌入喉咙，咕噜咕噜地连喝了好几大口，直到半瓶矿泉水被迅速消灭。然而，即便喝下了半瓶水，那种既口渴又困倦的感觉依然紧紧缠绕着我。

不知何故，总觉得和陈燨谈完话后，口非常渴。这种又渴又困的感觉，让我的身体感到十分不适。无奈之下，我只好缓缓走到床边，轻轻躺下，用柔软的枕头垫在背后，试图找到一个能让身体稍微舒适一些的姿势，来缓解这一症状。

我并不想这么早就入睡，陈燨故意卖关子不告诉我他的想法，我认为，经过我自己的思考，对这位老友的思路应该也能窥探一二。显然，陈燨已经知道神木庙杀人事件的凶手身份以及制造密室的手法，但他为何不在盛岳峰队长面前揭露呢？

强烈的困意让我的思路变得模糊起来，眼皮仿佛被无形的重物压着，沉重得几乎无法抬起。我本想挣扎着从床上站起，通过活动筋骨来驱散这股突如其来的倦意，可四肢却使不上力气。这一切都让我感到异常奇怪，要知道，今天的我并没有经历什么特别繁重的体力劳动，也没有感受到过度的精神压力，为何会如此疲惫不堪？我的心里充满了疑惑。随着时间的推移，就连这份疑惑也渐渐变得模糊起来，我的意识开始渐渐消失。

不知睡了多久。让我万万没能想到的是，我再次醒来时，竟是伴随着强烈的窒息感！

是的，那是一种无法用言语形容的恐惧与绝望交织的感觉，我的口鼻仿佛被无形的手紧紧扼住，无法吸入哪怕一丝一毫的空气。一股不可抗拒的强大压力，自上而下地笼罩着我，让我感受到了前所未有的压迫感。意识在这一刻迅速复苏，仿佛是为了应对这突如其来的危机。仅仅用了一秒，甚至更短的时间，我就立刻意识到，有人正用枕头紧紧地压住我的脸，企图用这种方式将我活活憋死！

——有人要杀我！

这个念头如同闪电般划过我的脑海，让我感到了前所未有的惊恐!同时,这也让我瞬间惊醒,全身的血液仿佛都在这一刻沸腾起来,求生欲让我拼了命地挣扎起来。

也许是我奋力抵抗起了作用,那位原本稳稳骑坐在我腰间的对手,突然间身形变得踉跄不稳。感受到对方力量似乎有所松懈,我立即抓住了这一线生机,更加猛烈地加大了反抗的力度,双腿不停乱蹬起来。这一连串急促而有力的动作,不仅扰乱了他的平衡,也使得他的手劲不自觉地减弱了几分。

就在这千钧一发之际,我察觉到脸上那令人窒息的压力有了一丝减轻。抓住这稍纵即逝的机会,我猛地一个翻身,只听一声闷响,他重重地跌落在了冰冷的地面上。与其说是我把他甩出去,倒不如说他是自己没坐稳,失去平衡才跌落的。

房间内漆黑一片,我根本无法辨认出那个男人的面容,只能依稀感知到他身材魁梧,如同一座小山般压在我身上。当那个男人被我甩到地上后,他并没有选择趁机逃跑,反而像一头被激怒的野兽,迅速翻身站起,再次朝我猛扑过来。我猝不及防,被他扑了个正着,我们两人顿时扭打在了一起。他丢掉手里的枕头,抡起拳头就朝我脸上猛砸。我挨了几下重击,只感觉嘴唇被打破了,一股咸咸的鲜血从嘴角流出来。我从小就不是一个擅长打架的人,面对这样的攻势,我几乎只有被动挨打的份。我双手紧紧地抓住他的衣襟,仿佛那是唯一能让我保持平衡的东西。我紧缩着下巴,尽量让自己的脸颊少挨些拳头,但即便如此,我还是无法完全躲避他的攻击。每一次拳头落下,都让我痛苦不堪。

不过就在这个时候,我也注意到,眼前这个男人虽然块头很大,但显然并不是一个经验丰富的打架高手。我注意到,他好几次挥拳,都因为力道过猛或是方向失控,重重地砸到了地板上。他的攻击显得杂乱无章，毫无章法可言，简直就是"王八拳"，打到哪里就算哪里，完全没有格斗技巧可言。我紧紧咬住牙关，开始尝试着调整自己的呼吸，试图在这混乱的战斗中，找出一丝反击的契机。

我知道一直被动挨打，显然不是长久之计，必须寻找机会反击或逃脱。我瞅准一个机会，浑身使劲，将他推开。借着这股势头，我迅速转身，几乎是本能地伸手推开了床边的窗户。窗外的冷风拂过我的脸庞，意外地让我头脑更加清醒。

月光透过窗户洒进屋内，借着这抹银辉，我终于看清了倒在地上的那个男人的真面目。

来到刀岗村后，我从未见过眼前的这个男人。他皮肤黝黑，眉骨高耸，眼神中充满了戾气，脸上则布满了杂乱的胡须。他的身材则是肥肉远多于肌肉，显然是一个不折不扣的胖子。他发现自己的容貌被我看见，登时恼了起来，像一头失控的野兽般再次朝我猛扑过来。我被这突如其来的攻势吓了一跳，不及细想，便一脚踩上窗台，双眼紧闭，深吸一口气，然后毅然决然地从蝴蝶庄的二楼一跃而下！

虽说是从二楼跳下，那高度看似不算离谱，但身体与地面接触的那一刹那，带来的震荡感却让我几乎痛呼出声，仿佛五脏六腑都被这股巨大的冲击移了位。

我落下的地方，恰好是蝴蝶庄内的一个小花园，这里的地面以泥土为主，相对柔软，为我减轻了不少冲击。若是换作坚硬的石板路，恐怕即便只是这样的高度，也足以让我断上几根骨头。正当我挣扎着想要从地上爬起时，眼角余光瞥见那个黑胖子竟也效仿我的动作，一只手已经搭上了窗框，作势就要往下跳。我不敢有丝毫怠慢，强忍着身上的疼痛，奋力翻身从地上站了起来，来不及调整呼吸，拔腿就跑，全力朝园子的出口奔去。

黑胖子眼见我逃跑，焦急之下也顾不得许多，急匆匆地跳下窗台。然而，他的运气显然没有我好，只听"啊"的一声惨叫，整个人重重地跌落在地上，伴随着一阵痛苦的呻吟，似乎是把脚给崴了。我趁机冲着空旷宁静的村寨大声喊道："救命啊！杀人啦！"我的呼喊声伴随着深夜的虫鸣，在刀岗村的夜空中回荡。

那黑胖子见我高声呼喊求救，神色明显变得焦急起来，迅速从地上爬起，一瘸一拐地朝我猛冲过来。我的心脏怦怦乱跳，本能地想要转身继续逃跑，然而天不遂人愿，脚下一块突兀的石头突然绊住了我的脚步，我整个人失去了平衡，仰面重重地摔在地上。这一摔，不仅让我延误了宝贵的逃跑时间，也让那黑胖子得以迅速追到了我的身前。不等我从地上爬起，他便一屁股坐在了我的身上，那沉重的身躯，少说也有两百来斤，被他这么一压，我瞬间感到呼吸困难，四肢无力，根本无法动弹。黑胖子在月光下面色森然，一只手紧紧地捂住我的嘴巴，使我无法继续呼救，另一只手上，竟高举着一块巨大的石头。

这块石头看上去就很坚固，我的头盖骨恐怕不是它的对手。

对我来说，死亡已经近在咫尺。

此时的我喊也喊不出，动也动不了，就如同一只被无情地按在砧板上的公鸡，只能眼睁睁地看着屠夫举起锋利的刀刃，却无力反抗，只能任其宰割。

我心想，这个画面要是被陈燨看见了，恐怕会被他嘲笑一辈子。念及陈燨，我又开始担心起他的安危。不知道他此刻身在何处，是否也遭遇了这黑胖子的毒手，被闷死在那个昏暗的房间里了呢?这个念头一冒出,我心里突然有点难过。

想不到,我们最后竟落到这种结局。

就当胖子手中的石头将要砸下之际,我的耳边突然有人喊了一声"住手",随后炸响了枪声!那胖子仿佛被无形的力量击中,扯着嗓子发出了一声凄厉的惨叫,整个人如同被抽走了所有力气,从我身上滚落到了一旁。我趁机挣脱了他的束缚,急忙朝他看去,只见他的左手紧紧地捂住右手,整个人蜷缩成一团,匍匐在地上,身体不住地颤抖着。他的整条右臂已经被鲜血染红,血液顺着他的手指滴落在地上,形成了一片触目惊心的血泊。

有人朝他的右手开了一枪。

在他轰然倒地的那一刻,周围突然亮起了无数光束,如同舞台剧的聚光灯般,猛然打在了我和黑胖子的身上。那些光线强烈而刺眼,让我一时间无法睁开双眼,只能感觉到一片白茫茫的世界。过了好一会儿,盛岳峰那熟悉而焦急的声音,终于穿透了嘈杂,传入了我的耳中。他急匆匆地跑到我的身边,双手有力地将我从地上扶起。

我的眼睛慢慢适应了强光,才发现原来是好几辆警车同时打开了远光灯,将这"杀人未遂"的现场照亮。警车的边上,站满了广南县刑侦大队的侦查员。

现场顿时变得十分混乱,这突如其来的喧嚣,无疑成为一枚信号弹,惊动了刀岗村的村民。他们从四面八方汇聚而来,形成了一道道人墙。这些村民的脸上写满了惊愕,他们的目光在我和行凶者之间来回穿梭,试图理解眼前的情况。我和盛岳峰以及那位行凶未遂的胖子,就这样被密密麻麻的人群团团围住。

我在人群中看见了许多熟悉的面孔。村主任田育民此刻正站在最前面,他洪亮的声音穿透嘈杂,向围聚的村民们传达着指示,不厌其烦地提醒大家保持冷静,切勿相互拥挤;田育民的儿子田骏豪半躲半藏,偶尔探出头来,朝我所在的方向投来一抹略带狡黠的笑意,眉宇间还夹杂着一丝幸灾乐祸的神情;紧挨着田骏豪的,是那位名叫翁构的小跟班,他显得有些格格不入,脸上的表情迷茫而又困惑,似乎尚不知自己来此的目的。

而在人群的另一端,我远远地捕捉到了金姐的身影。她孤零零地站在那里,距离让我无法清晰辨认她脸上的细微表情,是忧虑重重,还是无助彷徨?我不知道。但即便如此,看到她至少还能安然无恙地站在那里,没有被行凶者伤害,我心中的一块大石也随之落地。

"陈燔呢?"我忙问盛岳峰道,"他在哪里?"

"韩晋,你是在喊我吗?"

我循声望去,发现有个高瘦的身影从警车后出现。此人身姿挺拔,神情从容不迫,宛如舞台上的演员,正缓缓步入聚光灯的焦点之下。他带着一副冷漠且淡然的表情,漫不经心地扫视着围聚的人群。最后,目光终于落在了我的身上。

这位装腔作势的家伙,正是我的老友——陈燔。

第九章　神的秘密

周宣王三年,百濮之国有人骑马夜行,见道中有一物,大如豕,形似鼋,驮髑髅累累,匍匐马前。忽闻其语云:"吾乃背尸者商,宜避之。"人惊惧坠马,怖死。磐胡闻之,咎其过,商以是为恨。数岁,磐胡梦入圄土,见一蚹蠃,言欲报仇,自云红阿里。磐胡殚闷,梦困不寤。猎婆哀恸号咷,昼夜不眠。一日,见蜣螂道人,寻问其故。道人言:"此商娘红阿里蛊之。"猎婆大怒,驱百脚虫入其殼,红阿里仅闻其间食声咂咂,有顷,肉尽殼存。磐胡惊觉。商惧,惊仆不起。猎婆曰:"噫!臣弑其君,可乎?"商曰:"伯姊明察,害上之萌,自此绝矣。"遂放之。

——清　瞿濂《贵耳漫记·商叛磐胡》

1

那位偷袭我的行凶者已被盛岳峰的手下带走了,但围聚在四周的村民却并未因此散去,他们的目光中交织着好奇与期待。不过,当陈燏出现后,村民们不约而同地收起了之前的窃窃私语，四周陷入了一种奇异的静默之中。也许是因为陈爝的气场震慑住了众人，但我更愿意相信，在场所有人都想听听这位"不速之客"将会发表怎样的见解。从那镇定自若的表情可以看出，陈爝这次是有备而来。

盛岳峰见陈爝走来，冲他点了点头，然后小心翼翼地将我引领至陈爝面前。

我忍着身上的疼痛，向陈爝发问道："这到底是怎么回事？刚才袭击我的人，就是杀死耿书明的凶手吗？"

陈爝拍了拍我的肩膀。"韩晋，你受苦了。一切都结束了。"他微微一顿，随即提高音量，对周围的众人说道，"现在，我就要在这里，当着刀岗村村民和警察的面，揭露那个残忍杀害耿道成教授和耿书明的凶手的真实身份！也要将发生在神木庙的密室杀人手法，公之于众！"

果然，陈爝的话瞬间激起了周围人群的一阵哗然。然而，这股骚动并未持续太久，相比无意义的讨论，大家似乎对这个陌生人将要发表的推理秀更有兴趣。我心中暗自思量，以我对陈爝性格的了解，他绝不会无的放矢。他此刻的自信与从容，让我有理由相信，他一定在我不知情的情况下，与盛岳峰之间达成了某种默契或协议。而盛岳峰那沉稳如山的表情，以及偶尔流露出的微妙眼神，更让我确信，他应该已经知道了神木庙杀人案的真相。

深夜的寒风呼呼地吹过，带着几分刺骨的凉意，却也为这即将揭晓的谜团增添了几分悬疑感。风声与周遭凝重的气氛相互映衬，无形中拉紧了每个人的神经。

"首先，我要向大家道个歉。我并不是什么纪录片摄制组的成员。现在大家也知道了，同我一起来到刀岗村的那位青年，是耿道成教授的侄子。我们来此的目的，也是为了调查耿道成教授被杀害的案件。虽然警方通报只是说他的死是一场意外，却没有提及案发现场是一个完完全全的密室！换言之，耿道成教授死于一场不可能犯罪。身为耿道成教授唯一的亲人，耿书明觉得自己有义务将案件调查清楚，于是便找到了我和韩晋。结果大家也知道了，他和耿道成一样死在了神木庙中，案发现场是完全密室，没有任何出口。"

陈燏的演讲才开了个头，人群中就有村民开始扯着嗓子喊道："是因为他们擅闯刀岗村的圣地！外人不能进神木庙，否则就会遭到神树'告乎'的诅咒！"

"各位记住了，如果世界上真的有神，他也不会平白无故的诅咒凡人。"陈燏对于那位村民的说辞嗤之以鼻，甚至懒得去争辩，接着说了下去，"其实在耿书明被害之前，我们也曾借拍摄纪录片之名，偷偷潜入神木庙，进行了一些调查，当时也遇到一些阻拦。"

陈燏说到这时，我偷偷瞥了一眼村主任的儿子田骏豪，发现他正恶狠狠盯着陈燏，并顺势朝地上啐了一口。

"说实话，当时确实没有头绪。耿道成教授的死亡时间是在数月之前，案发现场已经被严重污染，几乎没有了可以推理的线索。事情发展到这里，耿道成的案件，或许就会成为一起悬案。我们最多发表几种假设，但至于案件真相到底如何，已是无能为力。可没想到，就在这个时候，耿书明被杀。我们在耿书明被杀害后，立刻进入了案发现场调查。正是因为能够近距离地观察现场，我发现了一些端倪，最终识破了凶手的诡计！不得不说，凶手能想出这种手法，确实很不简单。不过杀人凶手就是杀人凶手，我不会因此而献上我的赞美。耿书明是韩晋的大学同学,他们有着深厚的友谊。我虽与他相处不久,也能感觉到他是个不错的人。我倒想质问一下凶手,耿书明仅仅为了找出大伯被杀的真相,他有错吗?"陈燨说着,忽然笑了起来,"对不起,是我的问题,我不应该对丧心病狂的凶手抱有期望。如果凶手能回答,他就不会犯下杀人罪了。"

田骏豪猛地踏前一步,眼神中闪烁着不忿,他声调高昂地质问道:"那你倒是给我好好说道说道,凶手究竟施展了什么手法,能造一间无懈可击的完美密室?他妈的,无凭无据在这里信口开河,明明是神迹,却偏说是人做的,推理小说看傻了吧!"他的话语中带着强烈的敌对情绪。然而这一次,村主任田育民却没有阻止他的儿子,而是一脸平静地看着儿子同陈燨对线。

陈燨转过身,目光直视田骏豪。在他那双眼睛的注视下,空气似乎都变得凝重起来。尽管他什么话都没说,眼神却十分锐利。田骏豪在这股无形的压力之下,不由得感到一阵强烈的不适,他的气势瞬间弱了几分,声音也变得支吾起来:"你……你想怎么样!"

"你没听到我在说话吗?我讲话的时候,请你闭上嘴,你听到了没有?"陈燨回的话虽不多,但字字响亮,言语中也充满了威仪。

田骏豪被他的气势所震慑,低声嘟哝了几句后,便不再吭声。

陈燨见他不再说话,又继续说了下去。

"我的好友韩晋曾向我提出过一个想法,我觉得十分有趣。他说由于神木庙是由竖着的圆木围绕搭建而成,那么有没有一种可能,凶手将一棵活树种在其中。因为活树有根,所以即便受了伤，只要时间充足，护理得当，一样能够自愈。他的推理是凶手用枪射击活树的树干，子弹穿过树干后，击中屋内的被害人，最终致其死亡。待时间延长数月，尸体腐烂，树干也愈合了。这样一来，神木庙便成了一间从内反锁的完全密室！说实话，他这种榆木脑袋能想出这样的手法，真是奇迹。"

陈燔还是改不了这老毛病，不论说什么话题，都要嘲讽我几句。

"怎么可能！那个冒充导演的家伙死去的第二天，大家都去了神木庙看热闹，周围的圆木墙也没有任何损伤啊！世界上没有一棵树，在被子弹击穿后，能在一夜之间愈合！这简直是天方夜谭！"有一位村民提出了异议。

看来除了田骏豪之外，刀岗村不欢迎我们的人还真不少。

"确实，我刚才说了，这是韩晋提出的想法，而他的想法一向都是错的。"陈燔拍了拍手，似乎在示意大家，这次的推理就要进入正题，"我的答案与韩晋的猜想完全不一样。我不认为神木庙的'墙'中有一棵活树，且不论世界上有没有这种类型的树木，光说手法在操作上难度也太大，只存在于思想实验中。我认为破解神木庙密室的关键，在于现场留下的线索。那么，现场有哪些线索呢？被蜘蛛网覆盖的天窗？被摆成八字形的祭坛？还是被害人耿书明手里紧紧握住的虫符徽章？其实都不是，关键在于，神木庙右手边的圆木墙面上，在离地大约一米五高的两块圆木上，有两处平行的被虫蛀过的痕迹。"

"虫蛀的痕迹？这和密室有什么关系吗？"这次提出问题的人是我。

当时我与陈燔一同进入神木庙的案发现场，也见过他所说的虫蛀痕迹。两块痕迹略微凹陷，表面一片坑坑洼洼，像是被某种昆虫啃咬过。

"是的,圆木表面那些被昆虫啃噬的痕迹,并非自然巧合,而是精心策划的一部分,凶手必须这么做,否则密室就无法完成。换句话说,凶手必须借助这些微小生物的行为,让它们在圆木上留下痕迹,以此来遮掩他犯下罪行的真正手法。"陈燨看向我,单边眉毛微微扬起,"怎么样,韩晋,现在你明白了吗?"

"不明白。"我无奈地摇了摇头,心中仍然充满了困惑。

陈燨并没有因为我的迟钝而抱怨,仿佛他早就料到了我会这样回答。

"整个犯罪过程是这样的。凶手先将耿书明从蝴蝶庄骗去了神木庙。耿书明进入神木庙之后,就放下门闩,从内部反锁了庙门。在这里有几种猜测,一是耿书明准备自己先做一些检查,不想让别人打扰,还有一种就是感觉受到了威胁。以目前我们掌握的证据,真实的动机也仅仅只能猜测。锁上门之后,此时的神木庙就是一间完完全全的密室了。"陈燨环视在场的众人,稍作停顿后,又接着道,"凶手取出手枪,将枪口对准了两根圆木的中间缝隙,随后用了某种方法,将耿书明吸引过去。也许是喊他的名字,又或许是谎称在两根圆木之间发现了什么线索。待耿书明走近后,凶手就开了枪!子弹贯穿了耿书明的胸口,随后他因中枪朝后退去,在踉跄时撞上了香案,导致香案摆放的位置产生了偏移。"

"你以为两根圆木之间的夹缝有多大,能通过一颗子弹?你疯了吧!"又有好事的村民开始起哄,带头反驳陈燨的推理。此言一出,喧嚣声又起,在场不少人开始喝倒彩。

不过村民说得并无道理,我们见到的神木庙,由竖起的圆木并排组成的墙上,并没有被子弹射穿而导致碎裂的痕迹。我之前说过，神木庙是一座木制建筑，由竖列圆木组成的四壁虽不是绝对密不透风，但仅有一道隐约可辨的细缝，狭窄到连一张薄纸也很难穿插其中，子弹更是不可能毫无痕迹地从如此细小的夹缝中穿行。

"子弹穿过两根圆木之间的夹缝，确实不会不留痕迹。"陈燔听见村民们略带戏谑的起哄声，脸上并未显露出丝毫怒意，反倒是嘴角轻轻上扬，露出一抹不易察觉的笑意，随后高声说道，"所以，凶手转动了两根圆木。"

2

那些原本散落于记忆角落的琐碎细节，开始在脑海中逐一显现——圆木上被昆虫啃噬而留下的斑驳痕迹、如同刻意摆放呈八字形的黑木祭坛、枯叶层层叠叠覆盖下的烂泥，以及这栋用竖圆木排列建成的诡异庙宇。这一切，在瞬间仿佛被一根无形的线串联起来。我的内心不禁发出了无声的惊呼，所有的疑惑在这一刻烟消云散。

原来神木庙密室杀人的真相，竟然如此简单！

陈燔接着说道："凶手对准圆木之间的夹缝，朝内射击，子弹穿过夹缝时，枪火将夹缝两边的圆木炸开，形成了一个凹面。这个时候，凹面上都是被子弹炸出的碎木渣。凶手将一左一右这两根圆木，朝内旋转，让破碎的凹面转入神木庙内。此时碎木的凹面就会出现在神木庙内部，而从外面看，神木庙的外立面却丝毫无损。凶手就是借由神木庙独有的木屋建筑特性，完成了这一起不可能犯罪！"（见图2）

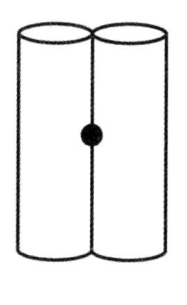

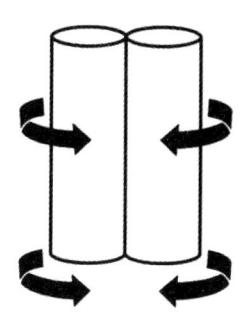

图2

当陈燧叙述完这段推理后,我相信在场的所有人,都感觉到了震惊。不知那些笃信耿道成与耿书明死于神树"告乎"的村民,眼下会做何感想?不过,即便如此,我还是察觉到了陈燧推理中的一个"漏洞"。

于是我便提出了疑问:"可我们在神木庙内部发现圆木凹痕的时候,那并不是被枪火炸开的痕迹啊,那个很明显是被虫蛀的印记。当时身为昆虫学家的丁瑶老师也亲自证实了!"

陈燧立刻答道:"这很简单。凶手在转动两根圆木之前,还做了一个动作。他将昆虫信息素涂抹在了凹痕上,随后再将凹痕转入了神木庙的内部。这样一来,只需一个夜晚,那些喜欢啃咬木头的昆虫,就会从四面八方拥来,将带有信息素的木料吃完。到时候,枪火留下的痕迹就会消失,取而代之的,则是两块虫蛀的印记。"

"可是,我们在检查神木庙的时候,不仅在右侧墙壁上发现过蛀痕,这种蛀痕,在神木庙内多达十几处呢!难道你忘记了?"我提醒道。

陈燧轻轻叹了口气,那叹息声仿佛是对我问题无言的失望。

"韩晋,我只能说你太单纯了。事件推理到这个地步,很多反常的现象,稍微动动脑子就能得出答案。神木庙其他地方的蛀痕,显然就是凶手在行凶之前故布疑阵,不过是藏叶于林的把戏。若屋内只有一处蛀痕,大家的目光一定会落在上面,为了转移视线,凶手在耿书明进入神木庙之前,就已经将许多昆虫信息素涂抹在神木庙各处了,其目的就是为了让大家以为这种蛀痕与庙里发生的命案无关!"

我点头道:"原来如此……"

解释到这个地步,如果我还想不明白,那一定是我的智商有问题。

"那到底是谁干的!竟然在神木庙里行凶,实在太不像话了!"

人群中传出了一声男性的咆哮,囿于现场嘈杂的环境因素,加之视线所及之处皆是匿于黑夜里的村民,我根本无法分辨出发声者是谁。不过可以确定的是,如果命案不是神树降罪,那么刀岗村的村民对有人在圣地行凶的行为,必将感到愤怒。

"凶手是谁?"陈爔置身逐渐聚拢的村民所形成的圆心地带,开始在这有限的空间内来回踱步,像是一位正在野外给学生讲课的老师,目光如同鹰隼般慢慢扫过这些陌生的脸庞,"凶手是谁,我当然已经知道。而且我可以很负责任地告诉大家,凶手就在这里,和大家站在一起。"

此言一出,人群躁动起来,村民们纷纷交头接耳,彼此间传递着不安与疑惑。有的人脸上写满了惊慌,仿佛听到了世间最不可思议的事情;有的人则显得狐疑不定,不时地瞥向四周;还有的人明显被这番话激怒,脸色铁青,嘴角紧抿,他们低声却激烈地与旁人争论。霎时间,现场便被一层无形的紧张氛围所笼罩。

"就在两天前,刀岗村村民王高先生家的中华田园犬,从离神木庙不远的泥地里,刨出了一把黑色手枪。根据警方鉴定,这把黑色手枪为自制枪具,同时也是射杀耿道成与耿书明的凶器。显然,这一定是凶手杀死耿书明后,为了掩盖证据,就地掩埋了凶器。只是凶手没有想到,枪竟然被王高先生家的狗给挖出来,还叼回了家。王高先生在回忆这件事时,提到了一个很重要的线索,他说这把枪被狗叼回来的时候,上面有一股子腥味。随后,刑侦人员在埋枪的土坑中也闻到了类似的腥味。"说到此处,陈爔将目光投向了盛岳峰,"盛队找专业人士鉴定了一下,发现气味来自一种叫作'地龙'的药材。"

盛岳峰点了点头,补充道:"所谓'地龙',就是用蚯蚓制成的中药材。能降肝火,熄肝风。但它的气味腥臭,很不好闻。"

陈爔接过盛岳峰的话,继续说道:"地龙生长在潮湿疏松的土壤中,此环境内栖息着诸如芽孢杆菌、变形杆菌及假单胞菌等腐败性微生物。这些微生物具备将蛋白质逐步降解的能力,首先将其分解成多肽,进而水解为氨基酸。随后,通过一系列复杂的生物化学反应,氨基酸被进一步转化为醛酮类化合物、醇类物质、胺类、硫化物以及低级脂肪酸与其酯类等多样物质。这些分解产物中蕴含了丰富的异味成分,例如胺类中的尸胺、腐胺与吲哚等,它们大多散发出难闻的腐臭气息。这种气味附着能力强,自制枪具长时间放置在这种环境中,上面也会产生难以去除的腥味。"

我明白了陈爔的意思,顺着他的话说道:"也就是说,这把手枪,曾经与'地龙'放置在一起。换言之,藏匿手枪的地点是一间药房?"

"You said it！"陈燔朝我打了个响指，"按照正常的逻辑来看，手枪一定是与'地龙'长期放置在一起，才会染上其特有的腥臭味。那么，我们就可以得出韩晋刚才所说的'藏匿手枪的地点，是一间药房'这一观点。现在问题来了，整个刀岗村，到底有谁是做药材生意的呢？谁又能够提供一间可以放置手枪的药房呢？"

说到这里，众人纷纷把目光投向了村主任田育民。

田育民见状，急忙哭爹喊娘地大叫道："你别血口喷人！我怎么会在家里藏枪呢？更何况我和这两位耿先生无冤无仇，杀人的动机是什么？"

田骏豪见自己的父亲被人冤枉，也朝着陈燔破口大骂："仗着自己认识警察就诬陷人对不对？是不是因为我不让你们进神木庙，你们怀恨在心，有意要整我们田家？"随即他又转向身后的村民，"我们家倒了，对刀岗村有什么好处？平日里我爸对你们这么好，现在他被人冤枉，你们都不替他说几句吗！"

刀岗村的村民苦田氏父子久矣。父亲田育民道貌岸然，看起来一副正人君子的模样，实则自私自利，行事多有不公；儿子田骏豪更是飞扬跋扈，仗着父亲的权势在村里横行无阻，无恶不作。村民们虽心存不满，但多数人秉持着多一事不如少一事的原则，对他们的所作所为多是表面顺从，背后却议论纷纷，阳奉阴违成了大家默认的与田氏父子的相处之道。即便是那些平日里跟在田骏豪身后，看似忠心耿耿的马仔，心中也未必没有怨言。若非田骏豪的父亲是村主任，他们或许根本不会对这个仗势欺人的年轻人服气。眼下田育民有杀人的嫌疑，众人更是事不关己，高高挂起，没人替他说一句好话。

然而，就在这个宣布凶手身份的关键节点，陈燔却说出了一句令众人意想不到的话。

他双手一摊，苦笑道："田育民先生，你先别激动，我可没说你就是凶手。"

田育民余怒未消，结结巴巴地说道："可是你刚才明明说，藏匿枪支的人，就是在村里经营药材生意的人。你这不是指着我鼻子骂嘛！"

"没错，你确实是嫌疑人之一。不过如果是你的话，就不会把手枪埋在村里，而是会将它带到更远的地方处理掉。"陈爝解释道。

"什么意思？"我不明白。

"韩晋，难道你忘记了，我们在挖掘手枪的现场，曾见过田育民先生。当时他刚从砚山县回来，因为他的儿子田骏豪阻拦警方办案，所以还特意教训了他一顿。"陈爝说到此处，还故意看了田骏豪一眼，见他羞得满脸通红，便强忍笑意，继续说道，"如果他能去砚山县办事，那就说明他有能力在案发后离开刀岗村。既然如此，如果他想销毁凶器，我实在想不出他为何不把凶器带出刀岗村。要知道，即便用泥土掩埋来匿藏枪支，也是会有被发现的风险。由此来看，我觉得此案的凶手并不是田育民先生。"

田育民见陈爝替自己说话，整个人都蒙了，待他反应过来后便连连道谢："陈先生真是目光如炬，人如其名，用爝火照亮刀岗村的黑暗啊！"随后又骂了他儿子几句，诸如"以后你再和陈先生作对，我打断你的狗腿""还不快点谢谢陈先生给我们洗脱冤屈"之类的话。瞧他那个样子，恨不得跪下来给陈爝磕几个头。

陈爝倒是不理会他，连看都懒得看他一眼。

但如果不是田育民的话，凶手又是谁呢？要满足以下这几个条件：一、对刀岗村的地理环境足够了解，所以应该是村里人；二、在刀岗村经营药材生意，有匿藏手枪所需的药房；三、在案发前后没有离开过刀岗村。想到这里，我内心有一种不祥的预感。

陈燔长叹一声，语调中略带哀伤的对众人宣布道："大家可能都忘了，刀岗村除了田家外，还有一户人家也是从事药材生意的，就是被大家称为'蛊药婆'的尼久莫奶奶。她是村里的巫媪，曾有很长一段时间给大家传达神谕，当然也包括抓药看病。"

人群中传来一个女声，声音很清脆，感觉是个年轻人。"可是蛊药婆已经很老了，老得连路都走不动，怎么会是杀人凶手呢？"

陈燔点头表示同意。

"蛊药婆不是凶手，杀死耿道成和耿书明的凶手，是她的女儿——欧秀金女士！"

3

由于距离过于遥远，我始终无法清晰地捕捉到欧秀金面部表情的任何细节。不知道她听见陈燔的推理后是什么反应。她会生气吗，还是会惊讶？我看不清。不过她并没有像田育民那样气急败坏地反驳。相反，她展现了一种令人意想不到的沉静与自持。她甚至动都没有动一下，哪怕所有人的目光都集中到了她的身上，交头接耳，议论纷纷的时候，她还是像一座雕塑般纹丝不动。

陈燔走近盛岳峰,用手拍了拍他的肩膀,对众人道:"其实盛队从很早就注意到欧秀金所经营的蝴蝶庄有问题。现在我们都知道了,且不说耿道成教授和耿书明他们,但凡来到刀岗村,想对传说中的滇南虫国进行考察的学者们,几乎都没有好下场。比如沪东大学的高谦平教授,在上海遭遇车祸离世;又比如渝南大学的汪敬贤教授,在前几天于赤山遭遇了不测。仿佛有一股力量,一直阻碍着滇南虫国的考古研究。所以当川东大学的耿道成教授在刀岗村遇害后,盛队就改变了调查方向,他带领刑侦大队收集了不少关于高谦平教授意外的资料,结合汪敬贤教授的案件,经过深入调查,发现了一个有趣的民间组织。这个民间组织,主要成员几乎是刀岗村的村民,但不是全部,其中相当一部分人受到组织的影响,甚至改变了信仰,不再信奉神木庙里的神树'告乎',而是转投虫神磐胡门下,自愿成为'虫卫'。而'虫卫'的职责,就是不让外人打扰虫神的遗迹。因为对他们来说,一旦遗迹被人挖掘,他们就失去了祭拜虫神的神殿,这才是他们真正的'圣地'!"

"住口!"终于,站在远处一言不发的欧秀金怒吼起来,旋即又低声说道,"不要再说了……"她的声音充满了无力感。

我想,欧秀金自己也知道,真相一旦被揭露出来,任何谎言都无法再将其掩盖。虫卫们拼了命想守护的地方,终有一天会被世人所知。

"虫卫们以虫符作为信物,便于相互联络。所谓虫符,就是一枚金属徽章,上面雕刻着虫神磐胡的模样。欧秀金作为虫卫的主脑,手下有不少得力干将,比如潜伏在汪敬贤教授考察队中的苗族青年波金栗,也就是你们村民口中的'阿威',以及刚才准备将我和韩晋从这个世界上抹去的那位青年,他的名字叫林剑，也是你们村里人。欧秀金意识到我和韩晋在这里长时间逗留，难免会发现他们的秘密，便想尽办法撵走我们。可即便杀了耿书明，也没吓退我和韩晋，这是她没有想到的。盛队三番五次地想劝我们离开，也是因为他们知道虫卫的存在，担心我们的安全。而且丁瑶的参与，也让她十分头疼。对于虫卫的事情，丁瑶应该一无所知。或许欧秀金知道自己女儿对这种怪力乱神的东西非常抵触，所以暂时没有拉她入伙。"

当陈熻说出阿威和林剑这两个名字的时候，村民们再次沸腾起来，嘈杂的议论声中，不时还能听见几声叹息。那些发出嗟叹的村民，恐怕与这两位年轻人交情不浅。不过他们应该也没想到，这两位看似人畜无害的青年，竟然信奉上古时期的邪神。是的，当我听了席静在赤山洞穴的经历后，那位虫神磐胡在我的眼中，就是一个不折不扣的邪神！

"我在广南县彩云楼私房菜包厢里捡到的虫符，正是向导波金栗落下的。但我来到蝴蝶庄后，虫符又神奇地丢失了。现在想来，就是被欧秀金偷偷拿走。至于这枚虫符最后为何又会在落在耿书明手里，我想或许是欧秀金利用这个信物，将他引诱进了神木庙。不过具体她是如何操作的，在此我也无法知晓。对了，顺便说一句，除了波金栗和林剑，还有五位信奉虫神磐胡的虫卫，因涉嫌协助杀人，已经被警方逮捕，目前正待在公安局接受审问。至于欧秀金的女儿丁瑶，也已经被警方解救出来。在我与韩晋前往广南县的时候，她被她母亲迷晕后，藏在了蝴蝶庄的地下储物间。让丁瑶暂时消失，可以保护她不受牵连，让林剑更方便地处理掉我和韩晋。怎么样，欧秀金女士，对于我说的话，你还有什么要补充的？"

欧秀金从远处朝陈熻走来，每一步都走得很缓慢。不过她的眼神丝毫不怯,直视陈燏,整个人显得十分笃定,仿佛那位虫神磐胡仍在护佑她一般。

"你真的很可怜。你以为你什么都知道了,其实你一无所知。"欧秀金的声音起了变化,那声音不再是我们于蝴蝶庄听过的那般温柔,而是悄然间染上了一丝阴鸷。

我告诉自己,她原来就是这样,在蝴蝶庄是她伪装出来的样子。

"作为刀岗村唯一的民宿,你经营蝴蝶庄的目的,就是为了暗中阻止前来调查滇南虫国的学者及网络上的好事者。外人来到刀岗村,只能入住蝴蝶庄。往来的住客基本上都在你的监视之下。一旦发现有人是为了滇南虫国而来,你就会想方设法地吓走他们。如果不能将他们吓退,打消继续探寻滇南虫国的念头,你就会利用其他手段,将他们杀害。沪东大学的高谦平教授,就是一个活生生的例子。"陈燏边摇头边说话,脸上尽是失望的神色。

欧秀金在距陈燏十米处停下了脚步。此刻,现场的警察无不处于高度紧张的状态,人人都绷紧了神经,盛队更是警觉地将手掌悄悄移向了腰间的手枪。他将手指轻轻搭在冰冷的枪柄上,随时准备应对突发状况。在场的刑警们眼神中充满了戒备,生怕欧秀金身上还藏匿着未知的凶器,会对毫无防备的陈燏发动突如其来的攻击。

"你们要抓就抓我吧!我不会做任何辩解。"

欧秀金双手前伸,示意让警方上手铐,从表情来看,她似乎毫不害怕,一副引颈就义的姿态,甚至连起初的愤怒都消散殆尽。

我上前对她说道:"金姐,即便不是陈燏,你们也已经被警方盯上了。我不明白你们为何会对这么久远的神祇产生兴趣？而且据我所知，这个古国的历史和遗迹，可以追溯至春秋战国，总不见得两千多年以来，刀岗村一直有人信奉虫神磐胡吧？"

"当然不可能！"陈燔抢在欧秀金前对我说道，"刀岗村有村民发现滇南虫国的遗迹，说起来可能也不会超过四十年。"

"才四十年？"我惊呼起来。这时间也太短了吧？

但我察觉到，陈燔说这句话时，欧秀金的神色开始起了变化，从开始的从容不迫，变得非常紧张，她的双眼深处，渐渐凝聚起难以言喻的强烈恨意。

至此我才意识到，陈燔或许戳到了她的要害。

"欧秀金女士，说你是虫卫的首脑也许并不准确，你应该是主要执行人。真正的首脑另有其人。"陈燔并不惧怕她的眼神，淡然且意味深长地对她说道。随后把脸转向我："韩晋，你是否还记得，我们曾去拜访丁瑶的外祖母，那位有'蛊药婆'之称的老奶奶。丁瑶告诉我们，她的外祖母年轻时曾是'赤脚医生'，为了找寻草药，便和几位医生一同进入深山。可是，与蛊药婆同行的医生们全都失踪了，最后只有年轻的蛊药婆活着回来。对这些医生的遭遇，蛊药婆却闭口不谈。回到刀岗村之后，蛊药婆从事起了巫媪这个职业，替村民占卜吉凶。值得注意的是，我曾经请教过她，与她对话的神明是不是树神'告乎'，从她含糊其辞的态度来看，大概率不是。那么，会是谁呢？

"我们不妨做个大胆的推测。四十年前，蛊药婆和乡村医生们闯入的地方，正是汪敬贤教授带队考察的赤山洞穴。然而在洞穴内，她们遭遇了许多困难，导致许多人直接死亡。不过，蛊药婆也因此见到了滇南虫国的遗迹，见到了那些岩画和雕像，也见到了虫神磐胡。她认为，自己是在虫神磐胡的庇护下逃离了赤山。于是,年轻的蛊药婆变成了虫神虔诚的信徒,并利用自己巫媪的特殊身份,开始筛选虫卫。她觉得自己有义务要保护滇南虫国的遗迹,甚至有可能,她认为自己也是滇南虫国的后人。从现代科学的角度来看,这固然是很可笑的,因为随着气候战争等因素,数千年来,人类不断迁徙,刀岗村的村民也大多都是外来者,属于两千年前西南古国后裔的概率其实非常之小。不过对于一个一生都在这座村寨的老人来说,会有这样的认知也并不奇怪。

"所以,顺理成章的,欧秀金女士就接替了她母亲蛊药婆的重任,成为虫卫,守卫滇南虫国的遗址。我认为,欧秀金女士对丁瑶老师在外工作、不愿回村的事情,持反对意见,大概率也是希望丁瑶老师能够继承这份责任。外祖母去世后,欧秀金女士会担任新的蛊药婆,而丁瑶老师,则是她期盼的下一代。世世代代守卫虫神遗迹,日夜祭拜,变成了她们这个家族的使命。想想也让人热血沸腾,是吧?可是你们的使命,在我这里,这就是一个笑话。为了一个虚无缥缈的上古邪神,妄想脱胎换骨成为'虫仙'而犯下的累累血债,欧秀金女士,您和您那位年迈的老母亲,不仅十分愚蠢,而且罪不可赦!"

陈燨最后一句话的分量很重,这足以说明他内心的愤怒。正如他所言,为了一个早已被时代洪流冲刷至遗忘边缘的邪神,竟有人真的煽动并组织无辜的村民,犯下那些令人发指的罪行,这一切听起来如同荒诞不经的剧本,却真实得让人心痛,足以让闻者扼腕叹息。不知丁瑶老师知道这一切后,会不会情绪崩溃,痛哭流涕。当她得知这一切,当她意识到自己生命中最亲近的人,竟然与这一系列恐怖的杀人事件有着紧密的联系,甚至可能是罪魁祸首时,那份冲击该是何等的剧烈?最亲的人竟是杀人犯，普通人恐怕都无法承受这样的真相，我不禁忧虑起丁瑶老师的反应。

"虫神会宽恕我，虫神也会惩罚你！"欧秀金女士用近乎诅咒般的言语刺激陈燔。

"让我们拭目以待吧！"陈燔高高仰起头，丝毫不惧她的威胁，"如果你所信仰的是这般邪恶的神祇，那么，我愿意和他为敌，一直战斗下去！"

最后这句话，陈燔说得异常响亮。

4

在陈燔陈述完所有推理之后，刑警们就在盛岳峰的指挥下，把嫌疑人欧秀金押解上了警车，并耐心地驱散那些因好奇心驱使而聚集的村民。身为村主任的田育民，也一同协助警方，将不愿离开的村民劝回家中。

可是，对于那些平日里习惯于围坐一起，共享村中大小事的村民们来说，今晚注定是一个不眠之夜。尽管有田育民主任苦口婆心的劝说，但他们中的许多人依旧难以按捺内心的好奇与震撼，三五成群地聚在一起，低声讨论着这件令人震惊的凶杀案。在他们的记忆中，欧秀金一直是一个乐于助人的邻居，如今却突然成了一系列杀人案件的幕后黑手，这样的反转实在太过惊人，让他们一时难以接受。

我刚从袭击者手下生还，惊魂未定，又听到陈燔说出如此惊人的真相，早已睡意全无。恰在此时，盛岳峰队长提出需要我们跟随他返回公安局做笔录，我和陈燔便上了他那辆警车。

在前往公安局的路上，我忍不住向盛岳峰探问了席静的去向。但他只是简短地告诉我,席静被安置在一个很安全的地方,言语间透露出一丝不易察觉的保留。察觉到他似乎不愿多说席静的情况,我便知趣地闭上了嘴。

当车辆缓缓驶入广南县地域,天边已泛起淡淡的晨曦。警方没有丝毫懈怠,立即投入紧张而有序的工作中,针对欧秀金及其追随者林剑,展开了紧锣密鼓的审讯工作。令人费解的是,那位名叫林剑的青年,显然是深受欧秀金的影响,已被她彻底洗脑,表现出了一种近乎盲目的忠诚。面对警方的询问,他始终保持沉默,一个字也不肯透露。

相比之下,欧秀金的态度则截然不同,表现出了极高的配合度。对于警方提出的问题,她几乎是不假思索地一一作答。至于她何以会有这样的态度,我个人认为是她意识到了自己的处境,不得不戴罪立功,以最大限度地争取法院的宽大处理。但陈燔却不这么想。他说,像欧秀金这种人,不能以世俗的价值观去衡量她的想法。

从盛岳峰向我们披露的信息中不难发现,欧秀金所供述的犯罪事实,与陈燔的推理并无太大出入,只在细枝末节上有些不一样。尤其是关于神木庙杀人案件的犯罪手法,几乎与陈燔所推理的如出一辙。不过,欧秀金倒是透露了不少当初在刀岗村组建"虫卫"组织的关键信息。其中有不少内容即使是陈燔也无法知晓的。

年轻的乡村医生尼久莫在赤山闯入了滇南虫国的遗迹,见到了宏伟的虫神群像,深受震撼。从山里逃生后,她经常在夜里梦见那片遗迹。在睡梦里,黑暗如浓雾般将她吞噬,空气中传来了难以忍受的恶臭气味,一头巨大到难以置信,如同远古山峦般的巨型生物赫然显现在了她的面前,那怪物的头部有两根长长的触角，有着一颗黄蜂般的头颅，一对镶嵌着锯齿的巨颚生长在口中，身体部位像蝉的腹部，粗壮的附肢步足长在两侧，膨胀的腹部一下是正在灵活蜿蜒宛如千足之虫般的身躯。此时，它正拍打着背后的巨型膜质翅膀，拖着巨大的身躯朝尼久莫逼近。它口中出现了一种无法用人类声带发出的声音，似乎在向尼久莫传达某种来自上古的呼唤。

醒来之后，尼久莫时而丧失知觉，时而陷入谵妄，族里的人认为她染上了重病，便送去了县里的医院救治，但经过医生的诊断，尼久莫的身体并没有问题，于是她又被送回村里。但谵妄的症状并没有消除，尼久莫半夜里依旧会大喊大叫，村民们实在无法忍受，最后将她送去了"蛊药婆"那边。蛊药婆认为尼久莫被人下了蛊，便用了传统的方式将尼久莫救了回来。神志恢复后，尼久莫希望能师从蛊药婆，蛊药婆也答应了。

往后的岁月，尼久莫几乎都待在蛊药婆身边学习医术。待蛊药婆死后，她也顺理成章地继承了"蛊药婆"的称号，成为村寨唯一的巫媪，同时垄断了与鬼神对话的特权。自此之后，村里人所有的祈祷与占卜都绕不过她。然而这些年来，虫神的呼唤从未停止，成为蛊药婆后的尼久莫，也从未忘记那次误闯遗迹所带来的震撼。对于虫神的崇拜让她觉得自己有义务守护那片古老的遗迹，令虫神免受外人的打扰。

结婚之后，她一直将这个秘密藏于心中，直到她的女儿欧秀金长大成人。她想把这份责任托付于她，却遭到欧秀金的拒绝。神奇的是，就在欧秀金拒绝她母亲的当天夜里，她梦见了那个古老的国度。在云雾缭绕之下，虫神磐胡仿佛一座巍然不动的山峰，盘踞在一群未开化的先民面前。它的样子令人作呕，周身弥漫着无法消散的腥臭味。那些西南先民被称为"虫落氏",他们身上披着粗犷兽皮与葛麻织物,不停向虫神跪拜,口中呼唤着令人费解的词句,他们的表情是那样癫狂,仿佛所有人在虫神面前都已心智崩溃。它那两只深深地嵌在布满皱纹的头部表面的黑眼,突然转向了欧秀金。此时,巨颚张开,吐出了一阵震耳欲聋的声音。

醒来后的欧秀金态度大变,她深信自己受到了虫神磐胡的召唤,必须要替虫神坚守住古老国度的遗迹。信奉虫神之后,欧秀金开始招揽"虫卫"。但整个招揽的过程必须非常谨慎和严格,稍不留意,事件的秘密就会流传出去,届时会吸引大量学者来到赤山考察,滇南虫国的遗迹就会暴露在大众的视野中。也因此,欧秀金与其他虫卫以保护神木庙为由,极力反对村主任田育民的文旅计划,有好几次都把谈好的项目搅黄了。

可是,让他们没想到的是,沪东大学的高谦平教授,竟从故纸堆中寻到了滇南虫国的蛛丝马迹,并按照线索追查到了刀岗村。这让身为虫卫的欧秀金大惊失色。于是,在百般无奈之下,她让虫卫之一的波金栗前往上海,跟踪高谦平教授,并制造了一起意外。可一波未平一波又起,高谦平教授在去世之前,竟将此未竟之志,托付给了川东大学考古研究院的耿道成教授,还把他吸引到了刀岗村。为了防止耿道成教授查到遗迹的具体地点,疯狂的欧秀金便在神木庙结束了他的性命。后面发生的事情,我们就都知道了。

在完成笔录之后,我们步出了询问室,走在公安局那略显冷清的走廊里。就在这时,一个意想不到的身影进入了我们的视线,正是被盛队救出的丁瑶。在此之前,我的心中不免有些忐忑,担心这样突如其来的变故,尤其是她母亲被警方逮捕的事,会给她带来巨大的心理冲击。现在看来,是我太小瞧丁瑶了。面对母亲被警方逮捕的事情,她表现得十分坚强。在与我们交谈时,她的声音虽略显低沉,却字字清晰。

"现在说来,可能有点马后炮,不过我一直觉得她有事瞒着我。"丁瑶低着头,目光无意识地在地面上游走,脸上浮现出一抹苦涩的微笑,"尽管经营着一家民宿,却不希望有太多客人。不过,事情的真相还是远远超过了我的想象。没想到她竟然被这种怪力乱神的玩意儿欺骗了这么久。"

"被洗脑的人,自己是不知道的。"

陈爔的声音适时地响起,这句话既像是安慰,又仿佛是对这一现象的剖析。

丁瑶深吸一口气,随后抬起头看着我们,问道:"事情都已经结束了,你们有什么打算呢?准备几时启程回上海?"

"事情还没有结束呢。"陈爔突然说道。

他说的这句话,连我都吓了一跳。

"还没结束?"我连忙问他,"这一系列案件的凶手都已经找到,主谋也已交代,包括赤山考察队那边的案件,尽管目前还没找到他们的尸体,但席静的陈述非常清楚,杀人者波金栗应该也已葬身洞穴的暗河之中。到底还有什么问题没有解决?"

"波金栗?"陈爔冲着我和丁瑶缓缓摇了摇头,略显沮丧地对我们说道,"实际上,发生在赤山洞穴的案件,凶手另有其人。"

第十章　冥行擿埴

祝离者，云南人也，棲心玄门，笃信虫神。一日，遇一书生于大树下结跌而坐，见祝离，谓之曰："世间岂有神乎？皆左道淫邪之徒，伪讬其名，以鼓愚瞽耳。"离曰："磐胡庙甚灵，人多敬信之，尔亲往祈祷，乃知言之不妄矣。"书生问曰："人传磐胡食万有，可乎？"离曰："可矣。"又问曰："然则磐胡能自啖其躯邪？"离睒睗无以对。噫！既凡物皆可食，何以弗食己躯，此诋言尽悖，理之所无也！

——明　胡弼《芸馆偶笔·磐胡自噬》

1

在公安局吃过早饭后，我和陈燏都感到一股难以抗拒的倦意，困得几乎睁不开眼，便去了此前住过的乐悦宾馆。抵达宾馆后，我们迅速办理了入住手续，开了间双人床客房，好好补了一觉。当再次睁开眼睛时，窗外的阳光已变得柔和昏黄，墙上挂钟的时针指向了下午三点，意味着我们已经睡了整整七个小时。醒来后的第一件事,还是找地方先祭五脏庙。我们正坐在餐桌旁用餐,陈燔的手机突然响起,屏幕显示是盛岳峰来电。

电话甫一接通,盛岳峰就劈头问道:"凶手另有其人,是什么意思?"

陈燔从容不迫地放下手中的筷子,换了一只更为闲适的手握住手机。"字面意思。"

"难道说,席静的笔录存在问题,她在撒谎?"盛岳峰反问陈燔道,"如果波金栗不是凶手,那么凶手是谁?今天你必须把话说清楚,到底是怎么回事?"

"之前我就请求你让我见席静一面,你可是毫不犹豫地拒绝了。盛队,你已经错过了一次知道真相的机会。我现在正在吃饭,你别打扰我,我要挂了。"陈燔冷冰冰地说道。

"别挂!我现在就让你见席静,她就在我的办公室里。不过你要答应我,把你知道的所有事一五一十地讲出来,不能有隐瞒。"

"我现在没兴趣讲了,再见。"陈燔挂了手机,重新拿起筷子。

我在一旁听得目瞪口呆。没想到陈燔面对盛队,竟如此强势。我心中暗暗吐槽。像陈燔这种小肚鸡肠,凡事睚眦必报的人,说这种话倒也不奇怪。

"你是在开玩笑吧?"我压低声音,半是疑惑半是惊讶地向陈燔问道,"是不是故意气一气盛队?"

"开玩笑?"陈燔面色凝重地摇了摇头,眼神中透露出难得的认真,"我没开玩笑啊。赤山命案的凶手确实另有其人。尽管波金栗是'虫卫',潜伏在考察队里,取得众人的信任,最终目的也是要将他们都埋葬于赤山之中,不过杀死曲欣妍与曹仲健的人的确不是他,他只是手刃了汪敬贤一个人而已。"

"那是谁?"我迫不及待地追问。

我的话音刚落,陈燨的手机铃声突兀地再次响起,屏幕上闪烁的名字依旧是盛岳峰。这次,陈燨只是淡淡地瞥了一眼,便毫不犹豫地伸手按下了挂断键,他的动作十分果断且决绝。

"你不至于这样吧!盛队对我们一向挺好的,就算当初他不同意我们见席静,那也是因为警队有它的规章制度,他作为队长必须遵守。你不能仅仅因为这个原因就责怪他,这样对他不公平!"我急切地替盛队辩解道。

陈燨并没有直接回应我的话。他只是默默地拿起一张纸巾,轻轻地擦了擦嘴角。随后他扬起手,招呼店员结账。

付完钱后,他站起身对我说:"韩晋,我们走吧!"

"去哪里?"我依然坐在原位,有些不解地问道。

"当然是去公安局找盛岳峰啊!你没见他一直打电话催我们吗?"陈燨毫不犹豫地回答道。说完,他便转过身,大步流星地走出了餐厅,留下我在原地匆匆收拾东西,紧跟其后。

这家伙还是和以前一样,仍旧保持着那份让人捉摸不透的特质。但说来也怪,正是这份不可预测性,让他在举手投足间散发出一种独特的魅力,让人无法简单地用好坏来评判。不过,从总体上来看,陈燨本质上依旧是一个不愿真正给他人制造难处的人。尽管他有时可能显得难以捉摸或行事独特,但在关键时刻,他总能展现出一种难能可贵的宽容。

当我们抵达公安局的那一刻,午后的阳光恰好斜斜地洒落在这座庄严的建筑之上,为其镀上了一层绚烂的金辉,那场景与我们初次造访时的情景惊人地相似,仿佛时间在这一刻重叠,带来一种莫名的熟悉感。

在来的路上，我特意给盛队发送了一条微信，告诉他我们马上就到。显然，这条信息让他倍感振奋，因为当我们还未进入公安局的大门，便远远望见盛队已经迫不及待地站在了门口。然而，与初次见面时相比，这次盛队的表现有所不同。他没有抽烟，而是在大门前的空地上不停地来回踱步，显得心事重重。

盛岳峰瞧见我们，随即加快了脚步，热情地迎了上来。他径直走向陈燏，语气中带着几分责备道："以后你说话能不能靠谱点，难道你和宋队也是这么讲话的？"

陈燏并未直接回应盛岳峰，而是问道："席静在哪儿？"

盛岳峰见状，也就不再多说什么，直接答道："在我办公室坐着呢。办公室也没其他人，你们随我来吧！"说完，盛岳峰便转身领着我们走进了公安局的大门，熟门熟路地朝着刑侦大队的办公室方向走去。

抵达办公室时，我们发现偌大的空间里，唯有席静静静地坐着。一见我们进门，她就从椅子上站起来，热情地向我们挥了挥手。从她精神饱满的状态来看，与之前相比，简直是判若两人。我和陈燏相继步入室内，紧随其后的盛岳峰反手带上门扉，"咔嚓"一声轻响后，整个空间被隔绝成了一个只有我们四人的密室，外界的喧嚣都被挡在了门外。

盛岳峰以主人的姿态，亲切地示意我们入座。我们四人以一张茶几为中心，围坐在一起。随后，席静的目光转向了陈燏，开口问道："听说你想见我？"

"是的。"陈燏说话间，瞥了身边的盛岳峰，苦笑道，"可惜盛队不让。"

"陈燏，在案件没有破获之前，我怎么可以让你任意妄为？"盛岳峰笑着摊开双手，以表示自己的无辜。

席静在一旁，眼神中闪烁着好奇。她轻声问道："你为何坚持要见我？我所知道的一切，都已经毫无保留地告诉了你们，难道还有什么地方，是我疏忽了，没有解释清楚的吗？"她的声音里带着几分不解，显然对这次突如其来的会面感到十分意外。

陈燨的目光紧紧锁定在席静身上。"因为这个案子，还有许多疑点。"

就在这时，我敏锐地察觉到屋子里的气氛发生了微妙的变化。

"什么疑点呢？"席静不理解。

"就比如曲欣妍的命案，关于案发现场，你是这么描述的。"陈燨略微提高了声量，说道，"在天然洞室的中间，躺着裸体的曲欣妍。曲欣妍身上一丝不挂，仰面躺在泥地上。她因头骨碎裂而亡，凶器则是落在她身边的虫三太子沙不隆的石雕。湿润的泥土上，清晰地留下了她的鞋印。可在曲欣妍身体周围，除了她自己的脚印外，却没有别人的脚印。她倒下的位置，距离你发现她的位置有十几米远。我说的没错吧？"

"没问题。"席静回答得很干脆。

"如果按照你的描述，那么曲欣妍的死就是一起不可能犯罪了！即便凶手是波金栗，他也没有翅膀，如何能飞到曲欣妍的身边将她砸死呢？还有，凶手何以要将她的衣服全部取走，这点我也无法理解。"

尽管陈燨嘴上说自己"无法理解"，但从表情上看，他似乎已经捕捉到了案件的关键线索，只是尚未到揭晓谜底的时候。

"我……我也不知道……"说话时，席静的表情开始变得不自然，眼神也悄悄地从陈燨的脸上移开，转而投向了房间的另一个角落，仿佛在逃避着什么。

"如果要证明波金栗是凶手，必须先要证明，他有能力实施无足迹杀人的犯罪诡计。可是我不觉得他有这个能力。另外副教授曹仲健被杀的现场，也有不少疑点……"

席静听着陈燨的分析，脸上的表情越发复杂，忍耐似乎已经达到了极限。终于，她打断了陈燨的话："杀死他们两个人的凶手到底是谁，就直接说出来吧，别再绕弯子了。"

"既然如此，那我就直说了。"陈燨目不转睛地盯着席静的脸，似要看透她内心一般。他深吸一口气，然后宣布道："凶手就是你。"

2

陈燨的声音在屋内回荡，清晰而坚定。而他这句话，如同一道惊雷，在原本就紧张万分的空气中炸响，让在场的所有人都为之一震。席静的脸色瞬间变得煞白，双眼中闪过一抹难以置信的惊恐。盛岳峰也是一脸愕然，他看看陈燨，又看看席静，显然对这样的转折感到意外。当然，最惊讶的人非我莫属，在那一刻，我还以为陈燨疯了！

房间里陷入了短暂的沉默。

还未等席静开口为自己辩解，甚至还未能从那突如其来的指控中，完全回过神来，陈燨便再次发话了。"为什么我说杀死曲欣妍和曹仲健的凶手只能是你呢？这并非我血口喷人，而是以推理作为根据。"

"我没有杀人。而且波金栗杀死汪敬贤，是我亲眼所见，绝对不会有错。"席静缓和情绪后，终于说话了。她的语调异常平静,几乎听不出任何波动,这与一个被指控为凶手的人应有的情绪反应大相径庭。

就在这时,盛岳峰适时地插入了话题,他举起手,做了一个暂停的手势,示意两人暂时停止对话。他的目光转向陈燨,语气中带着几分严肃。"陈燨,你指认席静为凶手,究竟是基于什么样的依据?能否请你详细解释一下?"

他的问题很直接,显然是想要探明真相,同时也为席静争取了一个解释的机会。

"没问题。"陈燨爽快地应承下来,"那我们就从曲欣妍的命案开始说起吧!根据席小姐的供述,发现曲欣妍尸体的时候,有两个很奇怪的地方:第一,曲欣妍身上的衣服都被凶手拿走,赤身裸体地躺在那里;第二,曲欣妍尸体周围,除了她自己的脚印外,没有别人的脚印。换言之,只可能她自己走了十几米到洞室中央,随后倒地死去。同时身上的衣物被凶手取走,是不是?"

没人回答陈燨的问题。他清了清嗓子,继续自顾自又说了下去。

"当然不是。曲欣妍留在泥地上的是脚印,不是鞋印,所以当她走到洞室中央的时候,身上已经没有衣物了。那么她为什么要这么干?我想,很有可能是凶手在她掉落洞穴、昏迷之际,把她的衣服都脱下来了。凶手为什么要这么做呢?因为她必须将曲欣妍引到洞室里,这样才能使用她所设计好的诡计。"

"你的意思是,凶手必须要将曲欣妍引诱至洞室中?"盛岳峰问道。

"没错。所以,凶手很可能精心设计了一句极具诱惑力的话,比如'我有备用的衣服,你要不要穿',这样的话术,既贴心又不易引起警觉，正是诱导曲欣妍上钩的绝佳手段。显而易见，在这支考察队中，女性成员仅有两位，而能自然而然说出这番话，且让曲欣妍不感突兀的，非席小姐莫属了。曲欣妍听了她的话，跟着她来到洞室门口，在对方的暗示下独自一人步入那漆黑的洞室深处，满心以为能找到解决问题的衣物，却未曾料到，这竟是她步入死亡陷阱的第一步。此时的凶手已经准备好了凶器，亦即沙不隆的石雕，随时准备向曲欣妍发起袭击！"

我打断了陈爔的叙述，提出疑问："凶手没有跟进去，那怎么犯罪呢？距离曲欣妍这么远，你可别告诉我，她是用投掷的方法，将曲欣妍砸死的！"

"平投肯定瞄不准，力量也不会很大，未必能将曲欣妍砸死。要知道，现场发现曲欣妍尸体的时候，是头骨砸碎的状态，这说明伤势非常严重，沙不隆石雕仅仅是二十厘米高的石块，很难丢出这么大的力量，除非……"

陈爔说到此处，故意停顿下来。

"除非什么？"我已被他吊起胃口，急忙问道。

"除非石雕不是从洞口朝洞内投掷，而是从洞顶往下投掷的！"

陈爔给出了他的结论，可我并没有听明白。

"由上往下？什么意思？"

"我知道了！"盛岳峰右手握紧拳头，狠狠地砸在了自己左掌上，"我知道你为什么说凶手是席小姐了，因为席小姐是一名职业的攀岩运动员！整个洞室仿佛一只倒扣的碗，顶部呈半圆形，布满了错落有致的钟乳石，对于普通人而言，这无疑是难以逾越的天堑，想要攀爬到洞室顶部，几乎是不可能完成的任务。但是，如果换作席小姐这样的攀岩高手，那情况就截然不同了。她的专业技能，她的身体素质，都让她在这样的环境中拥有了得天独厚的优势，攀爬到洞顶对她来说，难度会大大降低！"

"是的。"陈燨点了点头，显然对盛岳峰迅速而准确的领悟力感到十分满意，"凶手将曲欣妍引入洞室之后，自己悄悄沿着岩壁攀爬至洞顶。曲欣妍进入洞室后，发现身后跟随的凶手不见了，当时一定四处张望，但她却没想到，凶手此刻正埋伏在她的头顶。于是，当她听见头顶有人喊自己姓名的时候，她抬起头，见到的却是一块急速坠落的石雕。凶手扔下的石雕，在空中划出一道致命的弧线，然后以雷霆万钧之势，狠狠地砸中了曲欣妍的脑袋，将她的头骨砸得粉碎，她就这样当场死亡。"

原来如此。这样一来，确实能够解释为何现场没有凶手的脚印，以及曲欣妍的尸体上为何没有衣物的现象了！

我的目光不由自主地转向了席静，只见她原本无奈的神色，在陈燨的推理下，逐渐变为了一种难以抑制的愤怒与不满。

"请你适可而止！"席静对着陈燨冷冷说道，"我再三强调，我没有杀人。你不能因为我会攀岩，所以就认定我就是凶手！"

"光靠一个案子，确实不够严谨。但如果算上曹仲健的命案呢？"陈燨突然从椅子上站起，在办公室里开始来回踱步，"从席小姐的叙述中，我们可以得到这些线索，曹仲健是被兴答勒的石雕击中右侧额头的位置，导致严重骨折而死。死因和曲欣妍差不多，但伤势并没有那么严重，应该是凶手手持石雕，猛砸曹仲健额头致他死亡。那么，在这起案件里，凶手又留下了什么痕迹呢？这实在太明显了，我相信任何一个小学生都能看出来。"

"我看不出来……"我不好意思地挠了挠头。

但就在我挠头的时候，忽然想起席静曾对我说过的一句话。

——韩老师，您也是左撇子吗？

"左撇子！"我大声喊出来，然后指着席静道，"因为席小姐是左撇子！而曹仲健的伤势，是在右侧额头。如果两个人面对面，一方用右手持石雕挥击对方的话，那么受伤的应该是左侧的额头！陈燨，我说的没错吧？"

"韩晋，看来你还有救。"陈燨又嘲讽了我一句，随后继续说道，"我们在彩云楼私房菜的包厢中，听席小姐说起在座所有人只有她是左撇子。而据我所知，考察队里另一位左撇子，则是被凶手杀害的曹仲健本人。"

说到这里，陈燨的目光有意无意地扫向了我，似乎在寻求我的确认。

我连忙接话，回忆起那个细节："确实，当时在宾馆走廊中遇到曹仲健，我伸手和他握手，他却伸出了左手。这个细节我记得很清楚。"

陈燨闻言，点了点头，仿佛一切都在他的预料之中，接着他的话语如同锋利的刀刃，直指核心。"凶手必须同时兼备攀岩和左撇子两个条件，而在考察队这些人里，只有席小姐你完全符合。所以，你还有什么想说的吗？"

"我觉得你疯了！"席静的面色瞬间变得铁青，她怒视着陈燨，眼中仿佛有火焰在燃烧，如果法律允许打人不违法，我甚至担心她会毫不犹豫地动手。

就在这个时候，发生了一件令大家意想不到的事情。面对席静的责骂，陈燨不仅没有表现出气愤，反而仰天大笑起来，像是听到了一则有趣的笑话。盛岳峰和席静都被他吓到了，但陈燔这种神经兮兮的行为，我已经习以为常了。

"你……你笑什么？"席静支支吾吾地问道。

盛岳峰虽然没有说话，但眼神中却透露出对陈燔精神状况的担忧。

陈燔止住笑意，对席静说道："席小姐，我确实是疯了。因为根据我的逻辑推理，凶手是你，却又不是你。不由陷入了一种类似于二律背反的境地！"

"什么意思？"席静进一步问道。

陈燔看向席静，一字字说道："意思就是，如果换一个推理的切入点，那么，其他人都可能是凶手，唯独你不可能是凶手！"

3

"陈燔，你是认真的吗？"

盛岳峰眉头紧锁，显然认为陈燔可能在戏耍他，脸上不自觉地浮现出了不悦的神色。毕竟是他安排了这次见面，如果仅仅是场闹剧，他实在无法想象该如何向席静解释和交代这一切。我理解他们的担忧，他与陈燔也只有数日的交情，自然无法理解这个怪人的行事逻辑。不过，他忍到此时都没发作，这其中的原因，或许可以归功于陈燔在刀岗村命案中的出色表现。正是在陈燔的鼎力相助之下，警方才得以顺利破获那起棘手的案件。这份功绩无疑让他对陈燔更多了一层耐心。

"我当然是认真的。就因为我太认真，所以才陷入了这般境地。"陈燔语气坚定地解释道。

"那么，我该如何理解你这句话呢？你刚才的推理，明明指出凶手的两个条件，而这两个条件，只有席静全都满足。现在你却说，就算别人可能是凶手，唯独席静不可能是凶手？你能够把这件事解释清楚吗？"

盛岳峰的语气中既有疑惑也有挑战，显然对陈燨的论断感到意外。

"正是因为我推导出了凶手的两个条件，所以才排除了席静的犯罪可能。"知道我们无法理解后，陈燨进一步解释道，"因为席静向所有人都隐瞒了一件事。"

"什么事？"我不由自主地被陈燨的话语所吸引。

陈燨缓缓将目光转向了我。"韩晋，你是否还记得，我们在彩云楼私房菜的包厢里捡到虫符之后，回到乐悦宾馆挨个敲门询问的事？"

"当然记得。"

这件事我印象很深，尤其是曹仲健对我那不太友善的态度。

陈燨接下来的话，仿佛是在确认一个至关重要的细节。"我们先是询问了波金栗，他并不承认这是他遗失的。他当然不能承认，否则等于变相承认自己是'虫卫'这件事。拜访完波金栗后，紧接着就去找了席小姐。如果我没记错，当时席小姐正在整理行李箱。如果我没记错的话，席小姐先是弯下腰，用右手捡起地上一瓶防晒霜，放进行李箱，过了一会儿，她再次弯下腰，拿起一本书放进箱子里。韩晋，我的叙述和你的记忆，有出入吗？"

"应该是这样的。"其实我已经记不清了，只是单纯的附和他。

盛岳峰的表情越来越疑惑，眉头也越皱越紧，他显然无法理解，陈燨为何要对这些看似微不足道的细节纠缠不休。在他的心目中，女孩子如何整理行李箱这样的琐事，与眼前这桩杀人案件可以说毫无关联。

得到我的确认后，陈燨满意地点点头，继续说道："我感到奇怪的是，一瓶防晒霜和一本书，为什么要连续弯两次腰？"

"啊？"盛岳峰不由自主地发出了一声疑惑，随即回答道，"因为有两件东西啊，所以要……"话说到一半，他的脸上突然闪现出一种恍然大悟的表情。

陈燨笑着对他说道："是吧，明明弯一次腰，双手各拿一件物品，就可以了。但席小姐却偏偏只拿非惯用手右手捡东西。这只能说明一件事，席小姐的左手已经无法捡东西了。为什么呢？她的左手很有可能受了严重的伤，使不上劲。"

我顺着陈燨的目光看向席静，发现她此时已经不再是之前那副愤怒的模样。相反，她的脸上变得毫无表情，仿佛陈燨所谈论的事情与她完全无关，就像一个局外人一样冷眼旁观。

"赤山洞穴命案的凶手，必须符合两个条件，一是有攀岩的能力，这样才能攀爬到洞室的顶部，向曲欣妍抛掷沙不隆的石雕；二是左撇子，这样的话，持石雕从正面挥打曹仲健，致命伤才会在他右侧的额头。但是，我们从席小姐的表现来看，她的左手连捡一本书的力气都没有，怎么有能力攀岩呢？就算她是个非常优秀的攀岩运动员，能够靠一只手攀上洞室的顶部，那么她用哪只手抛掷石雕？除非她是超人，不然根本无法做到。同样的，她的左手使不出力量，那么她又怎么可能砸死曹仲健呢？"

陈燨说完，停下了前行的脚步，双手一摊，脸上尽是无奈。

我不禁发问道："如果左手受伤，那么席小姐为什么要隐瞒呢？"

陈燔耐心解释道:"我想,这里面有两个原因。首先,她是汪敬贤教授高价请来的野外探险顾问,这笔费用肯定不少,如果在行动之前就告知汪教授,自己的左手受了伤,那不必想,汪敬贤一定换人。席小姐或许很需要这笔钱,所以就隐瞒了伤势。其次,我查了一下,新一届的亚洲攀岩锦标赛马上就要开始了,如果让运动管理中心的人得知她受了伤,恐怕会取消她的参赛资格。因此,席小姐想搏一把,报名之后,赌自己左手的伤能够在比赛开始前痊愈。"

盛岳峰此时算是彻底搞明白了陈燔的意思,他先是若有所思地点着头,随后抬起头,对陈燔说道:"概括来说,凶手必须同时具备攀岩技能和是左撇子这两个特征,而在考察队中,唯一符合这两个条件的只有席静。然而,由于席静的左手不幸受伤,导致她无法完成攀岩以及攻击曹仲健的动作,因此你又推断出,她绝不可能是凶手。我没理解错吧?"

"没错。"陈燔转过身,直面席静,语气中带着一丝挑战,"席小姐,如果你想反驳我的话,可以高高举起你的左手,证明它并没有受伤。"

一时间,四周陷入了一片沉寂。就在这时,席静突然发出了一阵苦笑。她望向陈燔,眼中闪烁着复杂的光芒。"是的,正如你所言,我的手在一次训练时意外受了伤,可是亚洲攀岩锦标赛是我一直追求的目标,这么多年的汗水,就为了这次的比赛。就算带着受伤的胳膊,我也要去参赛!这种心情,你们是不会明白的。"

盛岳峰略显沮丧地说道:"绕了一圈,结果还是没推理出凶手的身份,陈燔兄,看来你是在寻我们开心。"

"从结果上看确实如此,但现实的世界中,怎么会产生这样的悖论呢？所以我想，一定是某个地方出现了偏差，才导致我们最后的结论陷入了自相矛盾的境地！正当我陷入自我怀疑的时候，我受到了一位名叫希希的女士的提示。那天，我们正讨论到了'哥德尔不完全性定理'。当我们说一个命题在系统内既不能被证明为真，也不能被证明为假时，我们是在指出该命题在当前的系统框架内，没有明确的真假值，或者说该命题的真假，超出了当前系统的证明能力范围。从逻辑和数学的角度来看，我们通常是在一个给定的系统框架内，进行推理和证明。这意味着我们接受该系统的规则和公理作为出发点，并在此基础上进行推导。在某些情况下，我们可能会发现某个命题在当前的系统框架内无法被证明为真或假。这时，我们可能需要采用一个完全不同的系统框架来处理某个问题。"

尽管陈爔口若悬河，滔滔不绝地讲述着他的推理，但我们三人却像是被一层迷雾笼罩，无法理解他话语中的真正含义。我们的脸上写满了困惑与迷茫，仿佛置身于一个完全陌生的世界。陈爔也意识到了自己的叙述似乎并未能引起我们的共鸣。他停下了那冗长而复杂的解释，沉吟片刻后，仿佛找到了新的灵感，换了一种更为直接且易于理解的方式，继续对我们说道："你们知道'物自体'吗？"

盛岳峰轻轻地摇了摇头，这个哲学名词可能他这辈子都没听说过。

"物自体是德国古典哲学家康德提出的一个哲学概念，指的是存在于人们感觉和认识之外的客观实体。我举个通俗的例子来说明一下。想象一下，你手中拿着一个苹果。你看到的红色、摸到的光滑表面、闻到的香味以及尝到的甜味，这些都是你通过感官感知到的苹果的现象。颜色是电磁波波长，香味是分子和嗅觉的作用，味道是核外电子和味蕾核外电磁的作用，温度是分子运动剧烈程度的体现。然而，苹果的本质，即物自体，却超出了你的感官认识范围。你无法直接知道这个苹果在宇宙中完全真实的样子，不经过你的感官和思考加工的它是什么样的。这个苹果的本质，包括它的化学成分、分子结构等，都是物自体的一部分，是我们无法直接认识的。"讲到这里，陈燔得出了他的结论，"我想说的是，我们对世界所有的认识，都是通过我们的感官，所以，如果感官出了问题，我们对世界的认识也会发生改变。也就是说，如果某个感官出现问题，整个事件的真相，或许就会彻底颠覆！"

我隐约察觉到了陈燔的意思，他巧妙地借用了"哥德尔不完全性定理"与"物自体"这两个概念，隐喻赤山洞穴中那桩扑朔迷离的命案。从他胸有成竹的表现来看，他已经掌握了这起案件的所有真相。

没有给我们任何插话或提问的余地，陈燔的话语如同连珠炮一般，紧接着又响了起来。他似乎已经完全沉浸在了自己的世界里。

"赤山为什么叫赤山？因为地质的原因，其岩洞里含有不少红石岩和红土，所以当地的老人用红色来命名这座山。所以考察队进入的洞穴，其色调应该是红色的才对，但是在席小姐的叙述中，对洞穴的颜色却一句不提，这点让我很费解。她的叙述中，连石碑的裂纹都有记录，却没有任何关于颜色的描述。这是为什么呢？"

对于陈燔抛出的问题，我习惯性地应和道："为什么？"

"席小姐出于某种目的，隐瞒了考察队掉入洞穴后的一件事。而正因如此，才导致我们得出了完全矛盾的推理。"陈燔微微提高音量,宣布了最终答案,"其实在洞穴内的冒险,大家都置身于黑暗之中,看不见任何东西!"

4

由于真相过于惊人,我和盛岳峰几乎是不约而同地从椅子上猛地站了起来。我们的目光在陈燨与席静之间来回游移,已经不知道该相信谁的话了。然而,当陈燨说出那句话的时候,席静的表情却风平浪静,情绪也没有丝毫起伏。正是她这种异乎寻常的冷静态度,使得我心中的天平不由自主地倾向了陈燨的结论。

盛岳峰用手烦躁地挠了挠头发,试图整理思路,过了好一会儿,他才终于开口说道:"她在洞穴里见到石碑、雕像、岩画、暗河,甚至那条娃娃鱼,你现在告诉我,他们当时所有人都看不见东西,全体在黑暗中摸索?陈燨,你这个玩笑开得有点大了吧!"

"娃娃鱼并不是席静见到的,而是波金栗告诉她的。"陈燨语气肯定地纠正着之前的误解,"况且石碑、雕像、岩画、暗河这些东西,未必要亲眼看见,才能知道它们存在。"

"不用看,难道用摸吗?"盛岳峰冷笑了几声,但这份冷笑很快便凝固在了他的脸上。

因为他的目光落在了席静那双布满伤痕的手上。纵横交错的细密伤痕。尽管已经结痂,但依旧触目惊心。这样的伤痕,即便是在最严苛的野外探险中,也是极为罕见的。

"没错,考察队在失去照明设备之后,一直是用手摸索前进的。雕在石碑上的篆文,刻在岩壁上的岩画,包括用手掌估量的雕像大小,尽管比较麻烦,但在失去视觉的情况下,也都是可以做到的。"陈燨回应道。

"为什么你会发现考察队是在完全黑暗的洞穴中前进的呢?难道仅仅是因为在席小姐的叙述中,没有提到过颜色?"我觉得这个理由也略显牵强。

"没有提到颜色,只是让我产生疑惑。但盛队告诉我另一件事后,我才得以肯定,他们当时看不清洞穴的全貌,是靠摸索前进。"

"什么事情?"我问道。

"盛队告诉我,席静的腰上有一圈伤痕,像是被绳索捆绑过留下的痕迹。"

陈燨言毕,盛岳峰在一旁默默地点了点头,以此表达他对这一推测的认同。

"因此,我大胆推测,考察队的成员们为了确保在黑暗中不会有人掉队,便用一根长长的绳子将他们紧紧地捆绑在一起。而席静腰上那道明显的痕迹,正是那个时候留下的。席小姐,我的推测应该没有错吧?"

面对陈燨的直接提问,席静却选择了低头,仿佛是在刻意回避他。

陈燨显然不在乎席静的沉默,也没有停下的打算。

"接下来,我会将当时洞穴内发生的事情全都叙述一遍。毕竟是我的推测加想象,如果和事实有偏差,也请席小姐随时打断和纠正我。赤山洞穴案最早的被害人,是沪东大学考古研究院博士生曲欣妍。这位曲小姐运气很差。实际上,她的死亡并不是一场谋杀,而是一场意外。考察队掉落洞穴的时候,曲欣妍就因头骨撞击到岩石,导致严重的骨折而死。按照席小姐的描述，整个头盖骨都凹陷，绝对不是人力能够做到的。曲小姐的衣服为何被人褪去，又为何被放置到洞穴的中央呢？"

"是为了制造无足迹诡计吗？因为发生不可能犯罪的话，大家就会把曲欣妍的死归结于虫神的诅咒！"我说到一半，感觉也有问题，"也不对啊，既然不是自己杀的，那人何必多此一举呢？"

"我记得考察队在进入洞穴之前，都配有照明设备，难道是掉进洞穴之后摔坏了？但也不可能这么巧，所有人的照明设备一起摔坏吧？难道是凶手故意损坏？"

盛岳峰提出了一个与我迥然不同的疑问，似乎触及了案件的另一层面纱。

陈燔从容不迫地回答道："这两个看似独立的问题，实则紧密相连，我可以一并为你解答。凶手为什么要多此一举，将不是自己杀死的曲欣妍脱光衣服，丢进洞室？又为何损坏考察队的照明设备？答案很简单，因为这一切都不是凶手干的。对不对，席小姐？"

不知不觉间，陈燔的言辞又将众人的注意力引向了席静。

她面无表情，冷冷地回应道："你说什么就是什么吧！就算你说我是凶手，我也不会再反驳了。"

陈燔并未因她的态度而退缩，反而步步紧逼，走到她的面前，高声说道："如果在能看见的环境下，同样是这些条件，那么会推出你既是凶手，又不是凶手的答案。但是把环境置于一片黑暗中，之前的所有推理都将被彻底颠覆。得出的结论就是，你不是凶手。但是，即便你不是凶手，将曲欣妍的衣服脱光，把她放置于洞室之内，以及损坏所有考察队员的照明装备，这些事全都是你干的！"

我闻言连忙追问陈燨:"席小姐既然不是凶手,为什么要做这些事?"

"因为在那种情况下,她必须这么做。考察队因地面塌陷,掉进洞穴后,第一个醒来的人就是席静。如果你们仔细听她的叙述,会注意到这么一个细节。每个人的衣服都或多或少有所破损,波金栗几乎一条胳膊都露在了衣服外,整条袖子全被扯掉了。但最惨的或许是席小姐,她的衣服破损程度最严重。在这个时候,慌乱中的她做出了一个愚蠢的决定——趁大家昏迷没醒来之际,毁掉所有的照明设备,以防大家醒来看到几乎赤身裸体的她。这是人在绝境中下意识的行为,显然,她也没有多想走出洞穴后的事。然而,当她摧毁了所有照明设备后,意外地发现曲欣妍已经死亡。曲小姐身上的衣服破损程度相对较小,席小姐又做出了一个愚蠢的决定——将其衣服脱了下来,穿在了自己的身上。

"但如果大家醒来之后,发现曲欣妍意外摔死之后,是赤身裸体的状态,很容易就联想到有人脱下了她的衣服,而考察队里除了曲欣妍外,唯一的女性就是席小姐。于是席小姐一不做二不休,将曲欣妍的尸体往前拖至一间洞室之中。为什么她会知道有个洞室,或许是因为在照明设备没有被损坏且所有人都昏迷之时,她曾在洞穴内做过一番巡查。脚印的状况也是席小姐的谎言,意图迷惑大家,让众人以为她是被人杀死的。因为在一片漆黑之中,你根本无法确定地上有没有脚印。这是没办法验证的。谎言总是从一件小事开始,随着谎越说越多,一发不可收拾,直到圆不上了为止。如果一开始就坦诚地和大家说出一切,我想即使是拿走了曲欣妍的衣服,也没有人会责怪席小姐。如果没有砸坏照明设备,后续的发展可能也会不同。"

席静面无表情地凝视着陈爝，身体一动不动，仿佛被抽走了灵魂，变成了一个冷冰冰的人偶。在陈爝揭露真相的那一刻，她的内心深处究竟翻涌着怎样的情感？是后悔、愤怒，还是其他难以名状的复杂情绪？这一切都隐藏在她那双深邃的眼眸之后，让人无从揣测。

盛岳峰见状，忍不住开口问道："既然席静不是凶手，波金栗也不是凶手，那么真正的凶手到底是谁？"

"所谓赤山洞穴连环杀人事件，本以为是同一个凶手，但其实每一起案件的凶手都不一样。除去生还者席静。曲欣妍死于意外，坠落洞穴时已经丧生；汪敬贤是被波金栗挥刀砍死，有席小姐作为目击证人；波金栗则是被一条大鲵缠住，掉入暗河的激流中淹毙；那么曹仲健究竟是死于何人之手呢？"

陈爝稍作停顿，仿佛在斟酌每一个字的重量，紧接着，他的话语如同惊雷一般，再次震撼了在场的每一个人。

"杀害曹仲健的人，就是曹仲健！"

"凶手是曹仲健？"显然盛岳峰已经习惯了陈爝的表述方式，并没有表现出惊讶的神情，而是好奇这背后的逻辑。

"因为被兴答勒石雕砸死的人，其实是汪敬贤本人。"陈爝缓缓地道出了这个惊人的事实。

"可死掉的尸体明明是光头啊！"我反问道。

"汪敬贤教授本来戴的就是假发啊。"陈爝笑了起来，"韩晋，你还记得你表妹告诉你的那个校园怪谈吗？学生在楼道里见到脸上披着头发的汪敬贤教授，其实那个时候，他正在戴假发而已！曹仲健用石雕砸死汪敬贤后，便取走了他的假发，自己戴上，继而冒充汪敬贤教授，继续和考察队一起前进。在一片漆黑之中，席静只是觉得他的声音与昨日相比，显得更加沙哑，原因就是曹仲健压着嗓子在说话。"

我恍然大悟。回想起在彩云楼包厢里初次见到汪敬贤时，我心中确实有过一丝疑惑。按理说，到了他这个年纪，头发多少会有些稀疏，但他却拥有一头浓密的长发，原来那竟是假发！

席静听到这里，原本平静如水的面容终于泛起了波澜，一丝惊愕在她的脸上悄然浮现。显然，这个真相也出乎了她的意料。

"曹仲健为什么要杀死汪敬贤呢？兴答勒的石雕又是哪里来的？"我紧接着又问道。

"他与汪敬贤的意见一向不和，这在学校里都有传闻。但因为滇南虫国的考察，两人摒弃矛盾，同意合作。曹仲健杀害汪敬贤的那天，估计是他与汪敬贤争吵之后，临时起意将他杀死。汪敬贤因为假发被拿走，大家一摸光头，就下意识地认为这是曹仲健的尸体。此外，尸体右侧额头的伤势，也印证了凶手是左撇子这一事实。考察队中，除席静之外的另一个左撇子就是曹仲健。韩晋曾和他握过手，他伸出左手，而韩晋却伸了右手，当时两人都非常尴尬。所以，这也与之前的推理吻合。冒充汪敬贤的目的也很简单，他不希望大家放弃这次考察活动，所以领队'汪敬贤'不能死！按照他的计划，席静和波金栗他都会找机会除去，最后他可以独占发现滇南虫国这一学术成就。但曹仲健不知道波金栗是守卫这里的'虫卫'，而波金栗的目的，也是将其余人都杀死。

"最终，波金栗提刀砍死的'汪敬贤'，其实是曹仲健。至于兴答勒的石雕，则是他从汪敬贤这里拿来的。汪敬贤在第一案发现场，就是曲欣妍陈尸的那个洞室，发现了不止一尊虫神雕像，而是三尊，分别是丁驮、兴答勒和沙不隆。这三位就是虫神磐胡与八臂虫母猎婆所生的三个儿子。因为当时大家身处黑暗之中，第一个摸到的石雕就是沙不隆，所以才以为砸死曲欣妍的凶器就是这个石雕。汪敬贤出于私欲，便偷偷将三座石雕全都塞进了自己的包里，以当作日后发掘的证据。但这件事最后还是让曹仲健发现了。两人对于谁先发现滇南虫国遗迹都有着很强烈的执念，这才导致了最后的悲剧。至此，赤山洞穴杀人案件的真相，都已全部解开。”

陈爝言毕，长长地舒了一口气，仿佛是将心中积压已久的重负卸下。

长时间的讲述，他的喉咙有些干涩，于是他伸手拿起茶几上的杯子，将里面剩余的茶水一饮而尽。

此刻，我和盛岳峰仍旧深陷在案件真相所带来的震撼之中，无法自拔。那些错综复杂的情节、出人意料的转折，以及陈爝那鞭辟入里的推理，都让我们感到难以置信。或许是因为陈爝的推理无意间触动了那段对于席静来说极为可怕的回忆，她突然用双手紧紧地捂住了自己的脸，肩膀微微颤抖，仿佛是在偷偷地哭泣。

办公室陷入了一片死寂，很久都没有人再开口说话。

终　章

古有滇南虫国，其俗檖鬼，多依山岩为丛祠。姑缯灭之，遂绝妖邪之怪。

——清　时阿培《具区述闻》

薛飞老师：

感谢您百忙之中阅读我这篇手稿。不知这次我与陈燔的冒险，合不合您的口味？

附上这封信，是想向您说明一些情况。或许我的举动显得有些突兀，但我深信，有些事情，及早沟通总胜于事后的解释。近期，我的生活轨迹发生了翻天覆地的变化，这些突如其来的变故，让我一时之间难以调适。然而，在写作的过程中，我时常感受到一种难以名状的痛苦。这份痛苦，并非源自写作本身，而是那些潜藏在文字背后，与写作无关，却又紧紧缠绕着我的生活琐事。说到这里，您或许会感到一头雾水，不明所以。

且听我慢慢道来。

首先，我要向您表达我最深切的感激之情，感谢您这些年来对我的关怀与照顾。自二〇一五年起，我将与陈燔共同经历的种种冒险，以小说的形式记录下来并发表，转眼间已悄然走过了十年的光景。承蒙您不离不弃，还是愿意将拙作出版，这份恩情，我实在是感激不尽，铭记于心。在此，我也想借此机会，向一直以来默默支持我的读者朋友们致以最诚挚的谢意。尽管我深知，作为一位推理作家，我所做的不过是将朋友的真实经历略作加工，改头换面后呈现给大家，或许在才华上并无过多炫耀之处。但令人意想不到的是，我的作品在网络上竟收获了如此多的赞美，这让我受宠若惊，也备受鼓舞。

但即便如此，我还是要把这个消息告诉您和我的读者，以陈燨为主角的推理小说，或许这就是最后一部了。以这次刀岗村的冒险作为结尾，应该是一个不错的句号。

当然，要结束陈燨的冒险旅程，绝非我最初的意愿。正如我在这封信开头所言，是出于生活中的一些重大变故，使得我无法继续以陈燨为主角，撰写他的推理故事。薛飞老师，您一向洞察力敏锐，想必已经隐约猜到了其中的缘由。是的，我不得不承认，陈燨这个人，已经如同流星划过夜空般，从我的生命中彻底消逝。

刀岗村所发生的一系列惊人事件，以及赤山洞穴中那起骇人听闻的命案，迅速在当地掀起了轩然大波。众多新闻媒体闻风而动，纷纷前往采访，使得滇南虫国原本隐藏于世的秘密，一时间曝光在了大众的视野之下，成了人们茶余饭后的热议话题。

紧接着，当地警方也根据线索找到了那座位于赤山的神秘洞穴。那个曾经让席静心有余悸、噩梦连连的地方，如今被媒体冠以了"磐胡洞"的新名。随着云南省文物考古研究所专家们的入驻，滇南虫国的遗迹终于得到了应有的保护，避免了进一步的破坏。在遗迹中发现了曲欣妍、汪敬贤和曹仲健三人的尸体，至于被暗河冲走的"虫卫"波金粟，则生不见人，死不见尸。他真的是被大鲵袭击了吗？毕竟在我的认知范围内，大鲵似乎不可能做出袭击人类的行为，要是巨蜥一类的动物倒是有可能，但又无法解释席静听到的婴儿啼哭般的声音。我也问过陈燔，也开玩笑地说"该不会真是虫神干的吧"。陈燔听罢，眼神中竟浮现一丝忧虑之情，却也不想多说什么。

当地的电视台敏锐地捕捉到了这一热点，以此为噱头，制作并播出了好几期专题节目，深入剖析这起案件的来龙去脉。甚至还有国外的纪录片团队慕名而来，踏上了刀岗村的土地，希望能够拍摄一部与这起惊人案件紧密相关的纪录片。这一切都是我们当时所无法预料到的。

离开刀岗村后，我们与丁瑶也失去了联系，据闻，她选择回到昆虫研究所，继续投身于她热爱的科研工作之中。我想，她母亲的案件对她而言，无疑是一次巨大的打击。或许，正是为了逃避那段痛苦的记忆，她才选择与我们保持距离，不再有任何交集。盛岳峰后来告诉我们，欧秀金及其母亲，以及她们手下那些忠诚的"虫卫"，最终都未能逃脱法律的严惩。这样的结局，也算是告慰了高谦平教授的在天之灵，他的遗孀田英红女士在得知这一消息后，心中或许也会感到一丝宽慰。学界也认可高谦平教授是最早发现滇南虫国这一西南古国的人。至于席静，可能因侮辱尸体罪被起诉，等待她的，或许是一段漫长的牢狱生活。这样一来，她曾经梦寐以求的亚洲攀岩锦标赛，恐怕也只能成为泡影了。至于耿书明的离世，我至今仍感到深深的遗憾和惋惜。我会永远珍藏我们在大学羽毛球队一起度过的那段美好时光，那些欢笑与汗水交织的日子，将永远镌刻在我的记忆之中。

至此，发生于刀岗村的这一系列恐怖事件，也算是落下了帷幕。

自刀岗村归来后，陈燨便陷入了一种难以名状的心神不宁之中，他的身体也似乎被某种无形的力量所侵扰，频繁地生病，尤其是反复发高烧，成了他生活的常态。我陪着他多次前往医院，然而无论医生如何仔细检查，却始终无法找出病因所在。他的病情时好时坏，仿佛有一股无形的力量在操控着一切。在此期间，我们的好友石敬周特地来到思南路探望陈燨。那时，陈燨的精神状态还算不错，与石敬周有说有笑。但当唐薇警官前来探望时，陈燨的状态却明显不如之前了。他变得特别嗜睡，有时候甚至可以一整天都沉浸在睡梦之中。这样的日子一长，陈燨的身体也开始出现明显的变化，变得异常消瘦。我无数次劝说他去医院再做些深入的检查，但陈燨却似乎完全不当回事，对我的话置若罔闻。他的这种态度，让我既焦急又无奈。

在那段日子里，陈燨频繁地接到来自美国的电话，通话内容几乎全是英语，对我而言，能听懂的部分寥寥无几。每次接听电话时，他都会刻意关上门，压低声音窃窃私语，那模样仿佛是在讨论什么机密要务。这样的行为，与他以往的性格大相径庭。从前，无论大事小情，他都会毫不保留地与我分享，尽管时常带着几分嘲笑。自刀岗村归来后，一切都发生了改变。

不得不承认，陈燨变了，变得非常陌生。他的行为举止，乃至眼神中流露出的情绪，都让我感到难以捉摸。

薛飞老师，如果仅仅是他行为上的这些微妙变化，或许我还不会如此难过。毕竟,我和陈燨同住已久,深知他偶尔会有些突如其来的怪癖,比如不辞而别跑去印度,或是将自己关在房间里整整一周。但这次,情况显然不同以往。我说不上来具体是什么原因,但就是一种难以言喻的不祥预感,像乌云一般笼罩在我的心头,挥之不去。

这种预感持续了三个月,直到那一天,我最担心的事情终于还是发生了。

我记得那是一个寒风凛冽的日子,气温低得让人难以忍受,如果不开空调暖风,用不了多久,双手就会冻得僵硬。晚上,我拖着疲惫的身躯回到思南路的住所,时间已经悄然逼近了七点。饥饿感像一股强烈的浪潮席卷而来,让我忍不住一进门就开始大喊大叫,抱怨工作的辛苦。往常这个时候,陈燨总是会躺在沙发上,用他那特有的冷言冷语对我进行一番嘲讽,或者干脆躲在自己的房间里,用力地关上门,以隔绝我可能的打扰。然而,那一天,这些熟悉的场景都没有发生。

我环顾一楼客厅,却不见陈燨的身影。于是,我快步上楼,来到他的房间门口。房门竟然是开着的,我轻轻推开,发现屋内的一切依旧保持着原样,床上的被子随意地散落,显然还没有被叠好。当时我并没有把这当回事,便回到了楼下,去厨房给自己煮了一碗面,打开电视看了一部电影。时间悄然流逝,转眼间就到了晚上十一点。陈燨还是没有回来,我便拿出手机给他发了一条微信,询问他此刻身在何处。

完成这一切后,我走进浴室,洗了个澡。然后,我上楼回到自己的房间,躺在床上,期待着陈燨的回复。然而,那一夜,我却没有等到他的任何消息。

到了第二天,我起床后发现,陈燨还是没有回来。拿出手机,发现他也没有回我微信。这个时候,我才感觉到了不对劲,就立刻拨打他的手机,然而电话那头传来的却是冷冰冰的忙音。这种情况以前也发生过,陈燔偶尔会因为某些事情而暂时失去联系,所以一开始我并没有太过在意。

直到过了一个月,陈燔还是如同人间蒸发一般,没有任何音信。我开始担心他是否遭遇了什么不测,便毫不犹豫地联系了唐薇警官,将陈燔失联的情况一五一十地告诉了她。唐薇听到这个消息后,语气严厉地责备了我一番,质问我为什么陈燔失联了这么久才想到报警。我心中有苦难言,陈燔的行踪一直都飘忽不定,他一声不响地跑到国外也是常有的事。但这次,我感觉事情并不简单。经过唐薇的仔细核查,我们惊讶地发现,陈燔并没有出境。原本打算调取监控记录来寻找线索,却意外地发现我们这条街道的监控视频在一个月前竟然神秘丢失了。时隔太久,想要找回那些丢失的记录几乎是不可能的任务。这件事很快就在陈燔的老友圈中引起了轩然大波,其中当然也包括宋伯雄队长。

然而,不论警方如何竭尽全力,都始终无法查到任何关于陈燔去向的确切消息。他的失踪仿佛是一个无解的谜团,让人束手无策。宋伯雄队长甚至提出了一个大胆的假设,会不会是某个曾经被陈燔送入监狱的犯罪嫌疑人,出于报复心理,对他进行了秘密的打击和报复。但即便是沿着这条线索深入调查,警方也未能找到任何有力的证据来支持这一推测。

经过仔细排查,警方发现大部分被陈燔送进监狱的罪犯都仍在服刑期内,他们中的任何一个人都不太可能有机会对陈燔实施报复。而排查了其他相关人员后,也同样没有发现任何有价值的情报或线索。在繁华喧嚣的上海,一个活生生的成年人竟然就这样凭空失踪了，这简直比任何推理小说都要离奇！

警方当然也投入了巨大的努力，来寻找陈燏的下落。他们动员了大量的人力物力，进行了广泛的搜索和排查。然而，在没有具体线索的情况下，这种耗费警力的做法始终不是长久之计。随着时间的推移，警方的调查也逐渐陷入了僵局。

就这样，陈燏仿佛从我的生活中彻底消失了，距今已经整整一年。

我不知道他是否还活着，不知道他此刻身在何处，也不知道他离开这里的目的。总而言之，这一切发生得太过离奇，让人难以接受。

他的私人物品、日常用品，乃至那些他钟爱的书籍，都完好无损地留在他的房间，与他离开时的情景没有丝毫变化，仿佛他只是暂时出门，随时都会回来一般。

唐薇警官在一次私下交谈中，偷偷告诉我，根据她多年的从警经历，她的预感不是很好。说出这话时，她的眼眶泛红，泪水不禁滑落。看到她的模样，我强忍内心的悲痛，没有让眼泪流下来。我安慰她，陈燏这个人一向福大命大，绝对不会这么轻易地离开我们。

等他回来后，我们一起去"Next Time"喝一杯！到时候，我还要拉上石敬周那个家伙，他最爱讲笑话，有他在场，气氛一定会非常热闹！对了，在黑曜馆认识的犯罪学教授王芳仪老师，和陈燏聊得也很投缘，不能忘记她；还有破获枉死城案件时认识的刑警乔俊烈，据说他从重庆调去了川东市，他和陈燏在"阎帝案"的时候也曾联手合作，两人惺惺相惜，也算是朋友，得叫！傀儡村的记者沈琴，她一直说要见见陈燏，也算上她。

总之，等陈燏回来了……
薛飞老师，到时候您也一定要来哦！

祝天天开心，万事顺意！

韩晋

2024 年 × 月 × 日

解说：我们在虫神山上寻找什么？
《虫神山事件》的哲学维度

卢冶

虫神山上的正宴结束，我们来到咖啡时间，复盘一下刚刚在山上都尝到了什么？一伙现代人，进入秉持古老神秘信仰的深山里，看到了虫神氏族留下的辉煌遗迹，同时遭遇到恐怖的超自然事件和连环谋杀案。侦探却抽丝剥茧，破解谜团，证明了有人一直在装神弄鬼。

——太古早的配方了，是吧。

的确，作为八零后国产本格推理小说家的中坚力量，时晨一直以一种老海派的孤高方式写作。这位中国大陆唯一一家独立推理文学书店的老板，静静守在他的谜芸馆里，经营的艰难与孤独，写作的微薄收入，新本格的高潮迭起和社会派影视改编的热闹喧嚣，都未能影响他持续写作最传统的、如同古典解谜黄金时代样板间一般的本格推理小说。对比2024年走红的日本作家雨穴那单刀直入、轻盈飘逸的跨媒介叙事，时晨的陈爝系列和民国系列是推理文学界的另一个极端：依然秉持着纸媒时代现实主义文学按部就班、沉重细密的文风，那充满横沟色和卡尔味的题材和诡计，像日本的加贺美雅之和法国的保罗·霍尔特一样——一种笨拙的，甚至颇具悲壮感的生存方式。

撇开个人爱好，这种坚守，对于彰显推理小说这种文类的魅力来说，可还有其意义？

还得回到推理小说的本质啊。我们知道，这是一种典型的归化型文本：要有谜团，有解谜的过程，有强劲的答案。解答，就像绘画透视法中的那个消失点，是推理文本中所有向心和离心力的收发之处。可到底具备什么特征才算是答案？

答案是，可阐释性。在典型的本格派推理文本中，一个事件引发疑问和困惑，但最终它是可阐释的，读者就安心而满足了。而再去马拉松式发问：所谓可阐释性是什么？它的本元，是一种既定的世界观和认识论。它搭建了我们认知当中的现代常识框架，特别是大众印象中的科学知识和逻辑系统。

本作就是这样：它延续并强化了前作《枉死城事件》（2020）的民俗学氛围，构筑了民俗推理文本的经典议题：现代与传统，城市与深山，科学和神秘学，这几组二元关系，正是故事情节的结构性逻辑。它们背后是元时间、元空间观的差异，是两种看待世界的方式。在叙事的表层，这二元的双方总是呈现为鲜明的宾主关系：现代压倒传统，城市覆盖自然，科学祛魅玄学。正像本作中，有人假借虫神的名义进行谋杀，而我等读者从一开始就心知肚明。

简言之，推理小说贩卖的是确定性——仅仅如此吗？

本作开始不久，上海的昆虫博物馆中，陈燔滔滔不绝地对偶遇的小女孩一家科普昆虫知识。在讲述人与虫的差异时，他强调昆虫虽然也能思考，却没有人类的审美。评价美丑的判断力，只有人类才有。小女孩却问道：

"那么，有没有一件事，会超出人类大脑的能力范围，我们想去学习，也因为大脑能力有限，就算想去学习，也无法学习呢？”

这个问题，令包括陈爝在内的众人都沉默了。

“智人的大脑的理解能力有边界吗？我们所能理解的事情，是不是也困于我们的肉身，正如一只昆虫无法理解一件碎花连衣裙那样，我们终究无法理解‘某些事情’，或者我们想尽一切办法将其合理化，从而以为自己理解了‘某些事情’。

“知识是无限的，但人脑作为一种载体，它却是有限的。”

这是侦探的“适度炫学”段落，与核心诡计并无必然联系。然而，这个段落却与死于非命的高谦平教授的助教徐超表现出的“亲历者的恐惧”、与虫神山上的玄学氛围和奇诡的娃娃鱼、与蛊道婆对陈爝命运的预言等情节一起，连接成了故事的副本线索。在此后的发展中，我们会看到，在时空、人物、场景、因果等每个叙事要素中，都存在着某种溢出：表面上，虫神信仰是一个负面的、迷信的象征，然而，无论是侦探陈爝还是作为嫌疑人的考古学家们，都在不同的场合暧昧地共情了虫神信仰的不可预知性，从而为他者化的、超自然的因素留下了绵长的余韵。

这并非作者的主观偏好，而是一种“自动写作”，是本格推理小说传承中的显性基因。事实上，在欧美黄金时期那些著名的解谜派文本中，超自然的他者力量从未被确定性的答案完全驯服过。柯南·道尔本人沉迷唯灵论，对灵异照片和降灵会痴醉不已，在约翰·迪克森·卡尔的心理悬疑名作《燃烧的法庭》中，诅咒的力量并未随着案件的解决而消散，女巫般的目光穿透了整个文本；而即使是最资深的阿加莎·克里斯蒂读者也不能否认，从《无人生还》《灰马酒店》到《神秘的奎因先生》，那些煞有介事、鬼气森森的谜面才是故事的“奇点”所在。答案给出了，玄学却没有输，它转化为希腊悲剧式的宿命感，连侦探本人也无法摆脱。直到波洛在《帷幕》中死亡时，他意识到法律（人间确定性规则的代表）根本无法降伏人性，人性的阴暗面甚至转化为人自身也不可理解之物。换句话说，波洛被人的他者性打败了，恰如在《虫神山事件》里，陈爝虽然击破了蛊道婆的谎言，她却仍然精准地预言了他的命运。我们从两人的第一次遭遇就知道：作为确定论科学代言者的陈爝可能要暂时退场了，他将不得不面对来自过去的阴影。它或许一直被压抑在潜意识里，却会是他未来的梦魇。

如本作一般，在黄金时代之后，将恐怖、神秘的元素作为解谜的余韵和孔隙，早已驯化为本格推理中固定的商业化情节。日本民俗推理的代表人物三津田信三更将这一情节作为刀城言耶系列的标签：当一切都解决时，无法解释的怪异之事才真正浮现。

这是约定俗成的套路，然而您是否想过：为什么这种装饰是必要的？

侦探推理文学真正的奥义正是在这个"更深处"，在常识的既定认知和他者性之间、在理性意识和潜意识之间，在确定性的镇石下面那些丝丝缕缕溢出的东西当中，才有它的"眼"。我们因为答案而安心，其前提是：谜团要有谜团的样子。

这与恐怖文学正相反：后者宣扬怪异的不可阐释性，然而打动读者的却是陌生的熟悉感，是那些被排除之物的反扑：它们时刻等待着被阐释。正是这种咬尾般的迷人结构，使推理文学、恐怖文学交织转化于希区柯克的电影中，成为精神分析学和文化研究者的养料。这些文本从来不是清晰明了的娱乐文学，而是一群怪兽，它使我们意识到，科学话语从来不是稳定的，它一直靠着自我催眠的力量、靠着选择性忽视而存在。这也是故事中的侦探为什么往往狂妄自大的原因。而那些连侦探也难以降服的力量，其内在的驱力仍是爱与死的恐惧，直逼存在论的根本：我们究竟是何物？

按照陈熠在昆虫博物馆的阐释，正是人类的意图性，人的主观能动性，使人与自然界中的其他动物区分开来。这种意图性，是对事物产生特定感觉的能力。然而小女孩提出的问题却是弗洛伊德式的：人的意图性是固定的吗？它在多大程度上适用于自然界？这是一种激进的启蒙思想，基于对人类中心主义的深刻怀疑：如果人类属于自然界，那么凭什么将之作为特例看待？即使这种意图性真的存在，也与人类的日常反思有所不同吧？

在《虫神山事件》中，这种本体论和认识论的哲学辩题，被自然地转化为人的虫格化和虫的人格化这一组迷人的对立。将主要精力用来打造本格诡计的时晨当然并非笠井洁这类"被推理小说耽误的哲学家"，但昆虫博物馆和云南饭店餐桌上的对话却自带哲学意味，它们实际上是围绕着这样的论题产生的：人与自然界的关系到底是怎样的？作者自身并不负责回答这一经典问题，文本的功能是将所有的餐点都呈上来：在每一章那些有关虫神信仰的煞有介事的历史文献中，虫的自然属性、虫神崇拜者的历史传承和仍然无法诠释的超自然属性深刻地纠缠在一起。不同于卡尔维诺、埃科、博尔赫斯这类后现代主义大师狡诈的拼贴式亦真亦幻，或安东尼·霍洛维茨所采用的无限接近现实的虚构技巧，陈熠系列一直有着扎实的、安定的虚构背景，正因为其传统现实主义描写与互联网和后现代风格都相距甚远，因此才显得老老实实，一本正经，反而激起了读者更大的疑虑。

文献的暧昧是正文的隐喻。自我和他者——这一组人类的元疑虑关系决定了读者在阅读娱乐作品时的欲望满足点，必须同时建立在**相似性和异质性**之上。为什么在推理小说和科幻小说中，我们总能看到在远古的、外星的遗迹中发现现代的、人类的痕迹这样的情节？因为这是结构主义的强烈欲望：当我去外界寻找无限的未来时，却发现他就是我，而正是在这个"他我"当中，我才发现了我自身从未见过的面目。

因此，虫神山事件的核心诡计场景正是双线并置的：一条线在村内的神木庙中，一条线在虫神山中。在前者当中，解密核心诡计时的惊喜来自相似性——科学主义的确定论，凶手对虫已知生物特性的利用，与陈爝在昆虫馆中自信满满的人类中心论式的思想正相呼应。这让我想到在某日本作家的作品中（不便透露书名），肢解人体是为了将之作为工具来制造门闩密室。这种极端的理性主义，便是古典本格推理的"阳面"。

而虫神山探险队的经历则是"阴面"。人的自私功利这一常见的、理性的作案动机并未能压住非理性的一面：考古学家们对华丽的虫神遗迹的沉浸式痴迷表明，这些遗迹像黑洞一样将人物吸了进去，日常动机只是它吐出的残渣罢了。在这里，虫神山与常被推理作家们引用的大西洋幽灵船事件和英国巨石阵这样的世界著名的废墟未解之谜一样，充满了令人悚然的魅力。从精神分析的元叙事层面来分析，这类场所的吸引力，正是源于无名的施动性：谁，在什么时候，因为什么，而留下了这样的东西？一种曾经被施加过某种意志的感觉萦绕不去，不该存在于此处的事物却在场，主体未明，功能未解，因而阴风阵阵。

因此《虫神山事件》并不致力于给你任何难以预料的惊喜，

我们在这里所讨论的，是套路本身的魅力。有趣的是，正是最古典、最单纯的作品，才会更清晰地展示出非确定性的迷人力量。被科学主义排斥、却萦绕不去的"他者"，不会随着时代变迁而消失，只是不断地产生变奏。尽管陈爝系列有着相对固定的模板，但这在此前的黑曜馆、傀儡村、五行塔甚至枉死城当中，场所的超验性描述亦从未如此强烈。虫神的他者化逻辑所营造的不安感笼罩了全书，这是一种后启示录般的阴森感：你同时希望它是历史和非历史的，他者的和自我的，真的和假的。

2025年，是AI时代开始扬帆远航的年份。这一时代的到来，似乎让时晨式的坚持变得更加沉重。一个锥心的问题是：古典本格的套路可以让AI来写作吗？

我想直截了当地回应：只要AI不会对自我的存在和去来感到恐惧，它就永远无法真正替代人类小说家。

本作是本系列暂时告别的驿站，故事里一直萦绕着淡淡的离情，让人想到2024年差点再次闭店、又惊险重生的谜芸馆。作家时晨作为独立书店老板的营业时间，也是故事里侦探的休憩、蛰伏、充电、再出发的时间。然而，被文本层面的不安所驱逐的侦探陈爝一定会回来，就像福尔摩斯从未真的消失在瀑布下面一样。

作者简介

卢冶，北京大学中文系文学博士，现任教于辽宁大学新闻与传播学院，资深推理迷、推理文化研究达人、专栏作家。曾在《书都》杂志开设《推理＋∞》专栏，在"三联中读"开设付费音频专栏《推理的盛宴——与侦探一起发现60次在场证明》《推理小说面面观——敲开侦探之门》,著有《否定的日本》《倒视镜》《文明论与佛教世界观》《推理大无限》。

图书在版编目（CIP）数据

虫神山事件 / 时晨著 . -- 北京：新星出版社，2025.3（2025.6重印）. -- ISBN 978-7-5133-5965-8

Ⅰ . I247.5

中国国家版本馆 CIP 数据核字第 2025GP5488 号

午夜文库
m
谢刚 主持

虫神山事件
时晨 著

责任编辑 　王　萌
责任校对 　刘　义
责任印制 　李珊珊
装帧设计 　hanagin

出 版 人 　马汝军
出版发行 　新星出版社
　　　　　　（北京市西城区车公庄大街丙 3 号楼 8001　100044）
网　　址 　www.newstarpress.com
法律顾问 　北京市岳成律师事务所
印　　刷 　北京天恒嘉业印刷有限公司
开　　本 　910mm×1230mm　1/32
印　　张 　10.875
字　　数 　186 千字
版　　次 　2025 年 3 月第 1 版　2025 年 6 月第 2 次印刷
书　　号 　ISBN 978-7-5133-5965-8
定　　价 　52.00 元

版权专有，侵权必究。如有印装错误，请与出版社联系。
总机：010-88310888　　传真：010-65270449　　销售中心：010-88310811